|经典散文精华本|

冯友兰散文
觉解人生

冯友兰 ◎ 著

北京联合出版公司
Beijing United Publishing Co.,Ltd.

图书在版编目（CIP）数据

觉解人生：冯友兰散文 / 冯友兰著 . -- 北京：北京联合出版公司，2015.7（2016.8 重印）

ISBN 978-7-5502-5485-5

Ⅰ.①觉… Ⅱ.①冯… Ⅲ.①散文集－中国－当代 Ⅳ.①I267

中国版本图书馆 CIP 数据核字（2015）第 117511 号

觉解人生：冯友兰散文

作　　者：冯友兰
选题策划：北京宏泰恒信文化传播有限公司
责任编辑：王　巍
策划编辑：李　根
封面设计：尚书堂
版式设计：张　敏
责任校对：王　远

北京联合出版公司出版
（北京市西城区德外大街 83 号楼 9 层　100088）
北京联兴盛业印刷股份有限公司印刷　新华书店经销
字数 205 千字　880 毫米 ×1230 毫米　1/32　10 印张
2015 年 7 月第 1 版　2016 年 8 月第 2 次印刷
ISBN 978-7-5502-5485-5
定价：29.80 元

未经许可，不得以任何方式复制或抄袭本书部分或全部内容
版权所有，侵权必究
本书若有质量问题，请与本公司图书销售中心联系调换。电话：010-58572848

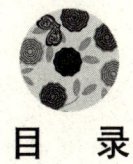
目 录

第一辑 认识自己

心性 / 003

活动与欲 / 025

关于真善美 / 027

论天真活泼 / 032

人物之性 / 037

道德 / 042

存诚敬 / 066

欲与好 / 077

论信念 / 080

论悲观 / 084

哲学与人生 / 089

第二辑　幸福的方法论

人生术（1935年在清华大学的演讲）／ 095

人生术 ／ 098

人生成功之因素 ／ 101

对于人生问题的一个讨论 ／ 108

理想与现实 ／ 116

守冲谦 ／ 120

青年的修养问题 ／ 135

道德及修养之方 ／ 141

精神修养的方法 ／ 144

处世的方法 ／ 146

觉解 ／ 150

励勤俭 ／ 168

论知行 ／ 178

再论知行 ／ 182

第三辑 人生与命运

论命运 / 187

才命 / 191

知命 / 211

幸偶 / 213

功利 / 217

境界 / 237

自然 / 254

人生的意义及人生中的境界（甲）/ 274

人生的意义及人生中的境界（乙）/ 277

人生之真相及人生之目的 / 282

人死 / 286

灵魂与肉体 / 288

死及不死 / 291

死生 / 295

大人物之分析 / 312

第 一 辑
认 识 自 己

人之所以能有觉解，因为人是有心的。人有心，人的心的要素，用中国哲学家向来用的话说，是"知觉灵明"。宇宙间有了人，有了人的心，即如于黑暗中有了灯。

心性

人之所以能有觉解，因为人是有心的。人有心，人的心的要素，用中国哲学家向来用的话说，是"知觉灵明"。宇宙间有了人，有了人的心，即如于黑暗中有了灯。

宇宙间除了人之外，是不是还有别的有心的？就我们的经验所知，非生物是无心的。在生物中，植物虽有生而亦是无心的。佛家所谓"有情"，不包括植物。现在科学中，亦只有动物心理学，没有植物心理学。人以外的别的动物，虽亦有有心者，但其心未必能到所谓知觉灵明的程度，至少我们亦可说，其知觉灵明，不到较深的觉解的程度。有以为于人之上有神，有如佛教所谓天，有如耶教回教等所谓上帝。如果有这些神等，他们的心的知觉灵明的程度，当然比人更高。如有全知全能的上帝，其心的知觉灵明，尤非人所能比拟。不过这些神的存在，不是我们的经验或思辨所能证明。有些有所谓神秘经验的人，以为对于上帝的存在，他们是有经验的。不过有这种经验的人所谓上帝，有时实即大全。我们亦说：在同天境界中的人，有

自同于大全的经验。自同于大全的经验，并非经验者与有人格的神直接交通的经验。所以人有这种经验，并不足证明有有人格的神存在。有些宗教家，自以为能听见一个有人格的神的直接呼唤。不过这一类的经验的主观成分，是很大的。当然凡经验都有主观的成分，但如其成分过大，则这经验即不足以保证其对象的客观性。西洋中世纪的宗教家、哲学家，曾设法用思辨证明上帝的存在。但从严格的逻辑看，其证明都是不充分的。凡非经验或思辨所能证明者，从信仰的立场看，我们虽可信其有，不信其无，但从义理的立场看，我们都只能说其无，不能说其有。由此方面看，我们可以说，在宇宙间，有心的虽不只人，而只有人的心的知觉灵明的程度是最高的。由此我们可以说："人者，天地之心。"（《礼运》语）由此我们可以说：没有人的宇宙，即是没有觉解的宇宙。有觉解的宇宙与没有觉解的宇宙，是有重大的不同的。

　　没有觉解的宇宙，是个浑沌。这并不是说，没有觉解的宇宙，是没有秩序，乱七八糟的。它还是有秩序的，它还与有觉解的宇宙同样有秩序。不过它的秩序，不被觉而已，不被解而已。譬如于黑夜间，事物还是事物，秩序还是秩序，不过是不被见而已。由此我们说：天若不生人，万古常如夜。

　　有些哲学家亦以为，没有心的宇宙，不但是一个浑沌，而且是个漆黑一团。所谓漆黑一团，即是没有秩序的意思。照他们的说法，宇宙间的秩序，本是心的秩序。心不是仅能知宇宙间的秩序者，而是能给予宇宙以秩序者。康德说：为心所知的世界，经过心的知而始有秩序，秩序是知识的范畴所给予的。

在中国哲学史中，陆王一派，以为"理在心中"，"舍我心而求物理，无物理矣"，其所持亦是这一类的说法。这一类的说法是有困难的。

对于这一类的说法，我们先问：所谓给予宇宙以秩序的心，是个人的心，例如你的心，我的心，抑或是宇宙的心？于此我们须附带说：照我们的说法，所谓宇宙的心，与所谓宇宙中的心不同，其不同，我们于《新理学》中已有说明（在《新理学》中，我们称"宇宙中的心"为"宇宙的心"。宇宙中的心亦可有与宇宙的心相似的意义，所以我们现在不用"宇宙的心"一词。《新理学》中，亦应照改）。我们以为有宇宙中的心。我们说，人的心即是宇宙中的心，但宇宙的心则是我们所不说的。因为以为有宇宙的心者，其所谓宇宙的心，空泛无内容，实是可以不必说的。

给予宇宙以秩序的心，如是个人的心，则此种说法，是很新奇动人的。不过如照此种说法，则宇宙间何以能有公共的秩序，是很难解释的。此所谓公共者，是大家都承认的意思。若说宇宙间的秩序，是个人的心所给予的，何以各个人的心，皆给予外界某部分以某秩序？换句话说，何以外界某部分的某秩序，为各个人所皆承认？我们固然可以说：这是由于"人同此心，心同此理"的缘故。但此理虽同，而给予此理与外界某部分，则可以不必同。若说：因外界某部分有某性，所以有同心者，必给予同理，则此某部分的某性，并不是个人的心所给予者，而正是我们所说客观的理的表现。说至此，则须承认外界本有理，本有秩序。

例如照康德的说法，在人所知的事物中，有些事物，人以为是必然的；有些事物，人以为是偶然的。因为在人的心中，本有必然与偶然二范畴。在心了解外界时，外界的有些部分，经过必然的范畴，所以其秩序即是必然的；有些经过偶然的范畴，所以其秩序即是偶然的。如果此所说心是个人的心，则外界的有些部分，或于此人了解之时，是经过其必然的范畴，因而在此人的知识中，其秩序是必然的。而此同一部分于彼人了解之时，是经过其偶然的范畴，因而在此人的知识中，其秩序是偶然的。如此，则此人所以为是必然的，彼人或以为是偶然的。我们不能说，此二人中，必有一个是错误的。正如一个人说："我到过云南。"另一个人说："我没有到过云南。"此二人所说虽不合，但我们不能说，其中一人必是错误的。但事实上，至少对于有些外界的秩序的必然性或偶然性，各个人的见解，是一致的。若说是偶合，何以能偶合如此？即对于有些秩序的必然性或偶然性，各个人的见解，不一致时，一般人以为，这是由于有些人的错误。事实上错误的人，后亦往往自知其错误，自承其错误，何以是如此？若说给予宇宙以秩序的心，是个人的心，这都是很难解释的。

康德一派的观念论者所谓心，如是一个人的心，则有如上述的困难。如其所谓心，是所谓宇宙的心，以为宇宙间的秩序，是一宇宙的心所给予者，则固可无上所述的困难，但亦不能如上所述的说法之新奇动人。此宇宙的心，虽说是心，但不能如个人的心那样有思虑、有知识、有情感。无思虑、无知识、无情感的心，其内容是很空洞的。有些讲康德哲学者，以为康德所谓心,并不是个人的心,而是一"逻辑的我"的心。如此说,则所谓范畴者,一方面离具体的事物而自有,一方面对于个人的心说,亦是客观的。如此说范畴,亦是我们所赞成的。不过我们说,这些范畴,无所靠而自有,不必说有一逻辑的我,以装盛之。犹之我们说,理世界无所靠而自有,不必说有一宇宙的心,以装盛之。因为这些装盛之者,除了装盛这些范畴或理世界以外,没有别的内容可说。所以我们以为是不必说的。

有些哲学家,以为实际的事物的存在,亦在心中。如贝克莱说:"存在即知觉。"在中国哲学史中,陆王一派,亦有持此说法的倾向。阳明《传习录》下有云:"先生游南镇,一友指岩中花树问曰:'天下无心外之物,如此花树在深山中,自开自落,与我心亦何相关?'先生云:'你未看此花时,此花与汝心同归于寂,你来看此花时,则此花颜色一时明白起来。便知此花不在你的心外。'"又云:"先生曰:'你看这个天地中间,什么是天地的心?'对曰:'尝闻人是天地的心。'曰:'人又什么教做心?'对曰:'只是一个灵明。'"可知充塞天地,中间只有这个灵明。人只为形体自间隔了。我的灵明,便是天地鬼神的主宰。……天地鬼神万物,离却我的灵明,便没有天地鬼神万物了。我的灵明,离却天地鬼神万物,亦没有我的灵明。如此便是一气流通的,如何与他间隔得。'"照阳明的此种说法,则陆王一派,不只以为"理在心中",且以为,即天地万物的存在,亦在心中。

但其所谓心者,是个人的心,例如你的心,我的心,抑或是宇宙的心?上所引阳明语录,前一段所说的心,是个人的心,后一段所说的心，则是宇宙的心。在西洋哲学史中，这一类的含混，亦是常有的。若说天地万物存在于个人的心中，此说亦有许多不可解决的困难，我们于此不及详述。所可注意者，在事实上，哲学家中，没有认真以为，天地万物，存在于个人的心中者。贝克莱虽主张"存在即感觉"之说，但亦以为，我虽不看此桌子，但因有上帝看它，所以此桌子仍存在。如此说，则此桌子的存在，仍与常识所说的桌子存在无异，不过是多一上帝看它而已；佛家唯识宗，以为外境不离内识，然最后亦以为识亦是依他起，执识为实有，亦是遍计所执，最后亦须推到常住真心。而常住真心，亦是上所谓宇宙的心，除可作为一切存在的背景外，其内容亦是很空虚的。这样的宇宙的心或上帝，我们以为，亦是不必说的。

上所说的一类哲学，把心看得过于伟大，还有一类哲学，则把心看得过于渺小。此类哲学的说法，以为人不过是宇宙间万物中之一物，有心不过是宇宙间万事中之一事。物质论者，以为所谓心者，不过是人的脑子的活动，与其他物质的活动，同是一类的，就其本质说，并没有什么可以特别重视。

于此我们说：心的存在，必以人的脑子的活动为其基础，这是我们所承认的。但我们不能以一物的存在的基础，为其要素。人的脑子的活动，是人的心的存在的基础。知觉灵明，是人的心的要素。此二者不可混为一谈。将此二者混为一谈，是物质论者的错误，亦是有些反对物质论者的错误。试就普通所谓精神物质二名词说。物质论者，以为精神的存在，必以物质为基础。精神的存在，既靠物质，所以物质必比精神较为实在。

有些反对物质论者，以为说精神的存在，必以物质为基础，则即为轻视精神。所以他们不承认，物质可以为精神存在的基础。这些见解，都是错误的，其错误都由于不明上述的分别。照我们的看法，我们可以说，人的心的存在，靠人的脑子的活动；但我们不能说，人的心"不过是"人的脑子的活动。我们可以说一幅画的存在，靠颜色与纸；但我们不能说，一幅画"不过是"颜色与纸。说人的心的存在，靠人的脑子的活动，并不为轻视心。说一幅画的存在，靠颜色与纸，亦不为轻视艺术。

就存在方面说，亦可说，人不过是宇宙间万物中之一物，人有心不过是宇宙间万事中之一事。但就觉解方面说，宇宙间有了人，有了心，天地万物便一时明白起来。有心的宇宙与没有心的宇宙，有重大不同。由此方面说，我们可以说，人与天地参。我们固不可把人的心看得过于伟大，亦不可将其看得过于渺小。

或可问：照心理学说，人的心不但有觉解，且有感情欲望等。今专以知觉灵明说心，似乎与心理学不合。

于此我们说：我们亦以为，心有感情、欲望等，但有感情欲望等，并不是人的心的特异处。禽兽亦有喜有怒，但于其喜时，它未必自觉其自己是在喜，亦不了解其所喜是怎样一回事；于其怒时，它未必自觉其自己是在怒，亦不了解其所怒是怎样一回事。人则于喜时，自觉其自己是在喜，并了解其所喜是怎样一回事；于怒时自觉其自己是在怒，并了解其所怒是怎样一回事。此之谓有觉解。有觉解是人的心的特异处。禽兽可有冲动，但不能有意志，因为意志必有其对象，对象必被了解而后可为对象。由此说，则严格地说，禽兽亦不能有欲望。因为欲望亦必有对象，对象亦必被了解而后可为对象。意志与欲望的分别，似乎只在于其对象，是间接的或直接的，远的或近的。其对象都需要被了解而后可为对象。所以即就有欲望说，了解亦是必需的。有觉解是人的心的特异之处，所以我们专就知觉灵明说心。

或又问：向来说人之所以异于禽兽者时，多注重于人的道德行为方面。如孟子说："无父无君，是禽兽也。"普通亦说不道德的人"不是人"。人之所以异于禽兽者时，注重于人的有较高程度的知觉灵明，注重于人的有觉解，此似与旧说不合。

于此我们说，就人的道德行为方面，说人之所以异于禽兽者，我们亦以为是可以的。不过严格地说，凡可称为道德的行为，必同时亦是有觉解的行为。无觉解的行为，虽亦可合于道德律，但严格地说，并不是道德的行为。前人说："虎狼有父子，蜂蚁有君臣。"此话若是说，在事实上，蜂蚁亦有社会，蜂蚁亦是社会动物，此话本是不错的。但人的君臣，是一种人伦，其关系是一种道德关系。若谓蜂蚁有君臣，其所谓君臣者，亦是如此的关系，则此话是很可批评的。因为，照原则说，人之有君臣，是有觉解的行为。他于有此种行为时，他可以清楚地了解其行为是怎样一回事，而又可以清楚地自觉其是有此种行为。而蜂蚁的有"君臣"，则是无觉解的行为。无觉解的行为，不能是道德的。又例如蚂蚁打仗，每个蚂蚁皆各为其群，奋不顾身。在表面上看，与人所组织的军队，能为其国家打仗，奋不顾身者，似乎没有什么分别。但人去打仗，是有觉解的行为。

在枪林弹雨中，前进是极危险的，亦是人所觉解的。奋不顾身的兵士，其行为可以是道德的，此觉解是其道德的一个必要条件。若蚂蚁打仗，虽奋不顾身，但其行为则只是本能的，无觉解。所以严格地说，其行为并不是道德的。

若离开了有觉解这一点，以为只要是社会的行为，即是道德的行为，则人虽有社会，于其中能有社会的行为，而仍可以是与禽兽无别。因为蜂蚁亦有社会，于其中亦能有社会的行为。

我们的说法，所注重者，诚与旧说不完全相同，然亦非与旧说完全不同。觉解是构成道德的一重要成分，前人本亦似有此说。谢上蔡云："横渠教人，以礼为先，其门人下梢头溺于刑名度数之间。行得来困无所见处，如吃木札相似。更无滋味，遂生厌倦。明道先生则不然，先使学者有知识，穷得物理，却从敬上涵养出来，自然是别。""涵养须用敬，进学在致知"，本是程门的修养方法。关于此点，另有专论。现所须注意者，所谓"横渠教人，以礼为先"，即使人循规蹈矩，作不甚有觉解的，合乎道德的行为。程门教人，"先有知识，穷得物理"，使人于行道德时，对于其行为，必亦有较完全的了解。有较完全了解的行为，与不甚有了解的行为，表面上虽可相同，但对于行为者的意义，则大不相同。朱子语录亦云："或问：'力行若何是浅近语？'曰：'不明道理，只是硬行。'又问：'何以为浅近？'曰：'他是见圣贤所为，心下爱，硬依他行。这是私意，不是当行。若见得这理时，皆是当恁地行。'"（《语类》卷九十五）此皆说，了解对于行道德的重要。朱子直说力行是浅近语，是出于私意，更合我们上述之意。

所以，照上所说，我们可以为，有知觉灵明，或有较高程度的知觉灵明，是人所特异于禽兽者。旧说人为万物之灵，灵即就知觉灵明说。知觉灵明是人的心的要素。人将其知觉灵明，充分发展，即是"尽心"。范浚心箴云："茫茫堪舆，俯仰无垠。人于其间，渺然有身。是身之微，太仓稊米，参为三才，曰惟心耳。往古来今，孰无此心？心为形役，乃兽乃禽。"（朱子《孟子集注》引）我们亦可引此文，以为心颂。

有些物不必有心，而凡物皆必有性。一类的物的性，即一类的物所以成此类的物，而以别于别的物者。所谓人性者，即人之所以为人，而以别于禽兽者。无心或觉解的物，虽皆有其性，但不自知之。人有觉解，不但能知别物之性，且于其知觉灵明充分发展时能自知其性，自知其所以为人而别于禽兽者。充分发展其心的知觉灵明是"尽心"，尽心则知性。孟子说："尽其心者，知其性也。知其性则知天矣。"关于知天，另有详论，现只说，人知性则即可努力使此性完全实现，使此性完全实现，即是"尽性"。人所以特异于禽兽者，在其有较高的知觉灵明。有较高的知觉灵明是人的性。所以人的知觉灵明发展至知性的程度，即有高一层的觉解。因为知性即是知觉灵明的自知，亦即是觉解的自觉解。人的知觉灵明愈发展，则其性即愈得实现，所以尽心，亦即是尽性。

我们普通所谓性，有两种意义。照其一种意义，性是逻辑上的性。照其另一种意义，性是生物学上的性。例如我们说：圆的东西有圆性。此性是逻辑上的性。孔子说："性相近也，习相远也。"告子说："生之为性。"荀子说："不可学，不可事，而在人者谓之性";"性者,本始材朴也。"此所谓性是生物学上的性。

所谓性的这两种意义,从前人多不分别。有许多不必要的争论,都从此不分别起。例如人之所以异于禽兽者,即人之所以为人者,是人的逻辑上的性。孟子以为人之所以异于禽兽者,在于其"父子有亲,君臣有义"。荀子亦说:"人之所以为人者,何已也?曰:以其有辨也。"在这一点,孟荀并没有什么不同。他们的不同,在于另一问题。人的逻辑上的性,虽是如此,但人是不是生来即有这些性?孟荀对于这个问题的答案不同,因此他们中间即有了主要的差异。

为免除混乱起见,我们可称所谓逻辑上的性为性,称所谓生物学上的性为才。"性即理也",是一种事物的"当然之则"。才是一种事物所生来即有的能力,以实现其性者。例如文学家的性,是实际的文学家的最高的标准。实际文学家,必多少有一点合乎此标准,这大都是由于他们的才有大小。

或问:说人特异于禽兽,是未有天演论以前的旧说。自达尔文的天演论成立,无人不知人是从低一点的动物演化来的。即其是人之后,人还是一种动物。以上所说,是否需否认人是一种动物,否认人的低的来源,否认达尔文的天演论?

于此我们说:达尔文的天演论,是否不错,并不在我们的讨论的范围之内。不过我们于以上所说,与达尔文的天演论,并没有冲突。以天演论批评我们以上所说,其批评是完全不相干的。我们可以承认,人是从低一点的动物演化来的。但虽如此,低一点的动物与人的差别,仍是有的。人仍是有人之所以为人,而异于低一点的动物者；低一点的动物仍是有其所以为低一点的动物，而异于人者。如其不然，则低一点的动物即是人，又何待于演化？我们可以承认人是动物，但并不因此我们即需承认动物是人。人固然是动物，但又是某一种的动物。此"某一种的"，即人之所以特异于其他别种的动物者。旧日所谓禽兽，即指异于人的别种动物而言。照我们以上所说，我们可以说，人是最灵的动物。此与普通说人是理性的动物者，大意相同。此命题与人是动物，及人是由低一点的动物演化来的，两命题，并无冲突。

我们对于人所有的动物性，亦不是不注意。人是动物，他亦有一般动物所共有的性。他亦要吃喝，要休息，要睡觉。不过从这一方面看，人不过是万物中之一物。其在宇宙间，虽九牛之一毛，太仓之一粟，尚不足以喻其微小，完全说不到与天地参，与天地并。从这一方面看人，我们也不能说是错，不过这只是人的一方面而已，从别一方面看，人可以与天地参，又确是可以说的。其确是可以说，又有其确定的理由，并不是由于人的主观的妄自尊大。

人求尽心尽性，须要发展他的心的知觉灵明。求发展他的心的知觉灵明，他须要求觉解，并求高一层的觉解。我们说，有觉解是明，无觉解是无明。但若只有觉解，而无高一层的觉解，则其明仍是在无明中，如人在梦中做梦。梦中之梦虽醒，但其醒仍是在梦中。《庄子·齐物论》说："方其梦也，不知其梦也。梦之中又占其梦焉。觉而后知其梦也。且有大觉而后知此其大梦也。"有高一层的觉解者，可以说是大觉者。

由此方面看，程朱所讲的，入圣域的方法，注重格物致知，是很有理由的。朱子说："大学物格知至处，便是凡圣之关。物未格，知未至，如何也是凡人。须是物格知至，方能循循不已，而入于圣贤之域。纵有敏钝迟速之不同，头势也都自向那边去了。今物未格，知未至，虽是要过那边去，头势只在这边。如门之有限，犹未过得在。"（《语类》卷十五）又说："致知诚意，是学者两个关。致知乃梦与觉之关，诚意乃善与恶之关。透得致知之关则觉，不然则梦。透得诚意之关则善，不然则恶。"（同上）照我们的说法，就觉解方面说，圣人与平常人中间的主要的分别，在于平常人只有觉解，而圣人则觉解其觉解。觉解其觉解的觉解，即是高一层的觉解。只有觉解，比于无觉解，固已是觉不是梦，但比于有高一层的觉解，则仍是梦不是觉。所以有无高一层的觉解，是梦觉关。过此以后，固然还需要工夫，然后才可常住于圣人之域，但已过此门限，以后总是所谓门槛内的人了。如未过此门限，则无论如何，总是平常人，所谓"如何也是凡人"。

或问：科学家研究科学，是否亦是发展其心的知觉灵明，是否亦是求尽心尽性？

于此我们说，科学的知识，虽是广大精微，但亦是常识的延长，是与常识在一层次之内的。人有科学的知识，只表示人有觉解，但觉解只是觉解，而不是高一层的觉解。所以科学家虽研究许多事物，有许多知识，但仍是在上所谓梦觉关的门限之梦的一边。所以科学家研究科学，虽事实上亦是发展其心的知觉灵明，但他对于尽心尽性，并无觉解。普通研究科学者，

多不自觉其研究是发展其心的知觉灵明,既不自觉,所以于其做此等研究时,他是在梦觉关的梦边,而不是在其觉边,还是在无明中,而不是在明中。用海格尔的话说,他发展其心的知觉灵明,是"为他的"而不是"为自的"。所以他研究科学,虽事实上亦是发展他的心的知觉灵明,但对于他并没有求尽心尽性的意义。所以他虽可对科学有很大的成就,但不能有圣人所能的境界。

所谓求尽心尽性,固亦不能凭空求之。"必有事焉。"此事可以是很平常的事。洒扫应对,担水砍柴,尚可以是尽心尽性的事,研究科学等,自然亦无不可。"不离日用常行内,直到先天未画前。"但看人于做这些事的时候,它对于他们的意义是如何,如上文所说。

上文的意思,可用另一套话说之。人于发展其心的知觉灵明时,亦自知其是发展其心的知觉灵明。此即是他已有高一层觉解。普通研究科学者,既无此等高一层的觉解,故其研究,只能使其对于科学的对象有了解,而不能使其对于其心性有自觉。故其研究虽亦可发展其心的知觉灵明,但其发展仍是在小觉中,其发展对于他即无尽心尽性的意义,但对于心性有觉解者,其发展其心的知觉灵明是在觉中,故研究科学亦即是尽心尽性之事。

或问:研究心理学者,可谓对于心性有了解,或至少是在求了解,如此则研究心理学者,应即有高一层的觉解,其研究与所谓尽心尽性之事,不应再有差别。

于此我们说:心理学虽亦研究心性,但其所研究者,只是事实上的心,生物学上的性。它不了解人的逻辑上的性,亦不了解心的理。因此他亦不知什么是人之所以为人者,不知什么是心之所以为心者,不知人及人的心在宇宙间有何地位。此即是说,研究心理学者,专就其研究心理学说,并没有高一层的觉解。他所研究的虽是心,但其研究仍是在不觉中行之。其情形正如上所说,关于别的科学的研究的情形相同。

哲学与科学的不同,在于哲学的知识,并不是常识的延长,不是与常识在一层次上的知识。哲学是由一种自反的思想出发。所谓自反者,即自觉解其觉解。所以哲学是由高一层的觉解出发者。亚力士多德谓:思以其自己为对象而思之,谓之思思。思思是最高的思。哲学正是从思思出发的。科学使人有了解,哲学使人觉解其觉解。我们可以说:有科学的格物致知,有哲学的格物致知。此二种格物致知,其所格的物,可同可不同。但其致的知则不同。科学的格物致知,所致的知,是与常识在一层次上的知。哲学的格物致知,所致的知,则是高一层次的知。科学的格物致知,不能使人透过梦觉关。而哲学的格物致知,则能使人透过此关。

不过研究科学,既在事实上亦是发展其心的知觉灵明,所以科学家如能本其所有的知识,自反而了解其知识的性质及其与宇宙人生的关系,则此自反即是觉解的自觉解。能如此,则其以前所有的知识,以及研究的工作,对于他即有不同的意义。如此,则他的境界,亦即有不同。如此,则此以前所有的知识,即转成智慧。借用佛家的话说,此可谓之"转识成智"。此自反的觉解,借用孟子的话说,可谓之"反身而诚"。我们所谓"反

身而诚"，即谓自反而有高一层的觉解。

或问：世人尽有有知识而做不道德的事者。不道德的人，其知识愈多，愈足以济其恶。作恶的人用他的知识，是否亦是发展其心的知觉灵明？

于此我们说，可以助人做不道德的事的知识，是与常识在一层次上的知识。这些知识，对于道德，本来是中立的。人可以用之以为善，亦可以用之以为恶。这些知识，可以说是人的一种工具。利用这些工具以作恶者，是利用其心的知觉灵明，而不是发展其心的知觉灵明。他如此利用其心的知觉灵明，与尽心尽性是无干的。所谓尽心尽性的最要义，是充分发展人的高一层的觉解。高一层的觉解不是一种工具。其发展亦不能有实际的用处。但它可以改变人所有的境界。一人如觉解其可以与天地参，及其所以与天地参者，他的境界即比我们所谓道德境界又高一层。在此境界中，他当然只做道德的事，但于做道德的事时，其事对于他的意义，又不仅只是道德的。希腊人谓知识即道德。此知识必须是已"转识成智"的知识，然后可说知识即道德。不过有此等知识的人，其行为虽必是道德的，而其行为对于他的意义，又不仅是道德的。所以严格地说，知识即道德，仍是不能说的。

或问：人为什么要尽心尽性？

有许多人说，人尽心尽性，可以得到一种境界，于其中人可以得到一种快乐。道学家亦常教人"寻孔颜乐处，所乐何事"。刘梯山作学乐歌，说："乐是乐此学，学是学此乐。不乐不是学，不学不是乐。"此所谓学，是学圣贤之学，乐是乐圣贤之乐。尽心尽性，可使人得到一种境界。在此种境界中，人可有一种快乐，这也是我们所承认的。不过我们以为，人只可以此种快乐为此种境界的副产品，而不能以此种快乐为其求尽心尽性的所为。我们不能说，人求尽心尽性，所为的就只是求此种快乐。

以求快乐为目的而求尽心尽性者，必不能尽性。因为求快乐并不是人之所以特异于禽兽者。严格地说，我们不能说，禽兽亦求快乐，因为禽兽不知快乐是快乐。但禽兽与人在此点的分别，亦仍是在有了解或无了解。禽兽所求的对象，与人所称为快乐者，是一类的。因此人若以求快乐为目的而求尽性，其所尽是其动物之性，而不是其人之性。所以以求快乐为目的而求尽人之性，是一种自相矛盾的说法。以求圣人的乐处而学圣人，是一种自相矛盾的行为。

或可说：求孔颜乐处者，所求的快乐，与一般人所求的快乐，有性质的不同。有高等的快乐，有低等的快乐，此二者不可一般而论。于此我们说，关于快乐有性质上的不同之说，另有讨论。即令其果有性质上的不同，而所谓求快乐者，必是求"我的"快乐。以求"我的"快乐为目的者，无论其所求是何种高尚的快乐，其境界只是功利境界。功利境界，并不是很高的境界，未到最高的境界者，不能是已尽心尽性。圣人并不是以求"我的"快乐为目的的。当然在他的境界中，他是自有一种很大的快乐。不过这一种快乐是在圣人境界中的人所不求而自至的。人到此种境界，则自有此种快乐。但若专以求此种快乐为目的，则永不能到此种境界。

究竟人为什么要尽心尽性？我们于下文试作详说。

"性即理也"，理是一类事物的标准。宇宙间无论什么事物，都有其标准，道学家所谓"有物必有则"。人的生活，亦有其标准。此标准并不是什么人随意建立，以强迫人从之者，而是本然有的。有标准亦并不是有什么外力加于人者，而是事实上他所本来依照的。此即是人之理，亦即道学家所谓天理。人的生活在事实上是本来依照此标准的。此即是说，人在事实上是本来依照此标准而生的。在事实上，生活能完全合乎此标准的人，固是"绝无仅有"，但生活完全不合乎此标准的人，亦是绝对没有的。例如就觉解说，有完全觉解的人，固是"绝无仅有"，但完全无觉解的人，亦是绝对没有的。就道德说，完全道德的人，固是"绝无仅有"，但完全不道德的人，亦是绝对没有的。说没有完全不道德的人，似乎有人以为不合事实，但事实是如此的。关于此点，我们在别处已有证明（《新世训·绪论》），兹不再详说。

宇宙间无论什么事物，都有其理。某种事物，事实上都依照某理，但事实上都不完全合乎某理。此即是说，在事实上它都是不完全的、无觉解的物，不能超过事实，不知有所谓标准，则亦只安于事实上的不完全。人是万物之灵，他不但知事实，并且知事实所依照的标准。知事实所依照的标准，即是超过事实。所以他在事实上虽不能完全合乎标准，而却知有标准。知有标准，他即知有一应该。此应该使他求完全合乎标准。人之所以为人者，就其本身说，是人之理，对于具体的人说，是人之性。理是标准，能完全合乎此标准，即是穷理，亦即是尽性。

有些人虽知有应该，而仍安于事实上的不完全，此等人即是所谓"自暴自弃"，自比于禽兽，因为禽兽亦是安于事实上的不完全的。

人的心的知觉灵明，是人之所以特异于禽兽者。事实上，人都有知觉灵明，但其知觉灵明却不完全合乎人之理所规定的标准。充分发展其知觉灵明，使其完全合乎此标准，是尽心，亦是尽性。人的知觉灵明愈发展，他对于应该，所知愈多。对于应该所知愈多，他愈不能安于事实上的不完全。伊川说："人苟有'朝闻道，夕死可矣'之志，则不肯一日安于所不安也，何止一日，须臾不能，如曾子易箦，须要如此乃安。人不能若此者，只为不见实理。实理得之于心自别。""古人有捐躯殒命者，若不实见得善恶能如此？须是实见得，生不重于义，生不安于死也。故有杀身成仁者，只是成就一个是而已。"朱子说："只理会此身，其他都是闲物事。缘我这身，是天造地设的，担负许多道理。尽得这道理，方成个人，方可柱天踏地，方不负此生。若不尽得此理，只是空生空死，空具形骸，空吃了多年人饭。见得道理透，许多闲物事，都没要紧。"我们可以说，人所以要尽性，因为他觉解有标准，觉解有应该，不安于事实上的不完全。他要"尽得这道理"，"成就一个是而已"。此外没有别的为什么。

人若能完全合乎人之所以为人的标准，则到道学家所谓"人欲尽处，天理流行"的境界。或可问：凡实际的事物，都必依照其理。人的感情欲望及自私，亦必依照其理。凡理都是天理。何必俟"人欲尽处"，乃始"天理流行"？

于此我们说，人的感情、欲望及自私等，所依照的理，亦是天理。虽都是天理，但不是人之所以为人的天理。人充分发展其欲望，亦可说是尽性，但不是尽人之性。人既然是人，则必求尽人之性。于此可附带一说道学家所谓人心及道心的区别。

人不但是人，而且是生物，是动物。他有人之性，亦有生物之性，动物之性。于《新理学》中，我们说，生物之性，动物之性，亦是人所有的，但不是人之性，而是人所有之性。感情欲望等，大概都是从人的人所有之性发出的。从人的人所有之性发出者，道学家谓之人心。从人的人之性发出者，道学家谓之道心。"人心惟危，道心惟微"，是道学家所常引用的一句话。朱子说："人心便是饥而思食，寒而思衣的心。饥而思食后，思量当食与不当食；寒而思衣后，思量当着与不当着：这便是道心。圣人时，那人心也不能无。但圣人是常合着那道心，不教人心胜了道心。"（《语类》卷七十八）饥而欲食一类的欲求，是人与一般动物所同有的。但对于一般动物，于欲食时，只有能食不能食的问题。人于欲食时，在有些情形下，虽能食，而尚有应该食或不应该食的问题。只欲食，又只问能食不能食，这是出于人心。虽欲食，而于不应该食时，即知不应该食，这是出于道心。虽知不应该食，但因欲食，而往往不能不食，这是道心为人心所胜。一般人虽有道心而未必能见之于行事。所以说："道心惟微。"欲食虽不必是不应该的，但往往可以使人做不应该做的事。所以说："人心惟危。"

有许多人以为，道学家所谓人心，即是他们所谓人欲。这是完全错误的。所谓人欲者，是指人心之带有损人利己的成分，即所谓私的成分者。所以人欲亦称私欲。人欲或私欲，照定义即是恶的。人心则不必是恶的，不过颇易流于恶。所以说："人心惟危。"朱子说："人心不全是不好，若人心是全不好的，不应只下个危字。盖为人心易得走从恶处去，所以下个危字。若全不好，则是都倒了，何止于危？危是危殆。道心惟微，是微妙，亦是微昧。"(《语类》卷七十八)人欲照定义即是恶的，所以道学家以为人不可有人欲或私欲。他们说私欲，注重在私字。他们有时只说欲，亦是指私欲，亦注重在私字。有人以为，道学家所谓欲者，如饮食男女之类是也。道学家不教人有欲，将亦教人绝饮食男女乎？此批评是完全错误的。饮食男女等欲求，是人心，不是人欲。妨碍别人的饮食男女，以求自己的饮食男女，才是人欲。无论从哪一派伦理学的观点看，人欲都不能说不是恶的。

以前中国哲学家常说心、性、情，三者常是相提并论的。所谓情，有时是说性之已发。性是未发，情是已发。心则包括已发未发。此所谓心统性情。理学一派的道学家所谓情，其意义如此。照所谓情的此意义说，所谓情者，不是恶的。所谓情，有时是说道学家所谓人欲。照所谓情的此意义说，所谓情者是恶的。董仲舒说性善情恶。王弼说："性其情。""性其情"，即以性制情。

人的心有感情欲望等，此是人之同于或近于禽兽者。道学家称此为人心，以与道心相对。感情欲望等之有私的成分者，道学家称之为人欲，以与天理相对。道学家似乎是轻视人的。我们以有知觉灵明为人之所以异于禽兽者，以人之所以异于禽兽者为人的心的要素。就字面上看，我们是重视人的。不过这不过在字面上看是如此。我们的说法，是从人与禽兽的不同说起。道学家的说法，则是从人与天的不同说起。从人与禽兽的不同说起，则其高出于禽兽者，即是人之所以为人者，从人与天的不同说起，则其不及于天者，即是其"人的成分"。人有其"人的成分"，亦有其"神的成分"，道学家所谓道心人理等，都是说人的"神的成分"。由此方面说，道学之重视人，比我们有过之无不及。

活动与欲

人生之目的是"生","生"之要素是活动。有活动即是生,活动停止即是死。不过此所谓活动,乃依其最广之义;人身体的活动,如穿衣走路等,心里的活动,如思维想象等,皆包括在内。

活动之原动力是欲。此所谓欲,包括现在心理学中所谓冲动及欲望。凡人皆有一种"不学而能"的,原始的活动,或活动之倾向,即是所谓本能或冲动。冲动是无意识的,虽求实现,而不知所实现者是什么;虽系一种要求,而不知所要求者是什么。若冲动而含知识分子,不但要求,而且对于所要求者,有相当之知识,则即是所谓欲望。冲动与欲望虽有不同,而实属一类。中国之欲字,似可包括二者,比西洋所谓欲望,范围较大。今此所谓欲,正依其最广之义。人皆有欲,皆求满足其欲。种种活动,皆由此起。

近来颇有人说:情感是吾人活动之原动力。如梁任公先生说:"须知理性是一件事,情感又是一件事。理性只能叫人知道某件事该做，某件事该怎样做法，却不能叫人去做事；能叫人去做事的，只有情感。我们既承认世界事要人去做，就不能不对于情感这样东西十分尊重。既已尊重情感么？老实不客气，情感结晶，便是宗教化。一个人做按部就班的事，或是一件事已经做下去的时候，其间固然容得许多理性作用。若是发心着手做一件顶天立地的大事业，那时候，情感便是威德巍巍的一位皇帝，理性完全立在臣仆的地位。情感烧到白热度，事业才会做出来。那时候若用逻辑方法，多归纳几下，多演绎几下，那么，只好不做罢了。人类所以进化，就只靠这种白热度情感发生出来的事业。这种白热度情感，吾无以名之，名之曰宗教。"（《学术讲演集第一辑》第七五页）

  关于理性及宗教，下节另有讨论。今姑先问：能叫人去做事的，果是而且只有情感么？依现在心理学所说：情感乃是本能发动时所附带之心理情形。"我们最好视情感为心理活动所附带之'调'（tone），而非一心理历程（mental process）。""自根本上言之，人之心，与动物之心，终是一复杂之机器，以发动及施行动作——以做事。凡诸活动，皆依此看，方可了解。"（唐斯累《新心理学》第一版六三页）情感与活动固有连带之关系，然情感之强弱，乃活动力之强弱之指数（index）（同上，六三页），而非其原因。若以指数为原因，则岂不即如以寒暑表之升降为气候热冷之原因么？

关于真善美

有许多人把"真"、"善"、"美"三者，认为是一事，或混为一谈，常说：真的就是善的，就是美的，善的就是真的、美的，等等。这些说法，听着很好听，因为这三字本来都是说着好听的。但仔细想起来，这种说法究竟说些什么，实在很成问题的。

在中国原有言语里，所谓"真"有两义。例如我们说，"这个桌子是真的"；我们亦说，"报上的某消息是真的"。这两个"真"的意思不同。第一句话中所谓"真"，是对于一事物说；后一句话中所谓"真"，是对于一句话说。普通所谓真善美之"真"，是指"真理"而言，是后一句话中所谓"真"。

就普通所谓真善美说，"真"是对于一句话说的，"善"是对于一种行为说的，"美"是对于一种形象说的。

人不能凭直觉，知道某一句话是真；但知道某一个形象是美，则是专凭直觉的；人知道某一个行为是善，是不是专凭直觉，这是一个值得讨论的问题。

王阳明的"良知说",就是主张专凭直觉,人即可以知道善知道恶。阳明说:"知善知恶是良知,为善去恶是格物。"阳明亦说"致知",但谓致知即是致良知,"知善知恶是良知"。人见一善的行为,不待思考,而即感觉其是善;见一恶的行为,不待思考而即感觉其是恶。正如人见一美的事物,不待思考而即感觉其是美;见一丑的事物,不待思考而即感觉其是丑。《大学》说:"如恶恶臭,如好好色。"阳明亦常引此言,以比喻良知。人于感觉一行为是善时,不但感觉其是善,而且对之有一种敬仰。于感觉一行为是恶时,不但感觉其是恶,而且对之有一种鄙视。犹之乎人见好色即自然好之,见恶臭即自然恶之。阳明以为人本来都能如此直接分别善恶。此"能"阳明谓之"良知"。人须先觉了他有"良知",然后即注意于顺良知行。顺良知行即是致良知,即是致知,亦即是格物。

照这种说法,人对于道德价值的知识,是一种直接的知识,也可以说是一种直觉。有道德价值的行为,是依照某道德规律的行为。但人感觉一行为是善的,并不是因为他们先知其是依照某道德规律。他们并不必先将此行为加以分析,见其依照某道德规律,然后方感觉其是善的。法庭中,法官的判决是用此种方法得来,但人对于道德价值的感觉,则不是用此种方法得来。他们先感觉一行为是善的,依此感觉,他们即说它是善的。至于分析其行为是如何依照某道德规律,则是以后的事。人对于美的感觉,亦是如此。譬如人见一好画,而感觉其为美,他们并不是先将其加以分析,见其是依照某美学的规律,然后感觉其为美,而是一见即感觉其为美。依此感觉,他们即说,它是美的。至于分析它是如何依照某美学的规律，则是以后的事。此点若详加讨论，即到理在心外或理在心中的问题，此问题是理学心学所争论的一个根本问题。置此问题不谈，而但说，人对于道德价值的知识，是一种直接的知识，也可以说是一种直觉。人都能有此种知识，此"能"是人的良知。若限良知于此义，则人有良知之说，是可以说的。有些人对于此点，尚有怀疑，请先释疑。

有些人以为，所谓"良知"如上所说者，不过人于某种社会制度内，所养成的道德习惯，在知识方面的表现。在某种社会内，某事是善的。但在别种社会内，某事或不是善的。人的良知，常以其社会所以为善者为善。例如以家为本位的社会，以女子守节为善，其中的人的良知，亦以女子守节为善；以社会为本位的社会，不以女子守节为善，其中的人的良知，亦不以女子守节为善。在此两种不同的社会中，对于此等事，人的良知所见不同。于此可知，良知的"知"是不可靠的。

于此我们说，照上文所说，良知只能知其对象，而不创造其对象。道德行为是依照道德规律的行为，道德规律，有些是某种社会的理所规定的，所以本可以不同。在某种社会内，某事本是善的。本是善的，而人的"良知"知之，并不是人的良知以为善，它才是善的。在某种社会内，某事本不必是善的。本不必是善的，而人的良知亦知之，并不是人的良知以为不必是善的，它才不必是善的。在以家为本位的社会中，女子守节，本是道德的行为；在以社会为本位的社会中，女子守节本不必是道德的行为。此种行为，本是如此，而人的良知知之。并不

是人的良知以为此种行为是如此,而它才是如此。

有些人以为,所谓"良知"者,并不是自有人类以来,人本即有的;经过长时期"物竞天择"的演变,现在的人,才可以说是有良知。我们或可说"现在的人有良知",而不可说"人有良知"。

此所说或是事实,但就义理说,说人有良知,则并不因有此事实而有不合。假定以前的人无良知,而现在的人有良知,也就是说,现在的人,更近于人之所以为人者,人类研究有了进步。这于说人有良知,并没什么妨碍。

照心学这一派的说法,人不但专凭直觉即可以知善知恶,而且只可以专凭直觉知善知恶;若对于直觉所知,另有考虑,则反而不能知善知恶了。对于直觉所知,另有考虑,心学一派的人,谓之用智。"用智"的弊,与"自私"同,程明道说:"君子之学,莫若廓然而大公,物来而顺应。""人之情各有所蔽,故不能适道。大率患在于自私而用智,自私则不以有为为应迹;用智则不能以明觉为自然。"(《定性书》)阳明以为良知所知,就是至善,他说:"至善之发见,是而是焉,非而非焉,轻重厚薄,随感随应,而亦莫不有天然之中,是乃民彝物则之极,而不容少有拟议增损于其间也。少有拟议增损于其间,则是私意小智,而非至善之谓矣。"(《大学问》)这都是说,人只可以专凭直觉,知善知恶。

这并不是说,人只可以专凭直觉做事。直觉能使人知道什么事应该做或不应该做,不能教人知道什么事怎么做。知道什么事应该做以后,就去研究怎么做,这不是直觉所能知的。但这也不是道德判断了。

至于"真",则我们不能专靠直觉而判定哪一句话是真的。有些人可以说,算学及逻辑中的最初定律,是"自明"的。所谓"自明"者,就是专靠人的直觉,就可以知道它是真的。此话也许不错,但即令此说是真的,也不过是只有这些定律是自明的而已。人还是不能专靠直觉就能算算学、演逻辑。至于关于实际事物的科学,例如化学、经济学等,更不是专靠直觉,即可以讲的。

我们可以说:"真的话就是与事实相符的话",我们也可以说:"善的行为就是于社会有利的行为。"但关于美,我们只能说,"美是使人有某种感觉的形象"。

不过对于一句与事实相符的话,我们须先知其是与事实相符,我们才知道它是真的,但对于一种于社会有利的行为,我们不必想到它是于社会有利,而立时对于它即有崇敬爱慕之感。善恶的判断,可以专凭直觉者,其原因即在于此。

人不能专凭直觉说一句话是真,但可以专凭直觉说一行为是善,一形象是美。不过人可以离开人的感觉说善之所以为善,但不可以离开人的感觉说美之所以为美。这就是说,感觉并不是构成善的要素,但是构成美的要素。这是真善美的一个不同之点。

论天真活泼

有一位青年给我的信上说:"每当我读《新世训》的时候,我就觉得自己成了三十以上的人了。年青人喜欢读比较刺激一点的书,但他却不问那书到底对不对。我也是青年人,我觉得《新世训》一书很容易使一个青年老大,很容易失掉天真活泼的情怀。这点对不对,我想先生能给我们一个满意的解答。"

此所谓使青年老大,就是说,使青年失掉天真活泼的情怀。所以为讨论这个问题,我们须先问什么是天真活泼。我们说一个人天真,可以是说一个人浑沌,易于冲动,亦可以是说一个人真率纯洁。我们说一个人活泼,可以是说一个人举动随便,容易轻举妄动。也可以是说一个人有朝气、有精神、自强不息。若所谓天真是浑沌的意思,若所谓活泼是举动随便、轻举妄动的意思,读了《新世训》的人,若失掉了天真活泼,我认为这是《新世训》的很大的成就。若所谓天真是真率纯洁的意思,若所谓活泼是有朝气、有精神、自强不息的意思,则读了《新世训》的人,决不会失掉天真活泼。因为真率纯洁、有朝气、有精神、自强不息，正是《新世训》所赞美提倡的。不过它所用的话没有什么刺激性而已。天真、活泼本是两个好名词，但有许多人，误以浑沌易于冲动为天真，误以举动随便轻举妄动为活泼。我承认浑沌，易于冲动，举动随便，轻举妄动，是青年所常有的特点，但这是青年的缺陷，正是青年所应该改正的。若以为这些不是缺陷，是天真活泼，应该保持勿失，这是很危险的。《新世训·尊理性》，正是要人破除浑沌，不为冲动所支配，教人不可举动随便，轻举妄动。《新世训》所希望人得到的，是真正的天真活泼。

就天真是真率纯洁说，《新世训》提倡"无所为而为的人生"。在《为无为》章，《新世训》说："一个人一生中所做的事，大概可以分为两部分。一部分是他所愿意做者，一部分是他所应该做者。合乎他的兴趣者，是他所愿意做者。由于他的义务者，是他所应该做者。道家讲无所为而为，是就一个人所愿意做的事说；儒家讲无所为而为，是就一个人所应该做的事说。"所谓"无所为"，就是不计较个人的成败祸福。一个人不计较他个人的成败祸福，而做他所愿做的事，所谓真率，莫过于此。一个人不计较他个人的成败祸福，而做他所应该做的事，所谓纯洁，莫过于此。《新世训》赞美提倡这种人生，并且说，有这种人生的人，心境真率空阔无沾滞，所谓胸怀洒落者，即是指此种心境说。有这种生活的人，做事是一往直前，心境是空阔无沾滞，所谓天真，宜无过于此。

《新世训·论诚敬》章中说，敬是一个人的"精神总动员"。又说："我们现在常听说，人必须有朝气。所谓有朝气的人，是提起精神奋发有为的人。若提不起精神，萎靡不振的人，谓之有暮气。我们可以说，能敬的人，自然有朝气。而怠惰的人，都是有暮气。"又说："敬对人的做事效率及成功，有与现在普通所谓奋斗努力等，有同样的功用。"《新世训》所提倡的是蓬蓬勃勃作为有效率的人生，所谓活泼，宜无过于此。

总之，《新世训》所提倡的，是真率纯洁而不浑沌的人生，是有朝气、有精神、自强不息，而不轻举妄动的人生，是真正的天真活泼的人生。

有些人说：这种人生是不可能的。一个人所以真率纯洁，就是因为他有一股浑劲，一个人所以有朝气、有精神，就是因为他喜欢轻举妄动。等到他的浑劲没有的时候，他也就工于计算，一切举动，都是有所为而为，也就失去他的天真纯洁了。他若不喜轻举妄动，他也就没有朝气，没有精神了。

对于这种说法，我们说：若果顺着一个人的自然发展，不加学力工夫，大概是如此的。上文所说：真率纯洁而不浑沌的人生，有朝气、有精神、自强不息，而不轻举妄动的人生，并不是自然的礼物，而是精神的创造。这就是说，这是从学力工夫产生出来的。学力工夫也不是违反自然的，也不是矫揉人性，造作成一种样子。学力工夫的功用，在于辅助自然的发展，补其偏而救其弊。这也就是所谓教育的功用。

不靠学力工夫，而自然有的纯洁率真，是与浑沌相连带的。不靠学力而自然有的有朝气、有精神，是与喜欢轻举妄动相连带的。因其是相连带的，所以严格地说，这种真率纯洁，不一定是真正的真率纯洁。这种自强不息，不一定是真正的自强不息。这种真率纯洁及自强不息，亦是不可持久的。中国常语谓"初生之犊不畏虎"。它不畏虎，是因为它不知老虎会吃它。严格地说，它并不是勇敢，只是不知害怕而已。它不畏虎，是因为它不知害怕，所以到它知道害怕的时候，它也就畏虎了。它的不畏虎是不能持久的。

所以我们不能靠与浑沌有连带的真率纯洁，而要用工夫学力，造出真正的真率纯洁。不能靠与喜欢轻举妄动有关系的自强不息，而要用工夫学力，造出真正的自强不息。这是真正的，亦是可以持久的。

说到刺激性的问题，我以为凡是关于人的行为的事，我们不应该用有刺激性的话，刺动他的感情，使他有类似于冲动或盲动的行动。如果如此，那就是以别人为工具，以达到自己的一种目的。这种办法，在政治社会方面，或者不容易完全避免，但在教育方面，这是应该完全避免，而且是可以完全避免的。

我们说，在政治社会方面，不容易完全避免，并不是说完全不能避免。有人说，民主政治的根本精神，就是把人当成人，不把人当成工具。在行民主政治的国家里，我们不能说，没有人靠刺激人的感情，以求政治上的成功。但与纳粹法西斯国家比较起来，情形是有不同。我们只需把罗斯福、丘吉尔的演说词，与希特勒的演说词比较观之，便可见其不同。希特勒的演说词，大概含有刺激性的话最多。据说，他演说的时候，也是乱走乱跳，大叫大哭。罗斯福、丘吉尔的讲演，大部分是报告事实，固然也不能说完全没有刺激性的话，但与希特勒的演说，是有性质上的不同。这也可以说是小节，但于这小节上，反映出民主政治与纳粹法西斯政治的一个根本的差异。

民主的教育，是要教育出来独立自主的人。每一个人遇事都有他自己的判断。他不为别人的工具，也不以别人为工具。他遇事只管对不对，不管刺激不刺激。这是教育的理想，也是所谓学力工夫的功用。

人物之性

朱子云：

人之所以生，理与气合而已。天理固浩浩不穷，然非是气，则虽有是理而无所凑泊。故必二气交感，凝结生聚，然后是理有所附著。凡人之能言语、动作、思虑、营为，皆气也，而理存焉。(《语类》卷四，页十)

理与气合而成为具体的个人。此气中之理，即所谓性也。不惟人有性，物亦有性。湛然谓"无情有性"，朱子或亦受其影响。朱子云：

天下无无性之物。盖有此物则有此性，无此物则无此性。(《语类》卷四，页一)

一物之性，即一物之理。《语类》云：

问：枯槁之物亦有性，是如何？曰：是他合下有此理。(同上，页六)

又云：

问：曾见《答余方叔书》，以为枯槁有理，不知枯槁瓦砾，

如何有理。曰：且如大黄、附子，亦是枯槁，然大黄不可为附子，附子不可为大黄。（同上）

一物有一太极；每一物中皆有太极之全体。然在物中，仅其所以为其物之理能表现，而太极之全体所以不能表现者，则因物所禀之气蔽塞之也。《语类》云：

问：人物皆禀天地之理以为性，皆受天地之气以为形。……若在物言之，不知是所禀之理便有不全耶？亦是缘气禀之昏蔽故如此耶？曰：惟其所受之气只有许多，故其理亦只有许多。如犬马，他这形气如此，故只会得如此事。又问：物物具一太极，则是理无不全也。曰：谓之全亦可，谓之偏亦可。以理言之，则无不全；以气言之，则不能无偏。（《语类》卷四，页二）

又云：

自一气而言之，则人物皆受是气而生；自精粗而言，则人得其气之正且通者，物得其气之偏且塞者。惟人得其正，故是理通而无所塞；物得其偏，故是理塞而无所知。……物之间有知者，不过只通得一路，如乌之知孝，獭之知祭。犬但能守御，牛但能耕而已。（同上，页十）

物所受之理，本无不全，但因其禀气较偏而塞，故理不能全显而似于偏也。如："犬马，他这形气如此，故只会得如此事。"即仅其所以为犬马之理，得有表现也。"其理亦只有许多。"就朱子之系统言之，应意谓其理亦只能表现此许多。

此具体的世界中之恶，皆由于此原因。《语类》云：

问：理无不善，则气胡为有清浊之殊？曰：才说著气，便自有寒有热，有香有臭。（同上，页十三）

又云：

二气五行，始何尝不正？只滚来滚去，便有不正。（同上）

盖理是完全至善的。然当其实现于气，则为气所累而不能完全。如圆之概念本是完全的圆，然及其实现于物质而为一具体的圆物，则其圆即不能是一绝对的圆矣。实际世界之不完全，皆由为气所累也。

惟气是如此，故即人而言，人亦有得气之清者，有得气之浊者。朱子云：

就人之所禀而言，又有昏明清浊之异。（同上）

禀气清明者为圣人，浑浊者为愚人。朱子以为如此说法，可将自孟荀以来儒家所争论之性善性恶问题，完全解决。《语类》云：

道夫问：气质之说，始于何人？曰：此起于张、程。某以为极有功于圣门，有补于后学。读之使人深有感于张、程，前此未曾有人说到此。如韩退之《原性》中说三品，说得也是，但不曾分明说是气质之性耳。性那里有三品来？孟子说性善，但说得本原处，下面却不曾说得气质之性，所以亦费分疏。诸子说性恶与善恶混。使张、程之说早出，则这许多说话，自不用纷争。故张、程之说立，则诸子之说泯矣。因举横渠："形而后有气质之性，善反之则天地之性存焉。故气质之性，君子有弗性者焉。"又举明道云："论性不论气不备，论气不论性不明。二之则不是。"且如只说个仁、义、礼、智是性，世间却有生出来便无状的，是如何？只是气禀如此。若不论那气，这道理便不周匝，所以不备。若只论气禀，这个善，这个恶，却不论那一原处只是这个道理,又却不明。此自孔子、曾子、子思、孟子理会得后都无人说这道理。谦之问:天地之气,当其昏明驳杂之时,则其理亦随而昏明驳杂否?曰:理却只恁地,只是气自如此。(《语类》卷四,页十五)

朱子此处,虽谓只述张、程之说,然朱子之讲气质之性,有其整个的哲学系统为根据。其说较张、程完备多矣。

朱子谓:"凡人之能言语、动作、思虑、营为皆气也。"《语类》云:"问:灵处是心抑是性?曰:灵处只是心,不是性。性,只是理。"(《语类》卷五,页三)

又云:

问:知觉是心之灵固如此,抑气之为耶?曰:不专是气,是先有知觉之理。理未知觉,气聚成形,理与气合,便能知觉。譬如这烛火,是因得这脂膏,便有许多光焰。(同上)

一切事物,皆有其理;故知觉亦有知觉之理。然知觉之理,只是理而已。至于知觉之具体的事例,则必"理与气合",始能有之。盖一切具体的事物,皆合材料与形式而成者也。理必合气,方能表现,如烛火之必依脂膏。吾人之知觉思虑,既皆在此具体的世界之中,故皆是气与理合以后之事也。吾人之知觉思虑,即所谓灵处,"灵处只是心,不是性。性只是理"。盖心能有具体的活动,理则不能如此也。

朱子又论心性与情之关系云:

性、情、心,惟孟子横渠说得好。仁是性,恻隐是情,须从心上发出来。心统性情者也。性只是合如此的,只是理,非有个物事。若是有的物事,则既有善,亦必有恶,惟其无此物,

只有理,故无不善。(《语类》卷五,页十一)

性非具体的事物,故无不善。情亦是此具体的世界中之事物,故须从心上发出。性为气中之理,故亦可谓为在于心中。所以谓"心统性情"也。

朱子又论心性情与才之关系云:

性者心之理,情者心之动,才便是那情之会恁地者。情与才绝相近。但情是遇物而发,路陌曲折恁地去的;才是那会如此的。要之,千头万绪,皆是从心上来。(《语类》卷五,页十五)

又云:

才是心之力,是有气力去做的;心是管摄主宰者,此心之所以为大也。心譬水也,性,水之理也。性所以立乎水之静,情所以行乎水之动,欲则水之流而至于滥也。才者水之气力,所以能流者。然其流有急有缓,则是才之不同。伊川谓性禀于天,才禀于气,是也。只有性是一定,情与心与才,便合着气了。(《语类》卷五,页十四至十五)

凡人所禀之理皆同;故曰"只有性是一定"。至于气,则有清浊之不同;故在此方面,人有各种差异也。"欲则水之流而至于滥也",理学家以欲与理,或人欲与天理,对言,详下。

道德

墨子荀子以及西洋哲学家,如霍布士等的政治社会哲学,以为人惟在社会中始能生活,所以虽明知社会是压迫个人,限制个人的,但亦不能不有之。人于"知性"时,他知社会不但不是压迫限制个人的,而且个人惟在社会中始能完全。个人与社会并不是对立的。以社会与个人为是对立的者,可以说是不知性。他们的政治社会哲学是错误的。其错误可从事实及义理两方面说。

就事实方面说,所谓只有人而没有社会的世界,在历史上是没有的。自有生民以来,人本来都在社会中。不过其社会的范围,可随时有大小的不同;其社会的组织,亦可随时有疏密的差异。在原始的社会中,社会的范围,固然只限于家族或部落。其范围比我们的现在的社会小,但若从个人与社会对立的观点看,则其对于个人的限制,比我们现在的社会,更有过之。说社会的组织愈进步,则其对于个人的限制愈小,这是真的。说人的生活愈原始,个人愈不受社会的限制,这是假的。没有群的蜂蚁，若何存在，是我们所不能想象的；没有社会的人，若何存在，亦是我们所不能想象的。

就义理方面说，没有群的蜂蚁，及没有社会的人，亦是我们所不能了解的。蜂蚁的定义，涵蕴其是有群的动物；人的定义，涵蕴其是社会动物。此即是说，蜂蚁的理涵蕴有群的动物的理；人的理涵蕴社会动物的理。一个人不能只是单独的一个人，而必须是社会的一分子。这是人的理中应有之义。

亚力（里）士多德以为人必须在国家的组织中始能成为人，犹之乎房子的梁，必须在房子的构造中，始可成为梁。桌子的腿必须在桌子的构造中，始可成为腿。如离开了房子或桌子，则所谓梁或腿者，不过是木料而已，不成其为梁，亦不成其为腿。亚力（里）士多德说："人是政治的动物。"此话并不是说，或并不只是说，人生来即有从事于政治活动的倾向。而是说，或并且是说，人必须在政治的组织中，始能有完全的发展。

我们可以说，梁的性涵蕴有房子。桌子腿的性涵蕴有桌子。用道学家的话说，房子在梁的"性分"之内，桌子在桌子腿的"性分"之内。

道学家常说，君臣父子是人的性分以内事。如无此等事，则人即不成其为人。孟子说："无父无君，是禽兽也。"言其不合乎人之所以为人，而异于禽兽者，所以即与禽兽无别。荀子亦说："禽兽有父子，而无父子之亲；有牝牡，而无男女之别。"禽兽的父子，禽兽的牝牡，是自然界的事实。而人的父子之亲，男女之别，则是文化的产物，是心灵的创造。此类的事是必于社会中始能有的。人必有此类的事，始能合他的性；完成此类的事，始能尽他的性。用我们现在的话说，人的性涵蕴有社会，是社会的、是人的性。

我们亦可以说，蜂蚁的性涵蕴有群，是有群的是蜂蚁的性。不过人之所以为人，而又异于蜂蚁者，在其有觉解。不但是社会的是人的性，人并且能觉解是社会的是人的性。他有此等觉解而即本之尽力以做其在社会中应做的事。此等行为即是道德的行为，有此等行为者的境界即是道德境界。

由此方面看，社会并不是与个人对立的，更不是压迫个人，限制个人的。它是人尽性所必须有的。说至此，我们必须对于另一派的政治社会哲学，略作批评。一部分道家以为万物都自为，但于其自为之中，即有为他的效用。人各为其私，但其为私，于其无形中即有为公的效用。一部分道家以为，人本来都有自发的道德行为，顺其自然，人的行为自然是合乎道德的。无论照哪一部分的道家的说法，国家社会的组织，以及法律道德的规则，都是一种不必要的恶。有了这些组织等，人的自由，即受了不必要的限制；人的行为，即受了不必要的束缚。所以法律道德，是一种不必要的规则；国家社会，是一种不必要的组织。简言之，它们都是一种不必要的恶。

严格地说，这一派的哲学家，可以说是不要国家，而不是不要社会；是不要法律，而不是不要道德。他们的理想的社会，是一种无政府主义的社会。在其中，人自然有道德的行为，或有合乎道德的行为，用不着国家的强制，法律的制裁。他们以为这种社会，是理想的社会，这是可说的。但以为原始的社会，即是这种社会，这是大错的。这种社会，不是自然的产物，而是精神的创造。所谓自然的调和,事实上是没有的。

大部分的革命家所持的革命理论,都多少以此类的政治社会哲学为根据。如卢梭说:"人生来都是自由的,但现在到处都在锁链中。"美法革命时代的革命家大都如此说。中国清末民初革命时代的革命家,亦大都如此说。这些革命家,都要从社会制度中,把个人解放出来。从所谓"吃人的礼教"中,把个人解放出来。

所谓从社会制度中,把个人解放出来者,照字面讲,是一句不通的话。其不通正如一个人以为,一条梁受上面屋顶的压迫,于是把它从房子中"解放"出来,而仍说它是条梁。但是一条梁若离开了房子,它即只是一根木料,而不是一条梁了。不过所谓要把个人从社会制度中解放出来者,大概不是可以如此照字面讲的。其真正的意思,大概是说:要把个人从某种社会制度中解放出来。这并不是说,不要社会,不要社会制度;而是说,要以一套新的社会制度替代旧的社会制度。

某种社会制度,在某种势下,本来是使文化可能所必需的。但于某种势有变时,某种社会制度,不但不是文化可能所必需,而反成了文化进步的阻碍。对于文化的进步说,如某种社会制度,成了阻碍,则对于个人的自由说,某种社会制度,即成了束缚。所谓把人从某种社会制度中解放出来者,即解除此种社会制度的束缚,而去其阻碍也。解除此种社会制度的束缚,并不是不要社会制度,而是要另一种社会制度。此种新社会制度,因其合乎新势,所以不是一种束缚、一种阻碍,而是文化可能所必需。比如在冬天的时候,人必穿棉衣,在其时棉衣是人的生活所必需。但天热以后，棉衣即成为一种负担、一种阻碍，人非从其中"解放"出来不可。这些都是由于道家所谓"时"，我们所谓"势"。离开时势，我们不能凭空地说，我们应该要哪种社会制度。犹之乎离开天气的温度，我们不能凭空地说，我们应该穿棉衣或单衣。其凭空地如此说者，其所说都可以说是"戏论"。

是社会的是人的性，所以社会不是压迫个人，而是人于尽性时所必需。有人以为，如此说者，似倾向于拥护现有社会制度。更有人以为，为此说者，必有这种倾向。这些以为，都是错误的。其错误由于他们把社会与某种社会，混为一谈。照我们的说法，是社会的是人的性，是某种社会的，不是人的性，不过人于尽性时，他不能只有社会，而必须有某社会；某社会不能仅只是社会，而必须是某种社会。所以在义理上说，是某种社会的不是人的性；而在事实上说，人尽性必于某种社会之内。人各于其所属的社会之内尽性。其社会不同，其为某种社会亦不必同，但在其中人都可以尽性。

人与人的社会的关系，谓之人伦。旧说，君臣、父子、夫妇、兄弟、朋友，谓之五伦。这亦是人伦。不过我们于此所谓人伦，则不必指此。五伦是以家为本位的社会中的人伦，我们于此所谓人伦，则是指任何种类的社会中的人伦。在任何种类的社会中，人与人必有社会的关系。此种关系，即是其中的人伦。在任何种类的社会中，任何人都必在人伦中占一地位，此即是说，任何人都必与某些人有某种社会的关系。

人在社会中，必居某种位分。此某种位分，即表示其人与社会的关系，并决定其对于社会所应做的事。譬如构成一房子的墙壁栋梁，各有其与房子的关系，及其对于房子所应有的支持。因其在社会所处的位分不同，人对于社会所应做的事亦不同。其所应做的不同的事，即是其职。此职谓之人职，以别于所谓天职。

凡社会的分子，在其社会中，都必有其伦与职。例如在蜂蚁的社会中，此一蜂或蚁，都必有其与别的蜂或蚁的社会的关系，必有其在其社会中的位分，因此有其伦与职。

蜂蚁虽有其社会，及其在社会中的伦与职，但对之并无觉解。人则不但有其社会，不但于其中有其伦与职，并且可对之有觉解，或有甚深的觉解。对于伦与职有甚深的觉解，即知各种的伦与职，都有其理想的标准。其理想的标准，即是其理。人在实际上所处的伦或所任的职，都应该完全合乎其理。这应该的完全达到，在伦谓之尽伦，在职谓之尽职。是社会的是人的性，伦与职是社会中应有之事，所以尽伦尽职，都是尽性。

尽伦尽职的行为，是道德的行为。凡道德的行为，都必与尽伦与尽职有关。所谓道德者，是随着人是社会的分子而有的。这并不是说，人可以不是社会的分子。照上文所说，人必须是社会的分子。既必须是社会的分子，则一个人与社会中的别的人，必有某种社会的关系，在社会中，必处某种位分。随着人是社会的分子而有的事，总不出乎此二者，所以所谓道德者，亦都必与尽伦或尽职有关。

我们说，在功利境界中的人，其行为是为利的；在道德境界中的人，其行为是行义的。为利者其行为是求其自己的利。

行义者，其行为遵照"应该"以行，而不顾其行为所可能引起的对于其自己的利害。义者，宜也。我们不能说，行义的人，必须尽某伦，尽某职。但我们可以说，无论尽某伦，尽某职，都是行义。为父者，尽其慈是行义；为子者，尽其孝亦是行义。

行义的行为是道德的行为。道德的行为，不是为利的行为。这并不是说，道德的行为，不能使有此等行为者自己有利。道德的行为，事实上亦可使有此种行为者自己有利。我们并且可以说，在社会中，人若欲为其自己得永久的利益，他的行为，是非合乎道德不可。不过以得到自己的利益为目的的行为，虽可以是合乎道德的，但并不是道德的行为。这不过是巧于算账的人，看出如此行于他最合算，所以他才如此行。严格地说，这些行为，实与一般的商业行为，并没有性质上的不同。所以虽可以是合乎道德的，但不是道德的。有这种行为者，其境界是功利境界。

例如有两个军人，都去冲锋陷阵。其一冲锋陷阵，为的是想得到上面的奖赏，或同伴的称誉。其一则以为，这是尽军人的职，此外别无所为。这两个军人的行为，表面上是相同的，但其里面则有很大的不同。前一人的行为，一般人或亦认为是道德行为。但一般人亦以为，后一人的行为，其道德的价值，比前一人的行为更高。为什么更高？岂不是因为无所为而为的行为，是更合于道德的理吗？如无所为而为的行为，是更合于道德的理，则有所为而为的行为，简直是不合于道德的理。所以有所为而为的行为，虽可以是合乎道德的，但并不是道德的行为。

行义的人，其行为不能以求他自己的利为目的。所谓"无所为而为"，其意义正是如此。不过行义的行为，亦并非于利无干。不但并非于利无干，而且与利有密切的关系。在中国道德哲学中，义与利是相对待的。在西洋道德哲学中，道德与快乐，是相对待的。有些哲学家，以为道德行为，是可以直接或间接使人快乐或得利的行为。此可以说是归义于利。有些哲学家以为道德行为完全与利或快乐无干。此可以说是分义与利。这两派的说法都有一半是错误的，一半是不错误的。

　　快乐论者说，凡有道德价值的行为，都是可以，直接地或间接地使人快乐的。我们可以问：快乐不能是凭空的快乐，必是某人的或某些人的快乐。上述命题中所说快乐是谁的快乐？是做此等事，或有此等行为者的快乐？是别人的快乐？此分别不明，即可引起不必要的辩论。一个人如欲为使其自己快乐而做一件事，其行为即令合乎道德，但不能有道德价值，此点上文已明。反对快乐论者，不承认此等行为有道德价值，这是不错的。但若因此即以为人的行为的道德价值，完全与人的快乐无干，这亦是错误的。因为离开了人的快乐，所谓道德价值，亦即空无内容。道德的行为，亦是求快乐的行为，不过其所求不是行为者自己的快乐，而是别人的快乐。他求别人的快乐，只是因为尽伦尽职，应该如此，非别有所为，此即所谓无所为而为。

　　就利说，利必有所利。一个人求利，是求谁的利？他所求者，可以是他自己的利，可以是别人的利。求自己的利，是所谓"为我"，是所谓"利己"；求别人的利，是所谓"为人"，是所谓"利他"。不过此所谓求别人的利,须是为求别人的利,而求别人的利者。这个限制,需要加上。因为有许多人以求别人的利为手段,以求其自己的利。此等行为,仍是利己,仍是为我,不是利他,不是为人。利己为我的行为,不必是不道德的行为,但不能是道德的行为。有此等行为者的境界,是功利境界。利他为人的行为,是道德的行为。有此等行为者的境界,是道德境界。

严格地说,我们虽不能说,禽兽亦求其自己的利,因为其行为大都是出于本能,出于冲动。但求自己的利,可以说是出于人的动物的倾向,与人之所以为人者无干。为实现人之所以为人者,我们不能说,人应该求自己的利。这上面没有应该与不应该的问题。但求别人的利,则与人之所以为人者有干。为实现人之所以为人者,我们可以说,人应该求别人的利;我们不能说,人应该求自己的利。虽或有人如此说,但其意义总不止此。例如《列子·杨朱》篇说:"人人不损一毫,人人不利天下,天下治矣。"如为此说者可以为,人人不损一毫,人人不利天下,是应该的,也是因为如此可以使天下治,所以才可以说如此是应该的。我们不能说,人应该求自己的利,但我们总可以说,人应该求别人的利。反对快乐论者,以为人若求自己的利,则不能说是应该如此,这是不错。但以为可以说是应该的行为,必与利无干,这是错误的。

又有些人以为,凡反对快乐论者,必不重视快乐。或以为,凡重视快乐者,必是快乐论者。或以为,凡注重义者,必是不注重任何利者,凡注重任何利者,必是不注重义者。这些以为,都是错误的。这些人都有一种思想上的混乱。哈体门在其伦理学中,分别意向所向的好,及意向的好。例如人以酒食享其父母,其行为是孝。在此等行为中,酒食是意向所向的好,孝是意向的好。酒食并不是孝,但在此等行为中,孝藉此可以表现。又如教人以孝,其行为是忠。在此等行为中,孝是意向所向的好,忠是意向的好。孝并不是忠,但在此等行为中,忠藉此可以表现。若如此分别,则求他人的利,其行为是义。在此等行为中,他人的利是意向所向的好,义是意向的好。此两种好,不在一层次之内。以之混为一谈,即上文所谓思想上的混乱。

例如孟子见梁惠王,不准梁惠王言利,只准其言仁义。而其自己却大讲其"五亩之宅,树之以桑",如何令人民足衣足食的计划。有人说:这不是讲利吗?孟子何以只许百姓点灯,不许州官放火?孟子亦可以说是讲利。不过梁惠王讲利,是讲如何使其自己得利。他问:"何以利吾国?"其国就是他自己。孟子讲利,是讲如何使人民得利。其所讲的利,是所谓意向所向的好,而不是意向的好,其意向的好是仁义。所以讲如何使人民得利,不是讲利,而是行仁义。

董仲舒说:"正其谊不谋其利,明其道不计其功。"此话虽不是孔子孟子所说,然确可以表示儒家的一种基本精神。这话是就个人行为的意向的好说。就个人的行为说,一个人应该只问其行为的是不是应该,而不计较此行为所可能引起的对于他自己的利害。我们须注意,此所说利害,是对于此人自己的利害,而不是对于社会的利害。若一行为,对于社会有害,则即是不道德的行为,哪能不计较?我们若为社会办事,则不能不为社会计利计功。为社会办事而为社会计利计功,是忠。不为社会计利计功是不忠。社会的利是此等行为的意向所向的好,忠是此等行为的意向的好。

孔子说:"饭蔬食饮水,曲肱而枕之,乐亦在其中矣。不义而富且贵,于我如浮云。"又说,颜回"一箪食,一瓢饮,在陋巷,人不堪其忧,回也不改其乐。贤哉回也!"有许多人以为,中国的古圣先贤,赞美贫穷;又以为,这是中国后来贫弱的一个原因。这些以为,亦是由于一种思想上的混乱。贫穷没有什么可以称赞。孔子所说,不过是说,一个人虽贫,而亦不可以不道德的方法求得富贵。颜回所以可称赞者,并不是他的贫,而是他虽贫而仍乐他的道。一个人应该牺牲他自己,以求社会的利。如其因此而贫,我们赞美他,是赞美他的牺牲,不是赞美他的贫。一箪食,一瓢饮,居陋巷,而仍不做不道德的事,以求富贵,这是应该的。但这并不是说,个个人都应该当叫花子,社会应该是叫花子式的社会。就各个人分别说,每个人都应该不怕贫穷,以求一社会的利。个个人都应该不怕贫穷,以求一社会的不贫穷。这种行为是义。在这种行为中,一社会的不贫穷,是其意向所向的好,义是其意向的好。

总上文所说,我们可知,儒家所谓义利的分别,是公私的分别。伊川说:"义与利,只是个公与私也。"(《遗书》卷十七)孟子说:"鸡鸣而起,孳孳为义者,舜之徒也;鸡鸣而起,孳孳为利者,跖之徒也。"为义者,不是不为利,不过其所为的利,是公利不是私利。此所谓公私的分别,亦即是为我、为人的分别。有为我的行为,求自己的利者,是求利;有为人的行为,求他人的利者,是行义。此点若清楚,我们可以了解,何以以前的儒家,有时以义与利正相反,有时又以为有密切的关系。《墨经》说:"义,利也。"此定义失于含混。但《墨经》说:"忠,利君也。""孝,利亲也。""功,利民也。"此诸定义,则是很可用的。

在宋代,正统的道学家有两次关于义利的大争辩:一次是司马光、程伊川等与王安石的争辩,一次是朱子与陈龙川的争辩。王安石行新法,司马光等攻击他,以为他是求利。离开当时的政治问题,专就司马光等以为王安石是求利说,司马光等是错误的。因为王安石的新法,所求者是国家人民的利,所以王安石的行为,是行义不是求利。陈龙川以为汉祖唐宗与尧舜是一类的人。汉唐的政治,与三代的政治,是一类的政治,其差别是程度上的差别。朱子以为汉祖唐宗是英雄,尧舜是圣贤。汉唐的政治,是霸政,是出于人欲的;三代的政治,是王政,是出于天理的。所以其差别是种类上的差别。照我们于此所讲的义利之辨,及英雄圣贤的分别,我们可知朱子是不错的。

行义的人,于行义时,不但求别人的利,而且对于别人,有一种痛痒相关的情感。此等人即是所谓仁人。伊川说:"公而以人体之谓之仁。"朱子说:"仁之道,只消道一公字,非以公为仁,须是公而以人体之。伊川已曰:'不可以公为仁。'世有以公为心,而惨刻不恤者。须公而有恻隐之心。此功夫却在人字上。"(《语类》卷九十五)体,如我们所说"体贴"之体。仁者不但以公为心,而且对于别人的情感,有一种体贴。义不义之辨,只是公私之分。但仁不仁之辨,则不只是公私之分。仁不但是公，且又须带有一种对别人痛痒相关的情感。此种情感，可以说是道德行为中的"人的成分"。所以伊川说："公而以人体之谓之仁。"朱子说："功夫却在人字上。"

明道说："医言手足麻痹，谓之不仁。此言最善名状。"手足麻痹者，对于其自己的手足，不觉痛痒，此谓之不仁，所谓麻木不仁是也。一人若只顾其自己，而对于别人的利害，若痛痒不相关者，此人即亦是麻木不仁。为公的行为，都以增进别人的利，或减少别人的害，为其意向所向的好。若有此等行为者之所以有此等行为，乃纯是其与别人痛痒相关的情感使然，他的境界，即是自然境界。他的此等行为，虽是合乎道德的，但并不是真正地道德的。若有此等行为者，确有见于此等行为的道德价值，此等行为的意向的好，为实现此价值，此意向的好，而有此等行为，他的行为，即是道德行为，他的境界，即是道德境界。他于实现此价值、此意向的好时，他心中若不兼有与别人痛痒相关的情感，而只因为"应该"如此行，所以如此行，则其行为，即是义的行为。若其兼有与别人痛痒相关的情感，则其行为，即是仁的行为。仁的行为有似乎上所说的在自然境界中的人的行为，但实不同，因其亦是在觉解中实现道德价值的行为也。在西洋哲学史中，关于在自然境界中的人的合乎道德的行为，与在道德境界中的人的道德行为的不同，康德分别甚清。但康德所说道德行为，只是义的行为，而不是仁的行为。道德行为又可分为义的行为与仁的行为二种，康德似尚未见及。

仁的行为必兼有义的行为，但义的行为，则不必兼有仁的行为。此即是说，仁兼义，但义则不兼仁。所以道学家常以仁为人的最大的德。照他们的说法，仁有广狭两义。就其狭义说，仁是四德之一，所谓仁义礼智是也。或五常之一，所谓仁义礼智信是也。就其广义说，则仁兼包四德五常，明道说："义礼智信皆仁也。"

上文说：所谓公私的分别，亦即是"为我""为人"的分别。此所谓"为我"，是"为私"的意思。就所谓"我"的此义说，在道德境界中的人，可以说是"无我"的。我们说，所谓"我"又有"主宰"的意思。就所谓"我"的此义说，则在道德境界中的人，又是"有我"的。

在自然境界中的人，顺才或顺习而行，其行是不得不然，莫知其然而然。对于我与非我的分别，他没有觉解，或没有深的觉解。这并不是说，在自然境界中的人的行为，都是不自私的。他的行为亦可以是自私的，不过虽是自私的，而他却不觉解其是自私的。就此方面说，他是不知有"我"。他的行为，虽可以是自私的，而却都不是自主的。他亦可有尽伦尽职的行为，但其行为是出于顺才或顺习。若其行为是出于顺才，则他是为自然所使。若其行为是出于顺习，则他是为社会所使。宋潜虚《画网巾先生传》谓：画网巾先生于明亡，以不肯薙发易服而死，临死不肯道姓名，曰："吾笑夫古今之循例而赴义者，故耻不自述也。""赴义"亦有"循例"者，盖亦随波逐流，见别人如何而亦如何。其行为虽是合乎道德的，但是无觉解的、不自主的，所以亦不是道德的。就此方面说，在自然境界中的人，不但是不知"有我"，而且是"无我"。在功利境界中的人有"我",其有"我"可就自私,及主宰两方面说。就自私方面说,在自然境界中的人,虽有自私的行为,但并不觉解其是自私的。在功利境界中的人,所有的行为,都是以求其自己的利为目的的行为。他的行为,有确切的目的,其目的都是自私的。就此方面说,他是有"我"的。就主宰方面说,在功利境界中的人,其行为都有确切的目的,他的行为,都是所以实现此目的。就此点说,他是有主宰的,他的行为是自主的。比于在自然境界中的人,他是有"我"的。但他的行为,都是有所为的,有所为则即为其所为所使。古人常说:"名缰利锁。"此即是说,名利能予人以束缚,使人不能自主。所以比于在道德境界中的人,在功利境界中的人又是不自主的。所以就主宰说,他又不是真正有"我"。

在功利境界中的人,觉解有"我",他可说是有"我之自觉"。在道德境界中的人,亦觉解有"我",亦有"我之自觉"。不过在功利境界中的人所觉解的"我",是"我"的较低的一部分。在道德境界中的人所觉解的"我",是"我"的较高的一部分。此所谓较高较低,是以"人之性"为标准。"我"之出于"人之性"的一部分,是"我"的较高的一部分。"我"之出于"人所有之性",如动物之性,生物之性等的一部分,是"我"的较低的一部分。"我"的较高的一部分,即我们所谓"真我"。出于"真我"的行为,是不自私的。就不自私说,在道德境界中的人是无"我"的。但就主宰说,在道德境界中的人,有"真我"为行为的主宰,如道学家所说:"道心为主,而人心每听命焉。"他的行为,都是尽伦尽职的行为。他知性,所以尽伦尽职以尽性,别无所为。其行为是有觉解的、自主的。所以既非盲顺天资,亦非盲从习惯或习俗。他尽伦尽职,是无所为而为,既不因有所为而为,亦不因有所为而止。所以"虽举世誉之而不加劝,举世非之而不加沮"。他是"自作主宰"。就其自作主宰说,他可以说是真正有"我"。孟子说:"居天下之广居,立天下之正位,行天下之大道。得志与民由之,不得志独行其道。富贵不能淫,贫贱不能移,威武不能屈。此之谓大丈夫。"此是真正有主宰的人,亦可以说是真正有"我"的人。

上文说:所谓"我"有自私及主宰二义。就所谓"我"的自私之义说,在自然境界中的人,不知有"我",在功利境界中的人有"我",在道德境界中的人无"我";就所谓"我"的主宰之义说,在自然境界中的人无"我",在功利境界中的人有"我",在道德境界中的人真正有"我"。

在道德境界中的人的尽伦尽职的行为,都必须是出于行为者的"我"的高一部分的有觉解的选择。一个人的行为若不是出于行为者的有觉解的选择,则其行为只是顺才或顺习而行,其人的境界是自然境界。一个人的出于选择的行为,若不是出于行为者的"我"的高一部分的选择,则必是出于行为者的"我"的低一部分的选择。如此则其行为必是有所为而为的,其人的境界,是功利境界。在自然境界及功利境界中的人,在表面上看,虽亦可有尽伦尽职的行为,但其行为,只是合乎道德的,而不是道德的。一个人的"我"的高一部分所作的选择,就其人自己说,都是无所为的。一个人的"我"的高一部分能作无所为的选择,即是所谓意志自由。西洋道德哲学中所谓意志自由，即中国道学家所谓自作主宰。

在道德境界中的人，尽伦尽职，"只是成就一个是而已"。于求"成就一个是"时，他可以不顾毁誉，不顾刑赏。但他并不是形如槁木，心如死灰，不知誉与赏是可欲的，毁与刑是不可欲的。他并不是无感觉、无情感。因为他有感觉、有情感，所以一般人所以为可欲者，他亦知其为可欲。例如一般人以美食美衣为可欲，他亦知美食美衣为可欲。惟其如此，所以他才能以一般人所以为可欲者，作为意向所向的好，以实现其意向的好。惟其如此，所以他才能于行义时，有与人痛痒相关的情感，而成为仁人。因为他亦是有感觉有情感的，所以他不顾毁誉，不顾刑赏，以求"成就一个是"，才真是一个选择，一个自由的选择。孔子说："富与贵是人之所欲也，不以其道得之不处也。"孟子说："生，我所欲也；义，亦我所欲也。二者不可得兼，舍生而取义者也。"一个人如不知富贵之可欲，不知生之可欲，则虽不求富贵，牺牲生命，亦不见得是由于他的意志的自由选择。

在道德境界中的人，亦有情感，不过其情感之发，亦常是为公的。普通言语中常说："公愤"，"义愤"，"私愤"。公愤，义愤，亦是愤，但与私愤有为公为私的不同。在道德境界中的人亦常有愤，但其愤总是公愤义愤，不是私愤。他亦有忧，亦有乐。但他忧常是为天下忧，他乐常是为天下乐。他是"先天下之忧而忧，后天下之乐而乐"。

在道德境界中的人，尽伦尽职，只是求"成就一个是"。他的尽伦尽职，只是尽伦尽职，并不计其行为所及的对象，是不是值得他如此。例如在旧日社会中，为忠臣孝子者，只是尽忠尽孝而已，并不计及其君是否值得有臣为之尽忠，或其父是否值得有子为之尽孝。其君其父值得不值得，是其君其父的事；他自己尽忠尽孝，是他自己的事。忠臣爱其君，孝子爱其亲，固亦应该竭其所能，以使其君其父值得有臣为之尽忠，有子为之尽孝。但他如虽已竭力而仍不能成功，他还是尽他的忠，尽他的孝。此正如在现在的社会中，一个救民族的人应该只求救他的民族，不应该问他的民族是不是值得救。一个爱国的人，应该只爱他的国，不应该问他的国是不是值得爱。

《诗·凯风》云："母氏圣善，我无令人。"韩退之拟文王羑里作拘幽操云："臣罪当诛兮，天王圣明。"道学家说："天下无不是的父母。"民初人以为这些话十足表示旧社会制度下的人的奴性，其实这些话所表示者并不是奴性，而是真正的自主。在道德境界中的人，所注意者，是尽他的伦，尽他的职。忠臣事君，是尽他的伦，尽他的职。孝子事亲，亦是尽他的伦，尽他的职。如事君而不能使其君尽君道，如事亲而不能得其亲的欢心，忠臣孝子所虑者，是自己的伦或职有未尽，而不是其君其父对他或有不公。《凯风》等篇所说，正是忠臣孝子的这种心理。此正如在现在社会中，一个爱国家民族的人，于国家民族危难之时，他所注意者，是他自己如何尽伦尽职，而不是如何指责他的国家民族的弱点，以为他自己谢责的地步。

不论一个人所有的伦或职是什么，他都可以尽伦尽职。为父的尽为父之道是尽伦，为子的尽为子之道亦是尽伦。当大将的，尽其为将之道，是尽职；当小兵的，尽其为兵之道，亦是尽职。譬如演戏，一个戏子的艺术的高下，与其所担任的角色，并没有连带的关系，与其所演的某人在历史中或戏本中的社会地位，更没有连带的关系。杨小楼唱武生，可以唱好戏；梅兰芳唱青衣，亦可以唱好戏。在《长坂坡》中，刘备虽是赵云的君主，但此戏的主角，不是刘备，是赵云。在此戏中，演赵云的是主角，演刘备的是配角。尽伦尽职，与一个人的伦或职是什么，没有连带的关系，亦正如此。

所以人求尽伦尽职，即随时随地，于其日常行事中求之。对于在此方面有觉解的人，其日常行事，都有了新意义。因为一个人平常所做的事，除其确是不道德的外，皆可与尽伦尽职，有直接的或间接的连带关系。因此种关系而做之，其行为即是道德的行为。有此等行为的人的境界，即是道德境界。

尽伦尽职，与一个人于尽伦尽职时所做的事的成败，亦没有连带关系。尽伦尽职，不能凭空地尽，必于事中尽之。尽伦尽职，必有其所做的事。在做这些事时，其所做的事的成功，是其行为的意向所向的好。尽伦尽职是其行为的意向的好。一个行为的意向的好，能实现与否，与其意向所向的好，能得到与否，没有连带关系。其意向所向的好，若能得到，其意向的好，固已实现。即其意向所向的好，不能得到，苟有此行为者，已尽其心，竭其力，则其意向的好，亦已实现。就其意向的好的实现说，得到其意向所向的好，与不得到其意向所向的好，并没有分别。所以一个人所做的事，以尽伦尽职为目的者，其事即使失败，但其行为的意向的好，依然可以实现。就此方面说，他所做的事，虽可失败，但其失败，对于其行为的意向的好的实现，是没有连带关系的。在历史中，有许多忠臣义士，对于国事，"知其不可而为之"。他们明知他们所做的事，毫无成功的希望，但他们仍尽心竭力去做。他们做这些事，只是求"立君臣之义于天地间"。此是其行为的意向的好。其所做的事，虽不成功，但其意向的好，依然可以实现。

这并不是说，一个人只需有意于尽伦尽职，只需有此意向，不必见于行为，此意向即有道德的价值。亦不是说，即使其见于行为，而他可以知难而退，不必竭力去做。这是说，人有某尽伦尽职的意向，因之而有某尽伦尽职的行为，虽已尽其力之所能，而仍不能得到其意向所向的好，如此，则虽没有得到其意向所向的好，但其行为的道德的价值，依然可以完全实现。历史上的忠臣义士，努力王事，于智穷力竭之时，往往北向再拜，曰："臣力竭矣。"如其力已竭，而其所做的事，仍未能成功，则其不成功丝毫无损于其行为的道德的价值。

例如张巡守睢阳，作为一种军事行动看，他可以说是彻底地失败了。不但城破军覆，而且其自身亦被执见杀。军事失败，不能再过于此。但张巡之守睢阳，就守土说，是尽职，就事君说，是尽伦。这是其行为的意向的好，守睢阳这件事是所以实现其意向的好者。这件事的成功，是其行为的意向所向的好。他守睢阳以至智穷力竭，即是他已尽伦尽职，其行为的意向的好，已完全实现。他在道德上的成就，已经完成。睢阳城能守住固好，即不能守，于他在道德上的成就，亦是没有妨碍的。

或可问：如果如此，则凡为社会做事者，皆可以其所做的事的成败，为无关轻重，只要结局能以一死了之，即可为在道

德上有所成就。如此说果行,则恐没有真心实力为社会做事的人了。"曾无一策匡时难,只有一死答君恩",这种人的行为,亦算是道德上完全的行为吗?

于此我们说:一行为的意向的好之实现,在于有此行为者,尽心竭力,以求实现其意向所向的好。如他已尽心竭力,而其行为的意向所向的好,仍不能实现,其不能实现,固无碍于其意向的好之实现。但如他并未尽心竭力,则其行为的意向的好,即本未实现。他所做的事,如失败,他固有应得之过,即幸而实现,他的行为亦无道德的价值。

或可再问:一人做事的成败,与其才能胜任与否,有连带关系。如一人本无大才,而居高位,任大事,虽亦尽心竭力,而无奈才本有限,以致事仍失败。如以上所说,则不才而居高位,任大事的人,于偾事之后,仍可说:"我已尽心竭力了,事的成败,是无关轻重的。"如上所说,岂不为此等人开一方便之门?

于此我们说:此等人可责备之处,不在其遇事不尽心竭力,而在其不才而居高位,任大事。他不量自己的才力,而恋居高位,任大事,这就是不道德的行为。所以他虽遇事尽心竭力,而仍不能免于道德上的责备。

或说:一行为的道德价值,与所以实现其意向的好的事的成败,不能说是没有连带关系。一行为如有道德的价值,则所以实现其意向的好的事,是有成无败的。因为一事对于别事,总有直接或间接的影响。此一事虽败,然其影响所及于别事者,仍可发生作用。由此方面说,此事是虽败犹成。此事所以无论成败，皆能实现一行为的意向的好者，正因其虽败犹成也。例如张巡守睢阳，虽是失败，然论者谓其能牵制尹子奇的兵力，虽力尽而死，而唐朝得全江淮财用，以济中兴。由全局看，张巡守睢阳，还是成功的。况且他的忠义，对于当时的人心士气，必有很大的鼓励。这与唐朝的中兴，亦不能说是没有帮助。

于此，我们说，张巡守睢阳，因能支持相当的时间，对于贼兵，发生了牵制的作用，固亦可说是有助于唐朝的中兴。但假使他的运气更坏，来了更多的贼兵，以致不数日即智穷力竭而死，守不了睢阳，对于贼兵，不能发生牵制作用。就军事方面说，我们不能不说，他是失败了。但就道德方面说，他还是有完全的成就。他守睢阳，或数月而死，或数日而死，对于他的行为的道德价值，是不相干的。一件事固可对于别事发生影响，发生作用，但这是事实问题。它可以发生影响，亦可以不发生影响，可以发生作用，亦可以不发生作用。即令其必发生影响作用，然其所发生的影响作用，亦可大可小。如有两事，一人做之，用力相等，但其一所发生的影响作用大，其一所发生的影响作用小，我们即不能不说，其一是比较地成功大，其一是比较地成功小。但此人做此两事的行为，若均有道德的价值，则其道德的价值，可以是相等的。例如张巡守睢阳，如只一月，固亦可对于贼兵发生一点牵制作用，但其牵制的作用，比守数月者，要小得多了。但张巡如只守一月，即力尽而死，则其行为的道德价值，与守数月者，并没有大小的分别。如说，我们于此论影响作用，应只论其有无，不论其大小。但如我们于上文所说，则张巡守睢阳，即只数日，对于贼兵，无牵制的作用，其行为的道德价值，亦并不因之而减低。如说，无论如何，张巡的忠义行为，可与当时的人心士气，以很大的鼓励，所以对于唐朝的中兴，有很大的帮助。如此说，则所注意者，不止是张巡的行为的道德价值，而且是其感动别人的实际的影响。道德的行为，固可有感动别人的实际影响，但可有而实际上不必有。虽实际上不必有，而其道德的价值，并不因此而减损。有些道德的行为，不为人所知，不为人所表扬，因之对于所谓"世道人心"，亦没有实际的影响，然此并不妨碍其道德价值之为道德价值。道德价值的实现，正如"兰生幽谷，无人自芳"，有人知与否，对于别人有影响与否，与其自芳与否，是没有连带关系的。

或可问：一人做一事，是否已尽心竭力为之，别人何以知之？

于此我们说：此唯有其自己知之。在道德境界中的人，其行为的价值，本不期待别人评定。其尽心竭力，亦本不求别人知之。《论语》说："古之学者为己，今之学者为人。"此所谓为己为人，与上所谓为己为人不同。尽心竭力以做其所应该做的事，不计较别人知之与否，此是所谓为己；此所谓为己的人的境界是道德境界。虽做其所应该做的事，但常恐别人不知之，此是所谓为人；此所谓为人的人的境界是功利境界。朱子语录云："问：南轩谓：'为己者，无所为而然也。'曰：'只是见得天下事皆我所合当为而为之，非有所因而为之。然所谓天下之事，皆我之所当为者，只恁地强信不得，须是学到那田地，经历磨炼多后，方信得过。'"又说："有所为者，是为人也。这须是见得天下之事，实是己所当为，非吾性分之外所能有。然后为之而无为人之弊耳。"（《语类》卷十七）"见天下之事，皆我所当为，非吾性分之外所能有"，乃我们的觉解到一种程度时，所有的了解。有此种了解，然后可有一种境界。此是了解所得者，所以朱子亦说，"只恁地强信不得"。

人于做其所应做的事时，果已尽心竭力与否，只有他自己知之。一个人的行为的意向的好，果实现到何程度，亦唯有他自己知之。这些别人不知，而只有他自己知之者，名之曰"独"。朱子说："独者，人所不知，而己所独知之地也。"（《（中庸）注》）对于"独"特别注意，即所谓"慎独"。

一个人只要尽心竭力，去实现其行为的意向的好，则虽其行为的意向所向的好，不能实现，亦无碍于其行为的意向的好的实现。主要者是他必须尽心竭力。未尽心竭力，而告人谓已尽心竭力，固是欺人。未尽心竭力而自以为已尽心竭力，亦是自欺。于此不欺人不自欺，即是诚意。不自欺比不欺人更难。所以《大学》特别注重于不自欺。《大学》说："所谓诚其意者，毋自欺也。"一行为的道德价值的有无大小，系于此。朱子说："诚意是善恶关。"正是就此方面说。

存诚敬

诚敬二字,宋明道学家讲得很多。这两个字的解释,可从两方面说。就一方面说,诚敬是一种立身处世的方法。就又一方面说,诚敬是一种超凡入圣的途径。我们于以下先就诚敬是一种立身处世的方法说。

就这一方面说,诚的一意义是不欺。刘安世说:"某之学初无多言,旧所学于老先生者,只云由诚入。某平生所受用处,但是不欺耳。"此所谓老先生即司马光。刘安世《元城道护录》说:"安世从温公学,凡五年,得一语曰诚。安世问其目。公喜曰:'此问甚善。当自不妄语人。'子初甚易之,及退而隐括日之所行,与凡所言,自相掣肘矛盾者多矣。力行七年而后成。自此言行一致,表里相应。遇事坦然,常有余裕。"诚是司马光一生得力的一字。刘漫堂《麻城学记》说:"温公之学,始于不妄语,而成于脚踏实地。"不欺有两方面,一是不欺人,一是不自欺。我们常说:"自欺欺人。"自欺欺人,都是不诚。所谓"不妄语",即是不欺人;所谓"脚踏实地",即是不自欺。例如一个人学外国文字，明知有些地方非死记熟背不可，但往往又自宽解，以为记得差不多亦可。这即是自欺，亦即是不脚踏实地。朱子说："做一件事，直是做到十分，便是诚。若只做得两三分，说道：今且慢恁地做。恁地做也得，不恁地做也得，便是不诚。"明知须如此做，而却又以为如此做亦可，不如此做亦可，此即是自欺，亦即不是脚踏实地。刘安世力行不妄语七年，始得"言行一致，表里相应"，此即是自不欺人，进至不自欺。言行一致，表里相应，可以是不欺人，亦可以是不自欺。例如一个人高谈于国难时须节约，但是他自己却时常看电影、吃馆子。他于看电影、吃馆子时，他的心理若是：得乐且乐，我说应该节约，不过是面子话，哪能认真？他的心理若果是如此，他的高谈即是欺人的妄语。于看电影、吃馆子时，他的心理若是：虽然于国难时应该节约，但偶然一两人奢侈，于大局亦不致即有妨碍。他若以此自宽解，他即以此自欺。真正言行一致，表理相应的人，可以没有如此的欺人自欺。所谓真正言行一致，表里相应者，即不但人以为他是言行一致，表里相应，而且他自己亦确知他自己是言行一致，表里相应。一个人的言，是否与他的行完全一致，一个人的"里"，是否与他的"表"完全相应，只有他自己能完全知之。所以只有于他自己确知他自己是言行一致表里相应时，始是真正完全地言行一致，表里相应。朱子说："人固有终身为善而自欺者，不特外面如此，而里面不如此者，方为自欺。盖中心愿为善，而常有个不肯的意思，便是自欺也。须是打叠得尽。"真正言行一致，表里如一的人，即是外不欺人，内不自欺的人。

程伊川说:"无妄之谓诚,不欺其次矣。"无妄即是没有虚妄,没有虚假。此所谓不欺,似是专就不欺人说。照我们以上的说法,不自欺即是没有虚妄,没有虚假。《大学》说:"所谓诚其意者,毋自欺也。如恶恶臭,如好好色。"恶恶臭的人,实在是恶;好好色的人,实在是好。他的好恶,一点没有虚假的成分。如一个人看见一张名人的画,他并不知其好处何在,但他可心里想,既然大家都说好,必定是好,他因此亦以此画为好。他以此画为好,即是虚假的,至少有虚假的成分。又如一人对于一道理,自觉不十分懂,但可心里想,或者所谓懂者亦不过如此,于是遂自以为懂。他自以为懂,即是虚假的,至少有虚假的成分。这种心理都是自欺,都不是无妄。如上所说看画的人,不但自以此画为好,而且或更以为须向人称赞此画,不然,恐怕他人笑他不能赏鉴此画。此其向人称赞,即是欺人。如上所说,自以为懂某道理的人,不但自以为懂,或且更以为须向人说他自己已懂,不然,恐怕他人笑他不能了解此道理。此其向人所说,即是欺人。凡是谬托风雅,强不知以为知的人,都是自欺或欺人的人。不自欺比不欺人更根本些。不自欺的人,一定可以不欺人,但不欺人的人,不见得个个皆能不自欺。所以程伊川说:"无妄之谓诚,不欺其次矣。"

诚与信有密切的关系。我们常说诚信。信与诚都有实的性质,我们说信实,又说诚实。所谓实者,即是没有虚假,即是无妄。若对于信与诚作分别,说信则注重不欺人,说诚则注重不自欺。不欺都是实,所以信曰信实,诚曰诚实。若对于信与诚不作分别,则诚可兼包不欺人,不自欺,信亦可兼包不欺人,不自欺。例如孟子说："仁之实，事亲是也；义之实，从兄是也；礼之实，节文斯二者是也；信之实，笃行斯二者弗去是也。"（此处作者记忆有误。《孟子》原文为"仁之实，事亲是也；义之实，从兄是也；智之实，知斯二者弗去是也；礼之实，节文斯二者是也"。——编者）笃行即是实实在在地去行，即是于行时没有一点自欺。由这一方面说，信与诚二字可以互用。不过信的意思，终是对人的成分多，而诚的意思，则是对己的成分多。

从社会的观点看，信是一个重要的道德。在中国的道德哲学中，信是五常之一。所谓常者，即谓永久不变的道德也。一个社会之能以成立，全靠其中的分子的互助。各分子要互助，须先能互信。例如我们不必自己做饭，而即可有饭吃。乃因有厨子替我们做饭也。在此方面说，是厨子助我们。就另一方面说，我们给厨子工资，使其能养身养家，是我们亦助厨子。此即是互助。有此互助，必先有互信。我们在此工作，而不忧虑午饭之有无，因为我们相信，我们的厨子必已为我们预备也。我们的厨子为我们预备午饭，因他相信，我们于月终必给他工资也。此即是互信。若我们与厨子中间，没有此互信，若我们是无信的人，厨子于月终，或不能得到工资，则厨子必不干；若厨子是无信的人，午饭应预备时不预备，则我们必不敢用厨子。互信不立，则互助即不可能，这是显而易见的。

从个人成功的观点看，有信亦是个人成功的一个必要条件。设想一个人，说话向来不当话，向来欺人。他说要赴一约会，但是到时一定不赴。他说要还一笔账，但是到时一定不还。如

果他是如此的无信，社会上即没有人敢与他来往、共事，亦没有人能与他来往、共事。如果社会上没有人敢与他来往、共事，没有人能与他来往、共事，他即不能在社会内立足，不能在社会上混了。反过来说，如一个人说话，向来当话，向来不欺人，他说要赴一约会，到时一定到。他说要还一笔账，到时一定还。如果如此，社会上的人一定都愿意同他来往、共事。这就是他做事成功的一个必要的条件。譬如许多商店都要虚价，在这许多商店中，如有一家，真正是"货真价实，童叟无欺"，这一家虽有时不能占小便宜，但愿到他家买东西的人，必较别家多。往长处看，他还是合算的。所以西洋人常说："诚实是最好的政策。"

诚的另外一个意思，即是真，所谓真诚是也。刘蕺山说："古人一言一动，凡可信之当时，传之后世者，莫不有一段真至精神在内。此一段精神，所谓诚也。惟诚故能建立，故是不朽。稍涉名心，便是虚假，便是不诚。不诚则无物，何从生出事业来？"这一段话，是不错的。以文艺作品为例，有些作品，令人百看不厌。有些作品，令人看一回即永远不想再看。为什么有些作品，能令人百看不厌呢？即因其中有作者的"一段真至精神"在内。所以人无论读它多少遍，但是每次读它的时候，总觉得它是新的。凡是一个著作，能永远传世者，就是因为，无论什么人，于什么时候读它，总觉得它是新的。此所谓新，有鲜义。或者我们简直用鲜字，更为妥当。例如我们看《论语》、《孟子》、《老子》、《庄子》等，其中的话，不少不合乎现在的情形者。就此方面说，我们可以说，这些话是旧了。但是无论如何，他的话有种鲜味。这一种鲜味，是专门以模仿为事的作品所不能有的。

下等文艺作品，不是从作者心里出来的，而是从套子套下来的。例如有些侠义小说，描写两人打架，常用的套子是：某甲抡刀就砍，某乙举刀相迎，走了十几个照面，某甲气力不加，只累得浑身是汗，遍体生津，只有招架之功，并无还刀之力，等等。千篇一律，都是这一类的套子。写这些书的人，既只照套子抄写，并没有费他自己的精神，他的所谓作品当然不能动人，此正是"不诚无物"。

又有同样一句话，若说的人是真正自己见到者，自能使人觉有一种上所谓鲜味。若说的人不是真正自己见到，而只是道听途说者，则虽是同样一句话，而听者常觉味同嚼蜡。海格尔说："老年人可以与小孩说同样的话，但他的话是有他的一生经验在内的。"小孩说大人的话，往往令人发笑，因其说此话，只是道听途说，其中并没有真实内容也。

就别方面说，一个大政治家的政策政绩，一个大军事家的军略战绩，我们无论于什么时候去看，总觉得有一种力量，所谓"虎虎有生气"。以至大工业家或大商业家，凡能自己创业，而不是因人成事者，他的生平及事业，我们无论于什么时候去看，亦觉得有一种力量，"虎虎有生气"。他们都有"一段真至精神"，贯注在他们的全副事业内。如同一个大作家，有"一段真至精神"，贯注在他的整个作品内。如同一个人的身体，遍身皆是他的血气所贯注。就一个人的身体说，若有一点为其人的血气所不贯注，则此部分即死了。就一个作家的作品说，若有

一点为其作家的精神所不贯注,则此一点即是所谓"败笔"。大政治家等的事业,亦是如此。这种全副精神贯注,即所谓诚。精神稍有不贯注,则即有"败笔"等,此正是"不诚无物"。

有真至精神是诚,常提起精神是敬。粗浅一点说,敬即是上海话所谓"当心"。《论语》说:"执事敬。"我们做一件事,"当心"去做,把那一件事"当成一件事"做,认真做,即是"执事敬"。譬如一个人正在读书,而其心不在书上,"一心以为有鸿鹄将至,思援弓缴而射之"。这个人即是读书不敬。读书不敬者,决不能了解他所读的书。

程伊川说:"诚然后敬,未及诚时,却须敬而后诚。"此所谓诚,即是我们于上文所说,真诚或无妄之诚。一个人对于他所做的事,如有"一段真至精神",他当然能专心致志,聚精会神于那一件事上。所以如对一事有诚,即对于一事自然能敬。譬如一个母亲,看她自己的孩子,很少使孩子摔倒,或出别的意外。但一个奶妈看主人的孩子,则往往使孩子摔倒,或出别的意外。其所以如此者,因一个母亲对于看她自己的孩子,是用全副精神贯注的。她用全副精神贯注,她自然是专心致志,聚精会神,极端地当心看孩子,把看孩子"当成一件事"做。就其用全副精神贯注说,这是诚,就其专心致志,聚精会神,把看孩子当成是一件事,认真去做说,这是敬。有诚自然能敬,所以说诚然后敬。但如一个奶妈看人家的孩子,本来即未用全副精神贯注,所以她有时亦不把看孩子当成一件事,认真去做。就其不用全副精神贯注说,这是不诚;就其不把看孩子当成一件事,认真去做说,这是不敬。她不诚,如何教她敬呢?这须先让她敬,让她先提起精神,把看孩子当成一件事,认真去做。先敬而再可希望有诚。所以说:"未及诚时,则须敬而后诚。"程伊川的此话,可以如此讲,但还有一种比较深的讲法,下文再说。

照以上所说,敬字有专一的意思。程伊川说:"主一之谓敬,无适之谓一。"朱子说:"主一只是心专一,不以他念乱之。"又曰:"了这一事,又做一事。今人一事未了,又要做一事,心下千头万绪。"又曰:"若动时收敛心神在一事上,不胡乱思想,便是主一。"朱子又说:"凡人立身行己,应事接物,莫大乎诚敬。诚者何?不自欺,不妄之谓也。敬者何?不怠慢,不放荡之谓也。"我们做事,必须全副精神贯注,"当心"去做。做大事如此,做小事亦须如此。所谓"狮子搏兔亦用全力"是也。人常有"大江大海都过去,小小阴沟把船翻"者,即吃对小事不诚敬的亏也。

我们可以从人的精神方面说勤。敬即是人的精神方面的勤。勤的反面是怠,敬的反面亦是怠。勤的反面是惰,敬的反面亦是惰。勤的反面是安逸,敬的反面亦是安逸。古人说:"无逸。"无逸可以说是勤,亦可以说是敬。人做了一事,又做一事,不要不必需的休息,此是普通所谓做事勤。人于做某事时,提起全副精神,专一做某事。此是孔子所谓"执事敬"。于无事时,亦常提起全副精神如准备做事然。此即宋明道学家所谓"居敬"。朱子说:"主一又是敬字注解,要之事无小无大,常令自家思虑精神尽在此。遇事时如此,无事时亦如此。"又说:"今人将敬来别做一事,所以有厌倦,为思虑引去。敬是自家本心常惺惺

便是。又岂可指擎跽曲拳，块然在此，而后可以为敬？"又说："敬却不是将来做一个事。今人多先安一个敬字在这里，如何做得？敬只是提起这心，不教放散。"宋明道学家所谓"求放心"，所谓"操存"，所谓"心要在腔子里"，都是说此。简言之，居敬或用敬，即是提起精神，"令自家思虑精神尽在此"。

我们现在常听说：人必须有朝气。所谓有朝气的人，是提起精神，奋发有为的人。若提不起精神，萎靡不振的人，谓之有暮气。我们可以说，能敬的人自然有朝气，而怠惰的人都是有暮气。

敬可以说是一个人的"精神总动员"。由此方面说，敬对于人的做事的效率及成功，有与现在普通所谓奋斗、努力等同样的功用。

以上是将敬作为一种立身处世的方法说。以下再将敬作为一种超凡入圣的途径说。凡者对圣而言。圣是什么？我们于《新理学》中已经说过。我们本书的性质，不容我们现再详说。但为读者方便起见，于下粗略言之。

一般的宗教家及一部分的哲学家，都以为人可以到一种境界，在其中所谓人己内外的界限，都不存在。所谓人己内外，略当于西洋哲学中所谓主观客观。主观是己，是内；客观是人，是外。在普通人的经验中，这个界限是非常分明的。但人可到一种境界，可有一种经验，在其中这些界限都泯没了。这种境界，即所谓万物一体的境界。这种境界，即宋明道学家所谓圣域。能到这种境界，能入圣域的人，即宋明道学家所谓圣人。

宗教家所说，入圣域的方法，即所谓修行方法，虽有多端，但其主要点皆不离乎精神上的勤。如耶教佛教之念经打坐，皆所以"令自家思虑精神，尽在此"也。用此念经打坐等方法，"令自家思虑精神，尽在此"，是于日用活动之外，另有修行方法。这种方法，可以说是主静。静者对于活动而言，宋明道学家有讲主静者，有教人静坐者。朱子说："明道在扶沟，谢游诸公，皆在彼问学。明道一日曰：'诸公在此，只是学某说话，何不去力行？'二公曰：'某等无可行者。'明道曰：'无可行时，且去静坐。盖静坐时便涵养得本原稍定。虽是不免逐物，及自觉而收敛归来，也有个着落。'"所谓"涵养得本原稍定"，及"收敛归来，也有个着落"者，即是"令自家思虑精神，尽在此"也。凡此大概都是受佛家的影响。

伊川虽亦说，"涵养须用敬"，但他亦"见人静坐，便叹其善学，曰：'这却是一个总要处。'"至朱子始完全以主敬代主静。这是宋明道学的一个很重要的进展。盖主敬亦是"令自家思虑精神尽在此"，但主静则须于日用活动之外，另有修行工夫，而主敬则可随时随事用修行工夫也。朱子说："濂溪言主静"，"正是要人静定其心，自作主宰。程子又恐只管静去，遂与事物不相涉，却说个敬"。正说此意。

常"令自家思虑精神，尽在此"，如何可以达到所谓万物一体的境界？若欲答此问题，非将主有此境界的宗教家与哲学家所根据的形上学，略说不可。但此非本书的性质及范围所可容许者。如欲于此点，多得知识者，可看《新理学》。

现所需略再附加者，即在中国哲学中，"诚"字有时亦指此内外合一的境界。程伊川说："诚然后敬，未及诚时，却须敬而后诚。"其所谓诚,或指此所说境界;其所谓敬,或指此所说达此境界的方法。上文说:伊川此言,或有较深的意义。其较深的意义,大约是如此。敬的功用如此之大,所以朱子说:"敬之一字,圣学所以成始而成终者也。"又说:"敬字真是学问始终,日用亲切之妙。"立身处世,是圣学之始;超凡入圣,是圣学之终。二者均须用敬。所以敬字真是学问始终。

如此以敬求诚,是宋明道学家所说诚敬的最高义。

欲与好

凡人皆有欲。欲之中有系天然的，或曰本能的，与生俱来，自然而然；如所谓"饮食男女，人之大欲存焉"；此等欲即天然的欲也。欲之中又有系人为的，或曰习惯的，如吸烟饮酒，皆得自习惯；此等欲即人为的欲也。凡欲之发作，人必先觉有一种不快不安之感，此不快不安之感，唤起动作。此动作，若非有特别原因，必达其目的而后止；否则不能去不快之感而有快感。此动作之目的，即动作完成时之结果，即是所欲，即欲之对象也。当吾人觉不快而有活动时，对于所欲，非必常有意识，非必知其所欲。如婴儿觉不快而哭入母怀，得乳即不哭，食毕即笑。当其觉不快而哭时，对于其所欲之乳非必有意识也。所谓本能或冲动，皆系无意识的；皆求实现，而不知何为所实现者，亦不知有所实现者；皆系一种要求，而不知何为所要求者，亦不知有所要求者。若要求而含有知识分子，不但要求而且对于所要求者，有相当的知识，则此即所谓欲望。冲动与欲望，虽有此不同，而实为一类。今统而名之曰欲。人皆有欲，皆求满足其欲。种种活动,皆由此起。

近来国中颇有人说,情感是吾人活动之原动力。然依现在心理学所说,情感乃本能发动时所附带之心理情形。"我们最好视情感为心理活动所附带之'调'(tone)而非心的历程(mental process)"(A. G. Tansley：The New Psychology 第一版三六页)。情感与活动固有连带之关系,然情感之强弱,乃活动力之强弱之指数(index),而非其原因也。

凡欲必有有所欲,欲之对象,已如上述。此所欲即是所谓好;与好相反者,即所谓不好。所欲是活动之目的,所欲是好。柏拉图及亚力(里)士多德皆以好是欲或爱之对象,能引起动而自身不动；活动即所以得可爱的好；"凡爱好者,皆欲得之"。此二大哲学家盖皆有见于人生而为此说,又即以之解释宇宙全体。以此解释宇宙全体,诚未见其对；若只以之说人生,则颇与吾人之意见相合也。

哲学家中,有谓好只是主观的者。依此所说,本来天然界中,本无所谓好与不好；但以人之有欲,诸事物之中,有为人所欲有者,有为人所欲去者；于是宇宙中即有所谓好与不好之区分,于是即有所谓价值。如生之与死,少之与老,本皆人身体变化之天然程序,但以人有好恶,故生及少为好,死及老为不好。又在中国言语中,人有所欲,即为有所好。此动词与名词或形容词之好为一字。人有所不欲,即为有所恶。此动词亦即与名词或形容词之恶为一字。如云："如恶恶臭；如好好色。"由此亦或可见中国人固早认(或者无意识的)好恶(名词或形容词)与好恶(动词)为有密切的关系矣。但哲学家中,亦有谓好为有客观的存在者。依此所说，好的事物中，必有特别的性质，为非好的事物所无有者；若非然者，此二者将无别矣。此特别的性质，即是好也。依吾人之见，好不好之有待于吾人之欲，正如冷热之有待于吾人之感觉。故谓其为主观的，亦未为错。但使吾人觉好之事物，诚必有其特别性质，正如使吾人觉热之物之必有其特别性质。此等特别性质，苟不遇人之欲及感觉，诚亦不可即谓之好或热，但一遇人之欲或感觉，则人必觉其为好或热。宇宙间可以无人，但如一有人，则必以此等性质为好或热。故此等性质，至少亦可谓为可能的好或热也。若以此而谓好为有客观存在，吾人固承认之；若对于所谓好之客观的存在，尚有别种解释，则非吾人所能知矣。至于柏拉图所谓好之概念，则系一切好之共相，为思想之对象。当与别种概念，一例视之。

论信念

在逻辑里，我们讲所谓"必要条件"与"充足条件"的分别。一个人得了伤寒病，他即发热。得伤寒病即足可以叫他发热，但他如不得伤寒病，他不一定不发热。他虽不得伤寒病而得了疟疾、重伤风等，他照样要发热。得伤寒病是他发热的充足条件。一件事情的充足条件，对于一件事情，用中国古名学的话说，是"有之必然，无之不必不然"。

一个人必须吃东西，他才可以生存。但仅只吃东西他还不能生存。譬如一人能吃东西而不能睡觉，他还是非死不可。吃东西对于一件事情，用中国古名学的话说，是"有之不必然，无之必不然"。

社会上的事情都是很复杂的。一件事情的成功，需要许多必要的条件，这许多条件中的每一件，对于这一件事情的成功，都可以只是必要的而不是充足的。有了这一件条件，这一件事情不一定能成功，但是没有这一件条件，这一件事情一定不能成功。

不分清楚，或分不清楚以上所说的分别，往往有许多不必要的争执。有许多人以为一件事情成功的必要条件，亦必须是他的充足条件，如其不然，他们即以为这条件亦不是必要的。我们常听说"教育救国"、"科学救国"，以及许多类乎此的口号。就这些口号的本身说，是没有什么不对。不过我们要注意的，即是教育、科学等等对于救国，都是必要的条件而不是充足的条件。没有这些东西，国必不救，但专靠这些东西中的任何一个，国不必救。喊这些口号的人，对于这一点，不见得都清楚，而听这些口号的人，对于这一点，更见得糊涂。一个办教育的人，或提倡科学的人，谈起教育或科学的重要来，好像是专靠他那一行，即可救国。而社会上常有些人说，中国办新教育数十年，而现在国家还是这个样子，教育必有毛病。我们不敢说中国现在的教育没有毛病。不过这些人的说法，不能证明中国现在的教育必有毛病。因一个国家没有好的教育，固然是不得救，但只有好教育，一个国家不一定得救。我们可因一个国家没有好教育而断其必不得救，但不能因一个国家不得救而断其必没有好教育。

信念对于人的有些行为的成功，亦是必要的条件，虽不是充足的条件。譬如有两个人，一个人相信明天下雨，一个人相信明天不下雨，明天究竟下雨或不下雨，他们的信念，不能有什么影响，因为下雨不下雨是自然界的事情，并不是人的行为。若这两个人之中，一个人相信他自己能跳过一个三尺宽的沟，一个人不相信他自己能，或相信他自己不能，在实际跳的时候，第一个人可以跳过去的成分，要比第二个人大得多。

　　我们现在抗战建国的工作，是中国四千年来一件最大的事，亦是一件最复杂的事，其成功所需要的条件，真是千头万绪。这些千头万绪的条件，可以都是必要的，而没有一条件是充足的。在这些许多必要而不充足的条件中，有一个条件即是：我们必须有"抗战必胜，建国必成"的信念。

　　这个信念对于抗战建国是必要的条件，而不是充足的条件。何以是必要的？因为打仗是需要顶大的牺牲的，一个光明的将来可以使大多数的人于困苦中得安慰，于牺牲中得勇气。这些安慰勇气，都是继续抗战所必需的。但将来的事情如何，是不可以用理论证明的。我们固然不能确切地用理论证明中国抗战必胜，建国必成，我们亦不能确切地用理论证明明天不是地球末日。在这些地方，我们所靠的是信念。有些人觉得必须用理论证明中国抗战必胜，建国必成，像算学一样精确，他才可以不悲观。他不知将来的事都是不能确切地用理论证明的。关于社会方面将来的事，更不能确切地用理论证明。而社会方面将来的最大最复杂的事，尤不能确切地用理论证明。

　　我们对于抗战必胜、建国必成，须有信念，而这种信念，即是抗战胜利及建国成功的一个必要的条件。但这并不是说，只要我们有这个信念，我们即可坐而达到我们的希望。我们要知道这件顶大顶复杂的事的成功，需要许多条件，这个信念不过是其中之一而已。没有他固不行，但有了他亦不必行。我们还须努力使别的条件也都实现，许多条件合起来，才能充足地使抗战必胜、建国必成。

　　从另一方面看，所谓败北主义虽不是失败的必要条件而却是失败的充足条件。若我们对于抗战建国的前途，不信其能成功，而信其必失败，则我们即是败北主义者。这亦是信念，因为此所说失败亦是将来的事，亦是不能用确切的理论证明的。抗战建国本是我们的事，其成功本靠我们的努力，我们多努力一分，他的成功的成分即大一分。若我们预先相信我们不能成功，则我们的努力自然差了，我们更可以想，努力亦是白费，因此即不努力了。如此，当然必定失败。固然不持败北主义者，亦不一定不失败，所以败北主义，不是失败的必要条件。但如上面所说，专是败北主义即可致失败，所以败北主义是失败的充足条件。

我们可以说，我们若相信，我们必胜，我们固不必胜，但我们若相信，我们必败，则我们当然一定败。我们若相信我们必胜，我们虽不必胜，但已距胜近了一点，因为我们已经实现了胜的一个必要条件。《益世报》的创办人，雷鸣远神父说，有些外国人问他，你相信中国能胜吗？雷神父回答："我敢打赌，中国若不胜，把我的头砍了。"若个个中国人都有雷神父的这个信念，中国的胜利，已有几分把握。

论悲观

近来常听见有些青年说：他们对于人生抱悲观；他们觉得人生没有意义。有位青年说："人落入悲观中后，似乎不能再从其中跳出来。""他几次想努力用功，振作上进，但是他又几次觉得一切都没有意思。读书也没有意思。结果他懊悔自己不该思索人生意义问题。他反去羡慕那些多动少思的同学。"很有些人想知道人生的意义是什么，很有些人"思索人生意义问题"。在思索不得其意义的时候，很有些人即对于人生抱悲观。

人生的意义是什么？这个问题是不能直接答复的。在未回答"人生的意义是什么"这个问题之先，我们须先问：这个问题是不是成为问题？

我们问某一个字或某一句话的意义是什么。此所谓意义，即是指对于某一个字或某一句话的解释。例如我们不知某一个字的意义，我们查字典，在字典中可以得到某一个字的解释。我们不知某书中某一句的意义，我们看注疏，在注疏中我们可以得到某一句话的解释。这是所谓意义的一个意义。

我们还常问某一件事的意义是什么。此所谓意义是指此事所可能达到的目的。例如我们问：这次中日战争的意义是什么？我们可以说，这次中日战争的意义，就中国说，是中国民族求解放，求自由平等；就日本说，是日本民族求独占东亚。这都是就这次中日战争所可能达到的目的说。我们可以说，一件事必须对于他所可达到的目的，方可说是有意义或无意义。若只就一件事的本身说，我们不能说他是有意义或无意义。一件事所可达到的目的，即是这一件事的"所为"。有些事有"所为"，有些事没有"所为"。我们可以问：修滇缅铁路，所为何来？可以问：修滇缅铁路的意义是什么？但我们不能问：有西山所为何来，不能问：有西山的意义是什么？我们可以问中日打仗所为何来？我们还可以问：求自由平等所为何来？但如有人答：求自由平等，为的是求幸福，我们即不能问，求幸福所为何来？没有人为打仗而打仗，所以打仗的所为或意义是可以问的。但人都是为幸福而求幸福，所以求幸福的所为或意义是不可问的。这是就所谓意义的另一意义说。每一个字每一句话都必要有意义。如没有意义，那一个字即不成其为字，那一句即不成其为话。但并不是每一件事都要有意义。没有意义的事亦不一定即是不值得做的事。如求幸福即可以说是没有意义的事，但求幸福并不是不值得做的事。

于此我们必须分别"没有意义"的两个意义。一个人做一件事，他本想以此达到一目的，但实不能以此达到之。我们说这件事没有意义。例如日本取"谣言攻势"，想以谣言达到某种目的，而实则没用。我们说这种攻势没有意义，这是没有意义的一个意义。就这个意义说，没有意义的事是不值得做的事。但有些事，并不是有所为而为者，对于这些事，我们不能问其"所为何来？"不能问其有意义或无意义。这些事亦可说是没有意义，这是没有意义的另一意义。就这一意义说，没有意义的，不一定是不值得做的事。

照以上所说，我们可知，"人生的意义是什么"，恐怕是个不成问题的问题。人生是一件事，这一件事并不是有目的的，说他不是有目的的，并不是说他是盲目的，无目的的，而是说他是无所谓有目的的或无目的的。人生中的事是有所谓有目的的或无目的的。我们可以问：结婚的目的是什么，读书的目的是什么？但人生的整个，并不是人生中的事，而是自然界中的事，自然界中的事，是无所谓有目的的或无目的的，我们不能问：有人生"所为何来"，犹之我们不能问：有西山"所为何来"，所以"人生的意义是什么"，是一个不成问题的问题，犹之"西山的意义是什么"，是一个不成问题的问题。

不成问题的问题，是不能有答案的。有些人问这个问题而见其不能有答案，遂以为人生是没有意义的。又不知"没有意义"有不同的意义。有些人以为凡没有意义的事都是不值得做的，遂以为人生亦是不值得生的。照我们的说法，人生诚可谓没有意义，但其没有意义是：所说"没有意义"之另一意义，照此说法，人生所以是没有意义者，因为他本身即是目的，并不是手段，人生的本身，不一定是不值得生的。

不过这一片理论，对于有一部分抱悲观的人，恐怕不能有什么影响。因为有一部分抱悲观的人，并不是因为求人生的意义而不得，才抱悲观，而是因为对于人生抱悲观，才追问人生的意义。庄子说："忘足，履之适也。"一个人的脚上若穿了很适合的鞋，他即不想到他的脚，他若常想到他的脚，大概他的脚总有点什么毛病。在普通情形下，一个人既没有死，直是生下去而已，他若常想到他的生，常想到所谓人生的意义，大概他的"生"中，总有点什么毛病。

我们叫图书馆的人到书库里找书，如找不到我们所要找的书，他出来说"没有"。所谓没有者，是没有我们所要找的书，并不是一切书皆没有。但我们常因我们所注意的事情没有，而觉得，或以为，一切皆没有。例如说到一个地方的贫乏时，我们说"十室九空"。其实一个房子中，即使只剩四壁，也不能说是空的，至少空气总要充满其中。一个人在他的生活中，总有些事使他失望，所谓失望者，即他本欲以此事达到某目的，而其实不能达到。本欲以此事达到某目的，而其实不能达到，此事即成为无意义。若果这个失望是很深刻的，即可觉得，或以为，人生中一切事都是无意义的，因此他即对于人生抱悲观了。

对于这一部分人，专从理论上去破除他的悲观，是不行的。抱悲观的人，须对于他以往的经历加以反省，看是不是其中曾经有使他深刻失望的事。在他过去经历中，使他最深刻失望的事大概即是使他对于人生抱悲观的原因。知道了他所以对于人生抱悲观的原因，他的悲观即可以减轻。人若戴了一副灰色的眼镜，他看见什么都是灰色的。但他若知道他是戴了灰色的眼镜的时候,他至少可以知道,他所看见的什么,本来不一定都是灰色的。

一个对于人生抱悲观的人,能用这一点工夫,再知"人生的意义是什么"是一个不成问题的问题,大概他的悲观,总可以破除一大部分。

哲学与人生

人生哲学一名词，近在国内，至为流行；但其意义，究为何若？所谓人生哲学者，其所研究之对象为何？其所以别于伦理学者安在？其中派别有几？吾人讲人生哲学，应取何法？凡此及类此诸问题，俱应先讨论。

欲明何为人生哲学，须先明何为哲学。但关于何为哲学之问题，诸家意见，亦至分歧；今姑将个人意见，约略述之。

人生而有欲；凡能满足欲者，皆谓之好。若使世界之上，凡人之欲，皆能满足，毫无阻碍；此人之欲，彼人之欲，又皆能满足而不相冲突；换言之，若使世界之上，人人所谓之好，皆能得到而又皆不相冲突，则美满人生，当下即是，诸种人生问题，自皆无从发生。不过在现在世界，人所认为之好，多不能得到而又互相冲突。如人欲少年，而有老冉冉之将至；人欲长生，而民皆有死。又如土匪期在掠夺财物，被夺者必不以为好；资本家期在收取盈余，劳动者及消费者必不以为好。于是此世界中，乃有所谓不好；于是此实际的人生，乃为甚不满人意。于是人乃于诸好之中，求惟一的好（即最大最后的好）；于实际的人生之外，求理想人生；以为吾人批评人生及行为之标准。而哲学之功用及目的，即在于此。故哲学者，求好之学也。

哲学家中有以哲学即是批评人生者，美国哲学家罗耶斯（J. Royce）说：哲学，在其字之根本意义，不是僭妄的努力，欲以超人的灼见，或非常的技能，解释世界之秘密。哲学之根源及价值，在批评的反省人之所为；人之所为是人生；对于人生之有组织的、彻底的批评，即是哲学（见罗耶斯《近代哲学之精神》一至二页）。此以哲学为人生批评。不过批评人生，虽为哲学之所由起，及其价值之所在，但未可因此即谓哲学即是批评之自身。凡批评之时，吾人（一）必先认所批评者为有不满意、不好、不对之处；（二）必先有所认为满意，所认为好，所认为对者，以为批评之标准。不然，则批评即无自起，即无意义。即如鲁迅《风波》中之九斤老太"常说伊青年的时候，天气没有现在这般热，豆子也没有现在这般硬；总之现在的时世是不对了"。伊以现在的时世为不对，必有伊所认为对者。伊虽未曾具体地说明何者为对，但至少我们可知，对的天气必不是这般热，对的豆子必不是这般硬，对的小孩必重九斤。伊所认为对者，即是伊的批评之标准。我故意借此戏论，以证我的庄语；因由此可见，即最不经意的批评，亦皆涵有批评之标准；至于正式的、严重的批评，必待批评之标准，更为易见。布鲁台拿斯（Plotinus）说：若对于好没有一种知识，则此是不好之话，即不能说（全集英译本七四五页）。老子说："天下皆知美之为美，斯恶矣；皆知善之为善，斯不善矣。"（《道德经》第二章）此言虽不错，但吾人亦可以说：天下皆知恶之为恶，斯美矣；皆知不善之为不善，斯善矣。九斤老太知天气之这般热为不善，则天气之非这般热之为善，已可概见，此即一例，余可类推。

由此可见，凡若使批评可能，则必先有一批评之标准，此标准必为批评者所认为之理想的，至其果为实际的与否，则无大关系。所谓理想有二义：（一）最好至善之义，（二）最高观念之义。例如柏拉图《理想国》所说之圣王政治，即是其所立之理想的标准，以批评当时政治者。此圣王政治就其自体方面言，即柏拉图所认为之理想政治，最好至善之政治；就人之知识方面言，则即柏拉图之政治理想，对于政治之最高观念。凡此皆以眼前之对象为不满意、不好、不对，而以其所认为满意，所认为好，所认为对者为标准，而批评之。至于批评人生，亦复如是。吾人若以实际的人生为不好而批评之，则必有所认为之好人生，以为批评之标准。此好人生，就其自体方面言，即是理想人生，最好至善之人生；就人之知识方面言，即是人生理想，对于人生之最高观念。人生理想，即是哲学。所以批评人生，虽为哲学之所由起及其价值之所在，但批评之自身未即是哲学，而批评之标准方是哲学也。

杜威先生谓哲学乃所以解决人生困难；此与以上所说，正相符合。实际的人生所以不满人意，正因其有困难。理想人生正是人之一种生活，于其中可以远离诸苦。故哲学，就一方面说，乃吾人批评人生之标准，就又一方面说，亦乃吾人行为之标准。人之举措设施，皆所以遂其欲，所以实现其所认为之好，理想人生是最好至善的人生，故人之行为，皆所以实现其所认为之理想人生，其所持之哲学。"贪夫殉财，烈士殉名，夸者死权，众庶凭生"，此四种人之行为不同，正因其所认为之理想人生有异。

问：人人既皆有其理想人生，有其哲学，则何以非人人皆哲学家？答：普通人虽皆有其理想人生，有其哲学，但其哲学多系从成说或直觉得来。哲学家不但持一种哲学，且对其哲学，必有精细的论证，一与有系统的说明，所谓其持之有故，其言之成理。哲学家与普通人之区别，正如歌唱家与普通人之区别。人当情之所至，多要哼唱一二句；然歌唱家之唱，因其专门的技术，与普通人之唱固自不同。故普通人虽皆有哲学，而不皆为哲学家。

柏拉图说：

天上盖有如此之国（理想国）之模型，欲之者可见之，见之者可身遵行之。至于此世界果有或果将有如此之国否，则为彼有见者所不计，盖彼必将依如此之国之律令以行，而非此不可矣。（《理想国》五九二节）

哲学与人生之关系，亦复如是。

第 二 辑
幸福的方法论

　　大部分人把理想与现实,看成了对立的两个,这是大错的。理想并不是与现实对立的,而是现实的反映。譬如我们走路,我们的眼所看到的,总比我们的脚所走到的远一点。即是瞎子走路,他的棍子所到之处,也要比他的脚所到之处远一点。

人生术（1935年在清华大学的演讲）

人生术者，就是假定人生是为寻求幸福的，那么怎样才能得到幸福，就是"人生术"。

这个问题在学校里是不常谈的，现在学校里所重视的是知识的输入。中国从前的学者，讲这问题的却很多，从前的道学家那种呆板处世，无非在寻求幸福。又《论语》中的孔子"乐以忘忧，不知老之将至"，"一箪食，一瓢饮……回也不改其乐"，都是他们会讲人生术。

人生术很多，今天只讲一个，就是应付情感的方法。情感包括喜、怒、哀、乐，虽然幸福的整个问题不完全在情感上，可是喜怒都于人生有大关系。如《三国》上的三气周瑜，一下子给气死了；《说岳》中的牛皋捉住了金兀术，把金兀术气死，牛皋乐死了；这都是情感的作用。我们怎么对付它，就是现在要讲的。

情感的来源有两派说法：

（一）庄子说人之所以有情感，因为人的知识不够，若有充分的认识,则不会有情感。譬如大风天气,使人出去不方便,在大人们并不觉得有什么情感发生,可是小孩子们不能出去,就会很生气,骂天是混蛋。这因为孩子们没有大人知道得多,所以就较大人受的情感的痛苦多。西人斯宾诺莎的《伦理学》说,情感是 human bondage,若人有完全的知识,就可以把这 bondage 打破。《庄子·养生主》篇讲此道非常之多,说老子死了,许多人非常悲哀,《庄子》说他们是"遁天背情","古者谓之遁天之刑"。他们对于人生性质,没完全知识,他们不知道死就是生的结果,所以他们受了"遁天之刑",即是悲哀。庄子是很懂这道理的,他的太太死了,他反鼓盆而歌,惠施曾因此责备他。庄子说:在起初我心亦莫不慨然,但后来想世界上原先压根就没有他的太太,后来忽然有了,有了又没有了,还是和从前一样。人之生死,正如春秋之顺序一样,没有可悲的。庄子之如此,是他以理化情。

(二)情感之生因累于物。王弼等主张人应"应物而无累于物",说情感是自然的反映,所以不能免除,只要不累于物就够了。《庄子·应帝王》亦讲"至人之用心若镜,不将不逆,应而不藏,故能胜物而不伤"。镜之不伤,在其无累于物,但庄子只讲以理化情,对此点未加发挥。宋儒却有很重要的发挥。程明道的《定性书》说:"天地之常,以其心普万物而无心;圣人之常,以其情顺万事而无情。故君子之学,莫若廓然而大公,物来而顺应。"宋儒解释此理,常举的例子是颜回"不二过","不迁怒",能做到此地步,就是他能廓然大公,物来而顺应。如某人和他的太太打仗了,一生气连茶碗都摔了,就因为他未能廓然大公，物来顺应。王阳明说："七情不可有所著。"著即累，即七情不可有所累。讲《大学》"心有所忧患，则不得其正；心有所忿懥，则不得其正"，他注重在"所"字，一有所忧患忿懥，即是有了对象的累于物了，即有所苦了。如我们看人打别人的嘴巴，我们当时或亦忿懥，但事一过就完了。若有人来打我一个嘴巴，那就不同，我不但现在恨他，甚至什么时候想起来，什么时候恨，就是因为我的心有所累，我不能廓然大公，有我的存在，不能以人打我就像人打他人的态度处置之。所以人之有所累于物否，完全在于有我与无我的存在。以现在话说，就是客观的态度之有无。廓然大公，的确对于人生幸福有莫大关系，对于一个人的事业成功，亦很重要。人常说的"旁观者清，当局者迷"，就是不能廓然大公，有我之存在，总是战战兢兢，患得患失，结果也许很糟。譬如我们现在在这平地上走，我们什么不想，可是如果路的两旁都是阴沟，就要战惊起来，也许因为这一战兢就糟了，如果还像走平地一样的态度，本可以毫无问题的安然度过。所以大公无私，无我无己，若在道学家的旗牌约束下讲起来，很无味，但实在它们是对人生幸福有关系的。

（原载 1935 年 3 月 3 日《北平晨报》）

人生术

儒家之知命,亦是一种人生术。今再以人生术为题目,略广论之。

好之意义,已如上述。若将好分类,则好可有二种:即内有的好(intrinsic good)及手段的好(instrumental good)。凡事物,其本身即是可欲的,其价值即在其本身,吾人即认其为有内有的好;严格地说,唯此种方可谓之好。不过在此世界,有许多内有的好,非用手段不能得到。凡事物,我们须用之为手段以得到内有的好者,吾人即认其为有手段的好。换言之,内有的好,即欲之目的之所在;手段的好,非欲之目的之所在,但吾人可因之以达目的者。不过在此世界中,何种事物为有内有的好,何种事物为有手段的好,除少数例外外,全不一定。譬如吾人如以写字为目的,则写字即为有内有的好;如写信抄书,则写字即成为有手段的好。大概人生中之一大部分的苦痛,即在许多内有的好,非因手段的好不能得到,而手段的好,又往往干燥无味。又一部分的苦痛,即在用尽干燥无味的手段,而目的仍不能达，因之失望。但因人之欲既多，世上大部分的事物，都可认为有内有的好。若吾人在生活中，将大部分有手段的好者，亦认为有内有的好，则人生之失望与苦痛，即可减去一大部分。"君子无人而不自得焉"。正因多数的事物，多可认为有内有的好，于其中皆可"自得"。此亦解决人生问题之一法也。

近来颇有人盛倡所谓"无所为而为"，而排斥所谓"有所为而为"。用上所说之术语言之，"有所为而为"即是以"所为"为内有的好，以"为"为手段的好；"无所为而为"即是纯以"为"为内有的好。按说"为"之自身，本是一种内有的好；若非如老僧入定，人本不能真正无为。人终是"动"物，终非动不可。所以监禁成一种刑罚；闲人常要"消闲"，常要游戏。游戏即是纯以"为"为内有的好者。

人事非常复杂，其中尚有一部分只可认为只有手段的好者；然亦有许多，于为之之际，可于"为"中得好。如此等事，吾人即可以游戏的态度做之。所谓以游戏的态度做事者，即以"为"为内有的好，而不以之为手段的好。吾人虽不能完全如所谓神仙之"游戏人间"，然亦应多少有其意味。

不过所谓以游戏的态度做事者，非随便之谓。游戏亦有随便与认真之分；而认真游戏每较随便游戏为更有趣味，更能得到"为之好"、"活动之好"。国棋不愿与臭棋下，正因下时不能用心，不能认真故耳。以认真游戏的态度做事，亦非做事无目的、无计划之谓。成人之游戏，如下棋、赛球、打猎之类，固有目的、有计划；即烂漫天真的小孩之游戏，如捉迷藏之类，亦何尝无目的、无计划？无目的无计划之"为"，如纯粹冲动及反射运动，虽"行乎其所不得不行，止乎其所不得不止"，然以其为无意识之故，于其中反不能得"为之好"。计划即实际活动之尚未有身体的表现者，亦即"为"之一部分；目的则是"为"之意义。有目的计划，则"为"之内容愈丰富。

依此所说，则欲"无所为而为"，正不必专依情感或直觉，而排斥理智。有纯粹理智的活动，如学术上的研究之类，多以"为"为内有的好；而情感之发，如恼怒忿恨之类，其态度全然倾注对象，正与纯粹理智之态度相反。亚力（里）士多德以为人之幸福，在于其官能之自由活动，而以思考——纯粹的理智活动——为最完的、最高的活动；其说亦至少有一部分之真理。功利主义太重理智，然以排斥功利主义之故，而必亦排斥理智，则未见其对。功利主义必有所为而为，其弊在完全以"为"为得"所为"之手段；今此所说，谓当以"所为"为"为"之意义。换言之，彼以"为"为手段的好，而以"所为"为内有的好；此则以"为"为内有的好，而以"所为"为使此内有的好内容丰富之意义。彼以理智的计划为实际的行为之手段，而此则谓理智的计划亦是"为"，使实际的行为内容丰富之"为"。所以依功利主义，人之生活多干燥——庄子所谓"其道太毅"——而重心偏倚在外；依此所说，则人之生活丰富有味，其重心稳定在内（所谓重心在内在外，用梁漱溟先生语）。

人生之中，亦有事物，只可认为有手段的好，而不能认为有内有的好。如有病时之吃药，用兵时之杀人等是。此等事物，在必要时，吾人亦只可忍痛作之。此亦人生不幸之一端也。

人生成功之因素

三种因素——才、力、命

在人生成功的过程中，须具有三种因素，这三种因素配合起来，然后才可以成功。

（一）天才。我们人生出来就有愚笨聪明的不同，而且一个人生出来不是白痴的话，一定会在一方面有相当聪明，而这种生出来就具有的愚笨聪明，无论什么教育家以及教育制度也不能使之改变。换句话说，教育功用只能使天赋的才能充分地发展，而不能在天赋的才能之外使之成功。这正如园艺家种植种子只能使所种的种子充分发展，而不能在这种子充分发展之外使之增加。

（二）努力。无论在哪一方面成功的人，都要努力。如果非常懒惰，而想成功的人，正如希望苹果落在自己嘴里，一样的不可能。

（三）命。这命不是一般迷信的命，而是机会，也可以说是环境。如一个人有天赋才能，并且肯十分努力，但却仍需遇巧

了机会。如果没有机会，虽然有天资，肯努力，也是"英雄无用武之地"了。提到机会环境，常会有人说我们可以创造环境，争取机会，这当然是不错的。不过，创造环境，争取机会，却包括在努力之中，而这里所说的机会，乃指一人之力所不能办到的而言。

以上所说的三种因素，可以自中国旧日术语用一个字来代表一下：天资可以用"才"字来代表，努力可以用"力"字代表，机会可以用"命"字代表。一个人要在某方面获得成功，必得需有相当的才、力与命。一提到命，恐怕会有误解。因为谈到命的时候太多，例如街头算命摆卦摊的谈命，旅馆住的大哲学家谈命，而这里所提到的命，却与他们都不相同。在这里所提到的命，乃是中国儒家所谈之命，是与一般世俗所说的命不同的。

一般世俗所谈的命，是天定的，就是我们人在生前便定下了一生的吉凶祸福。看相算卦可以知道人的一生吉凶祸福，我从来就不相信。据我看，这些都是中古时代的迷信，无论是在哲学上或是在科学上都是不合理的。

孔子孟子所讲的命，并不是这个意思，儒家所讲的命，乃指人在一生之中所遭遇到的宇宙之事变，而且又非一人之力所可奈何的。再重述一下，创造环境，争取机会是属于努力那方面。与这里命无关，不用再多论。现在还是讨论命字，我们人在一生中总会遭遇到非一个人力量所能左右与改变的宇宙之事变。比如说，民国二十六年的事变直到三十四年，经过八年间的抗战，我们才获得最后的胜利。日本人来侵略我们，我们不得已起而抗战。这是非以一人之力所能改变的。更如现在世界战争虽然已经解决,然而仍有许多问题相继发生着。为什么我们生在这个时代?为什么不晚生若干年,生在未来的大同世界中?此乃命。

以上才、力、命三者配合起来,三者都必要而不同具。也就是成功需要三者配合起来,没有时固不成,有了也不一定成。如同学考试加油开夜车,但也许考不及格。也就是不用功不能及格,而用功,也不一定及格!这道理就是在逻辑学上所谓:必要而不同具。有些人常说不靠命,那么他又在说创造环境争取机会了。不过我已重述过,那是属于"努力"方面的。

说起命来,我们活这么大而不曾死了,命就算相当的好。我们要知道人死的机会太多了,在母胎中,也许小产未出世就死去,这个人能成功不?幼童病死,有什么办法?我们经了八年抗战,经过战争、轰炸以及流亡,如今仍能参加夏令营,我们的运气真好得了不得了。

成功的种类与配合成分

以下我们讨论三者配合是否应该相等?也就是三者成分是不是应该每份都是百分之三十三点三?这回答却是不应相等,也不能相等,而是以成功的种类不同而每种成分各有不同。成功的种数不外有三:

一、学问方面:有所发明与创作,如大文学家、大艺术家、大科学家等等。

二、事业方面:如大政治家、大军事家、大事业家等等。

三、道德方面：在道德上成为完人，如古之所谓圣贤。

以上列举的三方面，以从前的话来讲，也就是立德、立功、立言三不朽。学问方面的成功是立言，事业的成功是立功，道德方面的成功是立德。除三种之外，也就没有其他的成功了。因为这三种成功的性质的不同，所以配合的成分也就有了多寡。大致说来，学问方面"才"占成分多；事业方面"命"占成分多；而道德方面则是"力"占成分多。

学问方面的成功

学问方面，天才成分占得多。有无发明与创作是不只以得多少分数，几年毕业所能达成的。而且，没有天才，就是怎么用功，也是无济于事。尤其艺术方面，更是如此。所谓"酒有别常，诗有别才"。有些人致力于做诗，并做到十分的努力，然而他做出诗来，尽管合乎平仄，可是不是诗，那么，他就是没有诗的天资；但也许他在其他方面可以成功的。

事业方面的成功

事业方面，机会成分占得多。做学问，一人可以做到不需要别的人来帮助，而且做学问到很高深的时候，别人也帮不上忙。孔子作《春秋》，他的弟子们都帮不上忙。李白、杜甫作诗，也没有人能够给他们帮忙，我们更不能帮助科学家来发明。这大都需要他自己去做的。然而，在事业方面，并非一人之力所能达成：

（一）需要有许多人帮忙合作。如大政治家治政，大军事家用兵等。

（二）需要与别人竞争。如打仗有敌手，民主国家竞选总统，需要有对手。

总结一句话，还是事业方面成功，并非一人之力所能达成。如做一件事，需有多人帮忙，帮助他努力争取，同时，需要对手比他差，才能成功。有时他成，可是遇到的对手比他更成，那时只好失败；有时他不成，可是遇到的对手比他还不成，那时他也能成功。我们从历史上来看，例子很多。比如项羽能力大，偏偏遇到的对手刘邦比他还高明，所以他只好失败。我们看看"垓下歌"："力拔山兮气盖世，时不利兮骓不逝，骓不逝兮可奈何，虞兮虞兮奈若何！""时不利兮"，他毫无办法。有些庸才，偏偏成功，史册上很多，不胜枚举。

现在让我提一个故事，纪晓岚《阅微草堂笔记》有这么一段记载：有一个棋迷，有时赢，有时输。一天他遇到神仙，便问下棋有无必赢之法。神仙说是没有必赢之法，却有必不输之法。棋迷觉得能有必不输之法，倒也不错，便请教此法。神仙回答说：不下棋，就必不输。这个故事讲得很有道理。一切事，都是可以成功，可以失败，怕失败就不要做。自己棋高明，难免遇到比自己更高明的对手，则难免失败；自己棋臭，也许遇上比自己棋还臭，臭而不可闻的对手，这时便也可成功，其他事业也是如此。

道德方面的成功

道德方面，努力成分占得多。只要努力，不需要天才，不需要机会，只靠大部努力便能在道德方面成为完人。这是什么道理呢？也就是为圣为贤需如何？很简单，只有"尽伦"。所谓"伦"即是人与人的关系，从前有"五伦"：君臣、父子、夫妇、兄弟、朋友。现在不限定五伦。如君臣已随政体的变动而消失。不过人与人的关系却是永远存在。例如现在称同志，也是人与人关系的一种。为父有其为父应做之事，为子有其为子应做之事，应做的就是"道"。所谓君有君道，臣有臣道，父有父道，子有子道，也就是每个人都有他所应做的事。做到尽善尽美，就是"尽伦"。用君臣父子尽其道来比喻，名词虽旧，但意思并不旧。如果以新的话来讲，就是每个人应站在他的岗位上，做他应做的事。那么，为父的应站在为父的岗位上做为父应做的事，为子的应站在为子的岗位上做为子应做的事等等。所以名词新旧没有什么关系，只要意思不旧即可。我们不能为名词所欺骗。有许多人喜欢新名词，听到旧名词"君尽君道"、"臣尽臣道"等，立刻表示不赞成。若有人以同样意思，改换新名词，拍案大声说："每个人应该站在他的岗位上，做他应做的事。"于是他便高高兴兴地表示赞成了。

　　道德方面的成功，并不需要做与众不同的事。而且，"才"可高可低，高可做大事，低可做小事，不论他才之高低，他只要在他的岗位上做到尽善尽美，就是圣贤。所以道德方面的成功，不一定要在社会上占什么高位置，正如唱戏好坏，并不以所扮角色的地位高低做转移。例如梅兰芳，并不需扮皇后，当丫环也是一样。再者，道德方面的成功也与所做的事的成功失败无关。道德行为与所做之事乃两回事，个人所做之事不影响道德行为的成功。如文天祥、史可法所做的事虽然完全失败，但他们道德行为的价值是完全成功的。更进一步来说，文天祥、史可法如果成功，固然是好，但所做的事成功，对他们道德行为价值并不增加，仍不过是忠臣；同时，他们失败，对他们道德行为价值也不减少，仍不失为忠臣。因此道德方面的成功不必十分靠天才，也不十分靠机会，只看努力的程度如何；努力做便成功，不努力做便不成功。这种超越天才与机会的性质，我们称它为"自由"，是不限制的自由，并不是普通所说的自由。"人皆可以为尧舜"，就是这个意思。不过我们不能说："人皆可以为李杜"或"人皆可以为刘邦、唐太宗"。诸位于此，会发生两个误会：

（一）道德上成功与天才机会无关，那么自己不管自己天资如何，同时，也不必认真做自己所做的事，只要自己道德行为做到好处就成了。不过这是错误的。一个人做事，如文天祥、史可法做事，尽心尽力到十二分，则虽失败，亦不影响其道德方面的成功，但他们不尽心尽力，失败固非忠臣，成功也属侥幸，因为他们的"努力"程度影响了他们道德方面的成功。

（二）立德、立功、立言三者划分，实际上乃为讲解方便，其实立德非另外一事，因为立德是每个人做其应做之事，当然立言的人在立言之时，可以立德，立功的人在立功之时，也可以立德，每个人随时随地都可立德，所以教育家鼓励人最有把握就是"人皆可以为尧舜"，因此立德与立言立功是分不开的。

（此系1946年8月在北平夏令营讲学的纪录，原载《文华》创刊号，1946年10月）

对于人生问题的一个讨论

今天,贵会开第一次会,使我得来恭逢这个盛会,我实在很喜欢。

我今天所讲的题目是"对于人生问题的一个讨论"。我去年在曹州中学讲演时讲的,大约都是西洋哲学史,当时他们一定叫我讲我自己关于人生的意见,我讲了一点,以后又增加了一点,就成了这个演讲:

民国十二年中国思想界有一个顶关紧的事项。就是人生观的论战。张君劢说:"人生观不是科学律令公式所能解决的。"当时丁文江又出来说:"人生观用科学律令公式解决是可能的。"这样的论战,很有些时。据唐钺的调查,他们讨论的重要的问题有十三个。因为问题太多,所以不能有一个系统的观察。而且他们的讨论,据胡适之说,"并没有把一种具体的人生观说出来,而只是证明人生观是否可以用科学来解决。唯有吴稚晖先生的《我的一个新信仰——宇宙观和人生观》还算说出一个具体的人生观来"。我现在所说的,便是具体的人生观,至于我说得对不对,和方法的错不错,还请大家批评。

一、陈独秀先生曾经说过:"人生之真相果何如乎?此哲学中之大问题也。欲解决此问题似非今人智之所能。"他的意见觉得这个问题太大,现在不能够一时解决。我觉得这个问题并不难解决。凡一事物必是对于局外人方要知其真相。譬如,现在的北京政局,我们因是局外人,才要求他的真相。如果是当局的人就不必去打听这个真相了。人是人的当局者,而所谓人生者亦就是人的一切动作。譬如演剧,剧是人生,而演剧者一举一动都是人生,亦就是人生的真相,就没有其他的问题了。我们现在处人的地位,而去求人生的真相,无异乎宋儒所说的"骑驴寻驴"了。

二、我方才所说的一片话,大家总不能说是就满意,因为如今人所欲知者,实在并不是"人生的真相"。而是要解释"人生的真相",人生是为什么?为字有两种意义。

一是因为什么的解法,原因。二是所为什么的解法,目的。就是戏上所说的"我所为何来"。因为有这两种解释,就有两种的答法。

原因,因为什么。这个问题是很难解答的,人是天然界一个东西,就是万物之灵也罢,高等动物也罢,然而总出不了天然界之外。而所谓人生,也就是天然界里一件事情——如刮风、下雨、草木的发生,都不能问他因为什么。要答这个问题,非把天然界全体的事情都加以说明不可,我想如今人类知识,还不能够来解释天然界的全体,况且我们在短期讲演时间,哪能解释明白?

目的,所为什么。陈独秀说过:"我们人类究竟为的什么,应该怎样,如果不能回答这两个问题,模模糊糊过了一世,也未免太觉无味。"独秀先生的话,可以代表一般人要解答这些问题的意思,我也很遇着几个人要问这个问题,以为是要不得这些问题的解答,人生未免太乏味。方才我说人是天然界一个东西,人生是人的一切动作,就这个动作分析起来,有种种的部分,每一部分的行为,说起来是人为的,而从人生全体看,却是天然的事情。譬如演戏,件件的举动是假的,而其全体却真是人生的一件事情。凡是天然的,不能问他是什么目的,如雨就是雨,山就是山……吾人观天然界的东西,只可说他"就是如此",不能像人为界里的区分为目前与手段。在人为界里的事情,可以说是有目的。但是全一个人生,就不能说有什么目的了。

有一般目的派的哲学家,如亚力(里)士多德,说天地为什么生草,供牲口的食用;为什么生牲口,供人类的食用。有人就讥笑这种目的论哲学说"人为什么生鼻子,为戴眼镜"。可见目的派也靠不住,所以我说人生就是如此,人生就是为生活而生活。

德国费希台说:"人生是为的自我实现。"法国伯格森说:"人的生活是要创化。"如果再问为什么要实现,为什么要创化,他只能答:"为实现而实现,为创化而创化。"又有人说:"人生为真善美。"为什么为真善美,亦答不出所以然来,那又何必绕这个大弯呢?

大凡于生活无阻碍的人,都不问为什么生活;有些人对于生活发生了问题，发生了悲观，他的生活达不到目的，他才要问："人为什么生活。"这就可以证明"人就是为生活而生活"的。

庄子说："泉涸，鱼相处于陆。相呴以湿，相濡以沫，不如相忘于江湖。"我论这些问题，亦只取"相忘于江湖"的态度。

三、方才说人生，就是人生，就是为生活而生活。然生与死何以区别呢？生活要素是活动，活动停止就是死。此活动的意义是广义的，如身之活动，及心之活动都是。然而这些活动的原动力，就是人生的各种"欲"，欲满足此"欲"，乃有活动。我所说的"欲"，包括现在人所说的冲动、欲望两样。

A，冲动：就是人之本能的，动作的倾向，大都是无意识的，因冲动虽是一种要求，而不知其所要求之目的，虽欲实现，而不知其所欲实现的是什么。这是本能的，不学而能的。如婴儿吃乳，饿了就要哭，可是他决不能说出他哭的是什么。

B，欲望：其中参加有知识的分子，它亦是一种要求，可是知所要求的是什么，是有意识的。

近来梁任公先生以"情感"为活动力之原动，情感是活动时心理上一种情形。如人遇见了他的仇人，就去打他。并不是恼了才去打的，实在是打了才恼的。詹姆士说："见了可怕的蛇就跑并不是怕了才去跑，实在是跑了才怕的。"所以情感与活动的关系，如风雨表与风雨的关系，并不是说风雨是风雨表的原因。

四、人生的要素是活动，假使人类的欲望没有冲突，那人生就美满了。实际中欲望相互冲突的地方很多，不但我的欲与人之欲相冲突,就是个人的欲望亦是常相冲突。中国古来有个传说,"三人言志,一发财,一做官,一成神。一腰缠十万贯,骑鹤下扬州"。试问哪一人的欲望能满足呢?因为不能个个满足欲望,人生问题才发生出来。既发生了人生问题,将怎么样解决呢?就是和、中、通三义,兹分述于下。

和的目的就是在冲突的欲之内,使大多数欲可以满足。一切政治、法律、社会、宗教……都是求和的方法。穆勒说个人之自由,以不侵犯他人之自由为限就是求和的一法。种种道德方法,都是求和之道,或是有比这好的,但只是求和的方法不得不有。譬如政府不好,实行无政府主义,不过无政府亦是一种的方法,如果仅只凭着一人的直觉去活动,我真不敢承认。

"中"就是孔夫子所说"中庸之道"的"中",也就是能满足此欲,而又不妨害他欲之一个程度,"饮酒无量不及乱"就是一个例。在道德方面为"和",在学问方面为"通",通是什么?举一个例,好比大家都承认地圆。地方之说,是完全取消,因为有许多现象,用地方之说去解释便不通,而地圆可以讲通,此即谓通。一种道德制度,愈能得和大,则愈好,就以知识上的道理解释的现象愈多则愈通。如以前的教育方法约束学生,现在的新教育法有了游戏的时间,有研究学习的时间,乃可以满足各方面的欲望,所以新方法比旧方法好。中国古书上说"天下之达道也,天下之通义也,天下之达德也……"就是说,越能通的就越好。

五、刚才说的全是抽象的中、和、通,若实际上的中、和、通,则不能不用理智去研究。梁漱溟先生讲"中,非用直觉去认不可"，我觉得他说这话很危险，他的话的根本是假定在"人之初，性本善，性相近，习相远"几句话的上面，人性是善的恐难靠得住，现在有一派心理学家就是性恶派。倘若梁先生说："能顺着自然的路走，就是很对的路。"试问问他讲的什么，不是因为人类走错了路么？他有些讲的我很赞同，但直觉的话是危险的。

我也非说人性恶，我们要知道人本是天然界的一个东西，他的性本来不能说是善或是恶，因为是自然的就是那个样了。不过他们时相冲突才有善恶之分，就是刚才所说的"和"，能包含的便是善，"和"不能包含的便是恶，至于性的本来却不能说善与恶。

六、好的意义，就着本能而言都是好的，凡是能使欲望满足的都是好，欲望冲突以后，不包括在"和"之内的，好就变成恶了。好还可以分为两种：

A、内有的好，本身可以满足我欲望的，如糖的甜；

B、手段的好，他本身不能使我们满足，可是他能使我们得到满足我们欲望之物，如药是苦的不好吃，是不能满足我们的，但是他能使我们身体康健，可以使我满足。

这两种的分别无一定的，要看我们的目的何在。譬如，我在黑板上写字要为练习而写那就是内有的好；要是为你看而写，就是手段的好。

然而说到人生，实在是痛苦的，往往必得有种种的手段的好，方可得到内有的好，但是有时候费尽力量去用手段的好，内有的好仍得不到，因这而痛苦更不堪了。

若是这样,也有一种解决的方法,就是把手段的好,与内有的好看做一样的东西。譬如我写字是求你们看的。但是你们要是不看的时候,我就可以看做我自己练习字,那就无所谓痛苦了。

不过有些东西,也不然。如茶,人总不愿意把它当作内有的好看待。

七、人死是人生的反面,也就是人生的大事。古人有"大哉死乎,君子休焉,小人休焉"的话。就可以代表人对于死的问题很以为重要的了。因为人都是怕死,所以死后成鬼与否,或者死后有没有灵魂的问题,就出来了。有一般修仙学道的人,说人是可以不死的,我觉得长生不老,固然不能,可是不死是能的。如"生殖"就是不死。好像一棵树,结了子实,落到地下面,成了别一棵树;别一棵树确是那棵树的一部分种子,所以那棵树仍是没死,照这样说不死也就没甚大稀罕,在一种下等动物阿米巴,他的生殖是一个细胞裂的,也就不知那是新生的,或老的了。"不孝有三,无后为大",自古以来传到如今,因为无后,才算真死,这话也合乎生物学的道理。

八、不朽与不死同是指人之一部分之继续生活力。不朽是指人之一种不可磨灭的地方,这样不可磨灭的地方,人人都有,也就是人人都是不朽。而且想朽也是不能的。譬如那边夫役洗凳子的声音,在世界上已经有了这回事,想去掉也不能。不过这种的不朽,有大不朽,与小不朽的分别。大不朽是人人都知道的,如尧、舜、孔子。知道小不朽人少。如夫役洗凳子的声音。要就存在而论,这一种声音,和直奉战争都一样的存在。

所不同的，就是在乎人知道的多少罢了。在不朽里包括有立德、立功、立言。桓温说"丈夫不能流芳百世，亦当遗臭万年。"二者都是不朽，不过这两种分别，只在"流芳"与"遗臭"罢了。照上面所说，算是生也有了，死也有了。我的人生观也可以收束了。

理想与现实

近几个月以来,国际局势的变化,真似乎是波谲云诡,令人无可捉摸。研究国际问题的专家,刚写一篇文章,说英法苏反侵略协定一定要成功,苏联与德国绝无接近可能,但是在那篇文章印出来的时候,苏联与德国已经订了不侵犯条约了。又有些人刚写了一篇文章,说苏联虽与德国订了不侵犯条约,但是苏联的政策是"保境安民",决不会有什么行动。但是等到这篇文章印出来的时候,苏联已经动员了四百万大军,浩浩荡荡,杀奔瓦莎而去了。

还有些人对于这些变幻莫测的局势,起了"世道人心之感",以为世上的人竟会如此的翻云覆雨,丝毫不顾信义。这对于人的道德上的影响,是非常之大的。若世界上的人,都学斯大林、希特勒,那就没有人讲道德了。若人人都不讲道德,恐怕世界的末日,也就快到了。

又有些人以为,照现在的局势看起来,所谓什么主义,什么理想,都是欺人的空谈,人都是讲现实的利益的。其口中讲主义理想者，无非欲以羊头卖狗肉而已。张伯伦固是伪君子，斯大林、希特勒，也不配为真小人。在几个月以前，一部分人都信，希特勒的话虽有八九不可靠，但其恨共产党，反共产主义，大概总是真的；斯大林的话虽常是宣传，但其恨法西斯，反国社主义，大概总是真的。但是这一部分人对于斯大林、希特勒，所有的这一点的信心，现在也被打破了。

我们以为，国际的局势，虽似乎是波谲云诡，但也并不是完全不可捉摸的。不可捉摸之中，自有可捉摸者在，"言有宗，事有君"，我们若得其宗君，即可见，事情虽波谲云诡，但亦是"万变不离其宗"的。

因国际局势的变幻，而抱"世道人心"之忧的人，更可以不必。因为国家的行动，与个人的行动，本是不可以同一标准批评的。释迦牟尼割自己身上的肉喂鹰，是仁慈的行为；但是用印度人的血汗，维持英国人的繁荣，不但甘地反对，即释迦复生，亦是不会同意的。有人说，"大帝英国，没有永久的朋友，亦没有永久的仇敌，只有永久的利益"，其实无论哪一个国家，都是如此。何以故？因为国与国之间，本来是没有法律，不讲道德的，不过这并不包含人与人之间，亦没有法律，亦不讲道德。当然我们希望，在将来更进步的世界中，国际间也有法律，也讲道德。但是现在的国际局势，并不比历来的国际局势，在道德方面，有什么"江河日下"，这是可以说的。

至于说，在现在的世界中，所谓什么主义理想，都是欺人的空谈，这话也是不对的。我们说，国际的局势，虽波谲云诡，但亦是"万变不离其宗"的，这"宗"就是主义，就是理想。

大部分人把理想与现实，看成了对立的两个，这是大错的。理想并不是与现实对立的，而是现实的反映。譬如我们走路，我们的眼所看到的，总比我们的脚所走到的远一点。即是瞎子走路，他的棍子所到之处，也要比他的脚所到之处远一点。如我们的脚所到之处是现实，则我们的眼所见，即可说是理想。理想是我们的眼所见到，而脚尚未走到者，但虽未走到，而总是向这方向走的。若把理想用言语有系统地说出来，即是所谓主义。由这方面看，现实与理想或主义是分不开的，更不能是对立的。若说现实可以离开理想，可以与理想对立，这种理想实则不是理想，而不过是有些呆子坐在书桌前所有的幻想而已。

然则何以有些人觉得现在的世界中没有理想呢？何以觉得理想或主义都是空谈呢？我们可以说世界上非无理想也，乃无此部分人所希望有之理想也。其所以无此部分人所希望有之理想者，乃此部分人所希望有之理想，所反映之现实，一时不如别种理想所反映之现实有力也。

民族与阶级的分别的存在，是两个现实。但是人往往为其一之所蔽，而忽视其他。共产主义本来完全从阶级的观点以论一切，以为"工人无祖国"。在第三国际盛唱世界革命的时候，很有些人都忽视民族的分别。但是这个分别是现实。因其是现实，所以反映这个现实的民族主义也就不可忽视了。所以共产党以后也讲："以共产主义为内容，以民族主义为形式"，而苏联向波兰出兵，也不说是为援助无产阶级的同志，而说是为援助白俄罗斯及西乌克兰的同胞。

我们说，历史的进步是曲线的。何以是如此呢？因为人是

幸福的方法论

人，不是神，他的行为总是东倒西歪的。所谓扶到东来又倒西，不仅是醉人如此。二十年前，人的行为是倒在阶级斗争的那方面去。现在又倒回到民族斗争这方面了。我们说"又倒回"，因为民族斗争，亦不是自今日始的，苏联是以"共产主义为内容，民族主义为形式"。而法西斯、国社党（实应译为民族社会党）更代表了民族主义的高潮。有一部分人说，法西斯、国社党，不过是资本家保存自己的利益、反对共产党的一种组织，其民族主义，不过是一种号召而已。这话也不能说是没有根据，不过为什么这些资本家要用民族主义号召，而民族主义也居然能号召呢？盖因民族的分别，本来是一现实，而民族主义本来是一种力量也。

从民族主义的观点，以看现在国际局势，而虽波谲云诡，而却是"万变不离其宗"的，其宗是"本国利益第一"。这是现在每一个国家的谋国的人的理想，也是每一个国家的谋国的人的道德。你可以不赞成这种理想，不赞成这种道德，但你不能说，世界上没有理想，没有道德。你可以说民族主义是旧式的主义，但你不能说它不是一种主义。

守冲谦

假使一个美国人,因有某种成绩,受了别人的夸奖,照美国人的规矩,他对于夸奖他的人的答复,应该是:"多谢你的夸奖。"或:"多承夸奖,感激不尽。"假使一个中国人,因有某种成绩,受了别人的夸奖,照中国人的规矩,他对于夸奖他的人的答复,应该是:"不敢当。"或:"毫无成绩,谬承过奖。"在这种情形下,美国人的答复,是承认自己有成绩;而中国人的答复,是否认自己有成绩。自己有成绩,而不认为自己有成绩,此即所谓谦虚。虚并不是虚假的意思。《论语》说:"有若无,实若虚。"虚者对实而言。真正谦虚的人,自己有成绩,而不以为自己有成绩;此不以为并不是仅只对人说,而是其衷心真觉得如此,即所谓"有若无,实若虚"。

"自卑而尊人,先彼而后己",这本是社会所需要的一种道德。社会上的礼,大概都是根据这种道德而有的。无论哪一国家或民族的礼,或哪一种社会的礼,其详细节目或有不同,但其主要的意思,总不离乎"自卑而尊人,先彼而后己"。一个美国人对于夸奖他的人的答复,虽不是自卑,而却是尊人。因为照他的看法,若否认自己有成绩,即是直斥夸奖他的人的错误。直斥人的错误,是无礼的。中国人对于夸奖他的人的答复,虽不是尊人,而却是自卑。所谓"谬承过奖",即是说:"你对于我夸奖太过,你错了。"照美国人的看法,这是很不客气的话。照中国人的看法,这不客气,是为自卑而起,所以虽不客气,而决不会引起对方的误会。

我们常听说,人须有"自尊心"。上所谓自卑,并不是有自尊心的反面。孟子说:"人有不为也,而可以有为。"一个人在消极方面,有有不为之志,在积极方面,有有为之志,这种人谓之有自尊心。无自尊心的人,认为自己不足以有为,遂自居于下流,这亦可说是自卑。不过此自卑不是上所谓自卑。此自卑我们普通称之为自暴自弃。孟子说:"舜何人也?予何人也?有为者亦若是。"有这一类的志趣者,谓之有自尊心。在行这一类的志趣的时候,完全用不着与人客气,用不着让。所谓"当仁不让"是也。但在人与人的普通关系中,则彼此之间,需要互让。让是礼的一要素。所谓客气,所谓礼貌,都有让的成分在内,所以我们常说"礼让"。上所谓自卑,是让的表现,并不是自暴自弃。

有些人认为,有自尊心,即是在人与人的普通关系中,以自己为高于一切,这是错误的。有自尊心是就一个人的志趣说。上所谓自卑,是就人与人间的礼让说。二者中间,并没有什么关系。

说到让,或者有人以为与所谓斗争,或奋斗等精神不合。

这以为又是错误的。所谓斗争，可以提倡者，只能是团体与团体间的斗争，不能是一个团体内的人与人的斗争。有提倡民族斗争者，亦有提倡阶级斗争者，但是没有人提倡，亦没有人能提倡，人与人斗争。这是不能提倡的。所谓不能提倡者，即谓，如有提倡者，其说一定是讲不通的。无论我们赞成民族斗争或阶级斗争之说与否，其说是讲得通的。但如有提倡人与人斗争者，其说是讲不通的。如有人以为，提倡民族斗争或阶级斗争者，必亦提倡人与人斗争，此以为亦是错误的。持此等以为的人可以说是"不明层次"。因为所谓民族或阶级，不是与人在一层次之内的。

所谓奋斗者，不过是说，一个人应该努力去做他所应该做的事，或他所愿意做的事。斗字在此，只是一种比喻，并不含有侵害别人的意思，与斗争之斗不同。一个人于不侵害别人的范围内，当然可以，而且应该，努力做他自己所应该做的事，或他所愿意做的事。这里用不着让，亦实在不发生让或不让的问题。一个人读书，求学问，用不着让别人占先，并且还可以争着占先。但他若因此，而于与别人共饭时，亦抢着吃菜而不让人，则他可说是"不知类"。因为求学问与吃饭，在这一方面，并不是一类的事。

以上所说，是普通所谓谦虚，但就中国的传统思想说，谦虚并不仅只是如此。就中国的传统思想说，谦虚是一种人生态度，其背后有很深的哲学根据。此哲学根据，一部分即是《老子》及《易传》中所讲的道理。

老子对于人生，有很深的了解。他观察人生，研究人生，发现了许多道理或原则。这些道理或原则，他名之曰"常"。他以为人若知道了这"常"，而遵照之以行，则即可以得利免害。若不知这些常而随便乱作，则将失败受害。他说："知常曰明。不知常，妄作，凶。"

在这一点，老子很有科学的精神。科学的目的，或其目的之一，亦是欲发现宇宙间的许多道理而使人遵照之而行。人若遵照这些道理而行，他可以得到许多利益。我们常说："科学能战胜自然。"就一方面说，它是能战胜自然；就又一方面说，它之所以能战胜自然，正因它能服从自然。

老子所说的话，有许多对于道德是中立的。在这一点，他亦与一般科学家相似。科学家所讲的道理，对于道德是中立的。有些人可以应用科学家所讲的道理做道德的事，有些人亦可以应用科学家所讲的道理，做不道德的事。但对于这些，科学家都是不负责任，亦不能负责任的。在有些地方，老子亦只说出他所发现的道理，至于人将应用这些道理做些什么事，老子是不负责任，亦不能负责任的。例如老子说："将欲歙之，必固张之；将欲弱之，必固强之；将欲废之，必固兴之；将欲取之，必固与之。"有人因此说，老子讲阴谋。其实老子并不是讲阴谋，不过阴谋家可应用这些道理，以遂其阴谋而已。

老子说："反者，道之动。"照老子的看法，一某事物，若发展至其极，则即变为其反面，此所谓"物极必反"。《易传》中亦讲这个道理。旧说《易》《老》相通。其相通的主要的一点，即是《易》《老》皆持"物极必反"之说。

海格尔亦说：事物皆含有其自己的否定。若一某事物发展至极，则即为其自己所含有之否定所否定。所以一切事物的发展，都是所谓自掘坟墓。马克思的历史哲学，亦用海格尔此说，不过他不以心或观念为历史的主动力，而以经济的力量为历史的主动力。所以他的历史哲学称为物质史观或经济史观。

一某事物的发展，如何是已至其极？有些事物，其极是对于客观的环境说，有些则是对于主观的心理说。例如马克思说，一个资本主义的社会，若发展至其极，则即为其自身所含有之否定所否定，资本主义的社会的发展是"自掘坟墓"。资本主义的社会之极，是对于客观的环境说。所谓客观的环境，亦是一种事物自身所造成的。每一种事物，在其发展的过程中，自身造成一种环境。如这种环境，使此种事物不能继续存在，则此种事物的发展，即已至其极。因为这种环境是这种事物自身所造成的，所以这种环境即是这种事物自身所掘之坟墓，亦即其自身所含有的否定之表现。

就资本主义的社会的发展说，其极是对于其自身所造成的环境说。但就一个资本家的财产的发展说，其极是可对于一个资本家的主观心理说。假使有一个国家的法律，规定一个资本家的财产，不能超过一百万元，则此国内的资本家的财产，如到一百万元，即已至其极，就此方面说，或就类乎此的方面说，一个资本家的财产的发展，亦是对于客观的环境说。不过这一种极是人为的，不是自然的，所以这一种极不必引起反。但假如虽没有这些限制，而一个资本家发财至一百万元时，此人即已志骄意满，以为他已是天下第一富人，而再不努力经营他的工业或商业，如此，则一百万元对于此人，即是其财产之极。

到了此极，此人的工业或商业，即只会退步，不会进步，而其财产亦只会减少，不会增加了。

又譬如一个人有很大的学问，但他总觉得他的学问不够，此人的学问，对于此人，即尚未至其极。此人的学问，即还有进步的希望。另外有一人，虽只读过几本教科书，但自以为已无所不知，无所不晓，此人的学问，对于此人，即已至其极。此人的学问，不但没有进步的希望，而且一定要退步。旧说所谓"器小易盈"即是指这一类的人说。小碗只需装一点水，即至其容量之极。再加水，即要溢出来，此所谓"易盈"也。《易》《老》所谓极，大概都是就这些方面说。

如欲使一某事物的发展，不至乎其极，最好的办法，是使其中先包括些近乎是它的反面的成分。例如一个资本主义的社会，如发展至一相当程度，而仍欲使其制度继续存在，最好的办法，是于其社会中，先行一些近乎是社会主义的政策。如有人问一马克思的信徒，英美等国的资本主义已经很发展了，何以在这些国内，还没有社会革命发生呢？最好的答案是，因为英美等国的资本家，在有些地方，采用了近乎是社会主义的政策，例如工会组织、社会保险、失业救济等，以缓和阶级斗争。英美等国的资本家，与他们的工人的关系，已不是如马克思等所说的那样单纯了。这些资本家，于其资本主义的社会内，先容纳些近乎是社会主义的成分，所以他们可以使他们的制度继续存在，而不至于造成一种环境，使其不能继续存在，这种办法，最为反对他们的人所厌恶，因为这是维持他们的制度的最好办法。共产党人最恨温和的社会主义。因为共产党人主张推翻资本主义的社会,而温和的社会主义反可使资本主义的社会继续存在。

就社会说是如此,就个人说亦是如此。如一个人想教他的事业或学问继续发展进步,他须常有戒慎恐惧之心。人于做事将成功时,往往有志得意满的心;于做事将失败时,往往有戒慎恐惧的心。戒慎恐惧近乎是志得意满的反面。我们说近乎是,因为志得意满的真正反面,是颓丧忧闷。人若常存戒慎恐惧的心,则是常存一近乎是志得意满的反面的心。所以他的事业,无论如何成功,如何进展,都不是其极。所以他的事业,可以继续发展进步。《易传》说:"危者,安其位者也;亡者,保其存者也;乱者,有其治者也。是以君子安而不忘危,存而不忘亡,治而不忘乱,是以身安而国家可保也。《易》曰:'其亡其亡,系于苞桑。'"若一国之人,常恐其国要亡,则其国即安如磐石。正说此义。我们可以说:一个人做事,如常恐失败,他大概可以成功;如常自以为要成功,他大概必要失败。

一个人的这种戒慎恐惧的心理,在态度上表现出来,即是谦虚。真正谦虚的人,并不是在表面上装出谦虚的样子,而是心中真有自觉不足的意思。他有这种心,他的事业,自然可以继续发展进步,无有止境。所以《易》谦卦象辞说:"天道亏盈而益谦,地道变盈而流谦,鬼神害盈而福谦,人道恶盈而好谦。谦尊而光,卑而不可逾,君子之终也。"旧说,谓谦卦六爻皆吉,表示人能谦则无往不利的意思。

谦卦象辞以谦与盈相对而言。旧说亦多以为与谦相对者是盈或满。一个人对某一种事觉得满了,即是此种事的发展对于他已至其极了。已至其极，即不能再有发展进步。所以说："满招损，谦受益。"严格地说，与盈或满相对者是冲或虚。老子说："道冲而用之或不盈。"冲是与盈相对者。我们常说，冲谦，谦虚。冲或虚是就一个人的心理状态说。谦是就此种心理状态之表现于外者说。盈或满亦是就一个人的心理状态说。此种心理状态之表现于外者是骄。骄是与谦相对者。骄盈是与谦虚相对者。

以上说，一个人对于他的事业，如常有自觉不足的意思，他的事业即可继续发展进步，无有止境。所以说："高而不危，所以长守贵也；满而不溢，所以长守富也。""高而不危"，即是说，一人之贵，对于他尚不是其极。"满而不溢"，即是说，一人之富，对于他尚不是其极。如一人之富贵，对于他不至其极，他即可以继续富贵。又如说："学如不及，犹恐失之。"一个人如果常能学如不及，他的学问，自然可以继续进步。反之，如一个人对于他的事业或学问，有了志得意满的心，他的事业或学问，对于他即已至其极，已至其极，即不能再有发展进步了。

以上是就一个人及其事业说。就人与人的关系说，谦亦是一种待人自处之道。人都有嫉妒心，我在事业，或学问等方面，如有过人之处，别人心中，本已于不知不觉中，有嫉妒之意。如我更以此过人之处，表示骄傲，则使别人的嫉妒心愈盛，引起他的反感。大之可以招致祸害，小之亦可使他不愿意承认我的过人之处。所谓名誉者，本是众人对于我的过人之处之承认。我有过人之处，众人亦承认我有过人之处，此承认即构成我的名誉。若我虽有过人之处，而众人不愿意承认之，则我虽有过人之处，而名亦不立。老子说："富贵而骄，自遗其咎。"以富贵骄人，或以学问骄人，或以才能骄人，如所谓恃才傲物者，大概都没有好结果。若我虽有过人之处，而并不以此骄人，不但不以此骄人，而且常示人以谦，则人反极愿意承认我的过人之处，而我的名誉，可立可保。老子说："不自见故明，不自是故彰，不自伐故有功，不自矜故长。夫惟不争，故天下莫能与之争。"正是说上所说的道理。

所以古人以玉比君子之德。所谓"温其如玉"。玉有光华而不外露，有含蓄的意思。我们的先贤，重含蓄而不重发扬。含蓄近乎谦，而发扬则易流为骄。

朱子《周易本义》谦卦卦辞注云："谦者，有而不居之意。"有而不居，本是老子所常说的话。老子说："生而不有，为而不恃，功成而弗居。夫惟弗居，是以不去。""夫惟不居"下又说"是以不去"。"是以不去"是说"有而不居"的好处。此是就利害方面说。我们以上说谦虚的好处，及骄盈的坏处，亦是就利害方面说。若就另一方面说，一个人可以有一种知识或修养，有此种知识或修养者，可以无意于求谦虚而自然谦虚，无意于戒骄盈而自然不骄盈。

有此种知识或修养的方法有三种。一种是重客观，一种是高见识，一种是放眼界。

先就重客观说。我们知道，某一种事，必须在某一种情形下，方能做成。此某一种情形，我们名之曰势。一时有一时的势，所以势有时称为时势，有时亦称为时。例如飞机的发明，必须在物理学、气象学、机械学已进步到相当程度的时候。在

幸福的方法论

这时候，人对于此各方面的知识，以及各种材料上的准备，构成一种势，在此种势下，人才可以发明飞机。一个人发明了飞机，即又构成了一种势。就此方面说，这是英雄造时势。但他必须在某种势下，才能发明飞机，就此方面说，这是时势造英雄。一个英雄，若能知道，他亦是时势所造，他对于他的事业，即可以有"有而弗居"的心。有"有而弗居"的心，他当然无意于求谦虚，而自然谦虚，无意于戒骄盈，而自然不骄盈。

我们现在的人，可以有许多知识，为前人所未有者。但我们决不能因此即自以为，我们个人的聪明才力，是超乎古人的。我们所以能如此者，完全因我们的凭借，比古人多，比古人好。譬如我们现在能飞行，古人不能飞行，这完全因古人无飞机，我们有飞机之故，并不是我们的身体，与古人有何不同。有许多事情的成功，是时为之，或势为之，不过时或势总要借一些人，把这些事做了。这一些人，对于做这些事，固然不能说是没有贡献，但若他们竟以为这些事的成功，完全是他们自己的功劳，此即是"贪天之功以为己力"。所谓"功成弗居"，实即是不"贪天之功"而已。不贪天之功者，无意于求谦虚，而自然谦虚，无意于戒骄盈，而自然不骄盈。

再就高见识说，一个人少有所得即志得意满者，往往由于见识不高。一个学生在学校里考试，得了一百分，或是在榜上名列第一。这不过表示，在某种标准下，他算是程度好的。但是，这种标准，并不是最高的标准。若从较高的标准看，他的这一百分，或第一名，或可以是一文不值。明儒罗念庵于嘉靖八年中了状元。他的岳父喜曰："幸吾婿建此大事。"罗念庵说：

"丈夫事业,更有许大在。此等三年递一人,何足为大事也。"一个人对于他自己的成就,若均从较高的标准看,则必常觉其不及标准,而自感不足。所谓见识高的人,即有见于此所谓较高的标准,而不屑于以较低的标准,衡量其自己的成就者。旧说,人须"抗志希古",此即谓,凡做事均须以较高的标准为标准。

凡是古的,都是好的,这固然是旧日的人的一种错误的见解,但旧日的人持这一种见解,也不能说是完全没有根据。以文艺作品为例说,现存的古代文艺作品,实在都是好的。不过这并不是因为古人"得天独厚",如旧日的人所说者,而是因为这些作品都已经过时间的选择。古代并非没有坏的文艺作品,我们可以说,其坏的作品,至少与现在一样多。不过那些作品,都经不起时间淘汰,而早已到了它们应该到的地方,那即是字纸篓。时间是一位最公平的大选家,经过它的法眼以后,未经它淘汰的,都是好的作品。所以现在留下的古代文艺作品,都是好的,没有坏的。所谓"抗志希古"者,就文艺方面说,即是我们写作,须以经过时间选择的作品为法,我们衡量我们的作品,亦须以这些作品为标准。如果一个人能以韩退之的或苏东坡的作品,为衡量他的作品的标准,他即可见,他的作品,如不能达到此标准,即使能在某学校内得到一百分,这一百分实在是不算什么的。如果他有如此的见识,即在某学校内得了一百分,他也决不会志得意满。

即使一个人已能做出如韩退之的,或苏东坡的文艺作品,他还可见,于这些作品之上,还有文艺作品的理想标准,以此标准为标准，即历史上大作家的作品，也还不能都是尽善尽美。大作家于创作时，往往因为一两字的修改，弄得神魂颠倒。可见文艺作品的理想标准，如非不可及，亦是极不易及的。

以上虽只举文艺作品为例，但我们可以说，在人事的各方面，都有如以上所说的情形。旧说："取法乎上，仅得其中；取法乎中，仅得其下。"仍就文艺方面说，以文艺作品的理想的标准为法者，可以成为大作家，如韩苏等。但如以韩苏为法者，则对于韩苏只有不及，不能超过。至于以未经时间淘汰的作品为法者，则其成就，必定是"每况愈下"。

有高见识者，凡事均取法乎上。既均取法乎上，所以他对于他自己的成就，常觉得不及标准，而自感不足。程伊川说："人量随识长。亦有人识高而量不长者，是识实未至也。"以上文之例说之，知学校内定分数的标准，不过是一种标准，是识长也。因此即不以一百分自满，是量长也。所谓量即是容量的意思。器小易盈即是量小。量随识长者，无意于求谦虚，而自然谦虚，无意于戒骄盈，而自然不骄盈。

再就放眼界说。人之所以少有所得，即志得意满者，往往亦由于眼界不阔，胸襟不广。一个三家村里的教书匠，在他村里，在知识方面，坐第一把交椅，他即自命不凡，自以为不可一世。这是由于他的眼界只拘于他的一村以内的缘故。他的眼界既窄，胸襟自然亦狭，所以亦是"器小易盈"。他若能将他的眼界放至他的村外，以及于一乡、一县，他即可知，他的知识，实在有限，而在三家村里坐第一把交椅，实在不算什么了不得的事。若一个人能将他眼界放至与宇宙一样大，他即可见，虽有盖世功名，亦不过如太空中一点微尘。他若有这等眼界，他自然不期谦虚，而自然谦虚，不戒骄盈，而自然不骄盈。

《庄子·秋水》篇说："计四海之在天地之间也，不似礨空之在大泽乎？计中国之在海内，不似稊米之在大仓乎？号物之数谓之万，人处一焉，人卒九州，谷食之所生，舟车之所通，人处一焉。此其比万物也，不似毫末之在于马体乎？五帝之所连，三王之所争，仁人之所忧，任士之所劳，尽此矣。"《庄子·则阳》篇说："游心于无穷。"宇宙是无穷，把自己的眼界推到与宇宙同大，亦是一种"游心于无穷"。在这样大的眼界中，无论怎么大的事业学问，都成为渺小无足道的东西了。这些渺小无足道的东西，自然不足介于胸中。胸中无足介者，即所谓胸怀洒落。有如此的眼界，如此的胸襟者，不但自然谦虚，自然不骄盈，而实在是对于如此的人，骄盈谦虚，都不必说了。

《庄子·逍遥游》说："尧治天下之民，平海内之政，往见四子藐姑射之山，汾水之阳，窅然丧其天下焉。"《庄子·大宗师》说："夫无庄之失其美，据梁之失其力，黄帝之亡其知，皆在炉捶之间耳。"为什么尧一见四子，即丧其天下呢？为什么许由炉捶之间，可使无庄失其美，据梁失其力，黄帝亡其知呢？因为四子许由，有一种最大的眼界，最阔的胸襟，使见他们的人，马上觉得自己的渺小，自己的所有的过人之处的渺小。尧本可以平治天下自鸣得意，无庄等本可以其美力等自鸣得意，但于他们的眼界扩大以后，他们即可知他们所有的过人之处，实在是不足道的。

这是庄学的最高义中的一点。宋明儒亦有此类的说法。程明道说："泰山为高矣,然泰山顶上,亦不属泰山。虽尧舜之事,亦只如太虚中一点浮云过目。"象山《语录》中谓:象山"一夕步月,喟然而叹。包敏道侍,问曰:'先生何叹?'曰:'朱元晦泰山乔岳,可惜学不见道,枉费精神,奈何?'包曰:'势既如此,莫若各自著书,以待天下后世之自择。'忽正色厉声曰:'敏道,敏道,怎地没长进,乃作这般见解。且道天地间有个朱元晦陆子静,便添得些子?无了后便减得些子?'"有了朱元晦陆子静,天地不添得些子,无了亦不减得些子,则朱元晦陆子静之泰山乔岳,亦不过如太空中一点浮云,又有何骄盈之可言?

或可问:若凡事都从与宇宙同大的眼界看,则人生中的事,岂不是皆不值一做了?关于这一点,我们可以说,我们于上文"为无为"中说,我们做事,有些事是无所为而为,有些事是有所为而为。就无所为而为的事说,有些事是我们的兴趣之所在。我们做这些事,是随着我们的兴趣,至于这些事是值得做或不值得做,对于我们,本来是不成问题的。譬如小孩骑竹马,他只是愿骑则骑而已,他不问竹马值得骑或不值得骑,实亦不必问值得骑或不值得骑也。有些事是我们的义务之所在。我们做这些事,是实践我们的义务。每个人皆要生活,要生活则不得不尽生活中的义务。若问生活中的义务值得尽或不值得尽,则须先问,生活是值得生活或不值得生活。有些人或以为生活不值得生活,但在他未死以前,他总是要生活的,他既要生活,他即须尽其在生活中的义务。这都是就无所为而为的事说。至于就有所为而为的事说,有些人做事的所为是权利,有些人做事的所为是名誉。如他们因放大了眼界，而觉得这些所为是不值得要的，他尽可不要这些所为，不做这些事，而专做他的兴趣所在及义务所在的事。这对于他，或对于社会，均只有益处，没有坏处。

孔子说："巍巍乎舜禹之有天下也，而不与焉。"朱子注说："不与犹言不相关。"朱子《语录》说："不与只是不相干之义。言天下自是天下，我事自是我事，不被那天下来移著。"又《语录》中论谦卦云："太极中本无物，若事业功劳，又于我何有？观天地生万物而不言所利可见矣。"有些事是我们的兴趣所在，或义务所在者，这些事我们自要做之。但做之而并不介意于因此而来之荣誉或富贵，此即是有天下而不与的胸襟。这种胸襟，亦唯有大眼界者，始能有之。对于有这种胸襟的人，自然亦无须说什么谦虚或骄盈的问题。

青年的修养问题

今天讲的题目是"青年的修养问题"。

在表面上看,在这国势垂危的时候,来讲这个迂阔的问题,仿佛不大合适似的;其实,这个问题是一点也不迂阔。因为我们知道:一个国家的前途,以及一个民族的前途,其复兴的重任,都是担当在青年的身上。如果每一个青年,将来都能成为一个有用的人,一个有作为的人,那么,国家的前途,一定是很有希望的。反过来说,如果所有的青年将来都不能成为有用的人,有作为的人,那么,就是现在的国家能够马虎地过下去,到将来也非糟不可。所以这问题不但不迂阔,并且还很重要。

关于青年的修养问题,我们现在可以分做五点来讲:

第一,要感觉责任。在从前,中国的旧说法,说每一个人都有两种责任,一种是对于家庭的,一种是对国家的。这也就是一般人所讲的"忠孝"二字。忠是对于国家,而孝是对于家庭。如果一个人对于"忠孝"二字有亏,那么,其他的方面,也就不堪闻问了。不过,这是从前的说法,现在已经不同了。

在现在的社会里，一般人对于家庭的责任，似乎是减轻了一点，但这并不是像普通人所说的是什么人心古不古的问题。而实在因为现在的社会制度，和从前的社会制度，已经完全不同。譬如，在从前，一个人做了官，不但全家可以享福，而且三代都受诰封；可是一个人犯了罪，全家也都随着同受惩罚。因此，在从前的社会制度下面，一般人对于家庭所负的责任是很重的。可是现在不同，现在是一人做事一人担当，和家庭没有关系，因而对于家庭所负的责任，也就比较减轻了。

并且在从前，有许多人都只能算做家里的人，而不能算做社会的人。譬如，在从前的社会制度下面，妇女与儿童，都只能算做家里的人，而不能算做社会的人。换句话说，就是对于社会不负什么责任。可是现在不同了，妇女和儿童，不能再看做是家里的人，而也同样的是社会的人。这样，对于家庭所负的责任，虽然比较减轻，可是对于社会所负的责任，就要加重了。

要知道，社会越是进步，一切越是社会化。越是社会化，人也越是不能离开社会。譬如，在乡下，喝水是自己去挑，吃饭是自己去做，每一个家庭，就是一个经济单位。只管自己，而可以不去管旁人。可是在城市里就不同了，吃水是由自来水公司供给，吃饭是由麦粉公司供给。如果自来水公司和麦粉公司，一旦发生变化，那么，一般人的饮食，立刻就要发生问题。这就是因为城市的社会进步，已经成为社会化，而大家也不能离开社会了。越是不能离开社会，对于社会所负的责任，也越是要重。同时，社会越进步，社会上应做的事越多，而需要的人才也越多。我们既然不能离开社会，而去索居，那么，对于社会，就应该负起责任来。

第二，要立定志向。每一个人都应该立定一个志向，要做一个大人物。这里所说的大人物，并不是一定非做主席不可。无论做一个什么角色都是没关系的，只要所做的事，对于社会有益就成。譬如唱戏，每出戏里都有一个主角，可是主角的地位，并不一定就重要。戏里的皇帝、王后，往往都是配角。在历史上，每一件事都有一个主角，但那主角并不一定都是皇帝。所以我们应该去做对社会有益的事，只要对社会有益，那么，什么事都可以去做，不必非要做什么主席不可。

在从前，中国的旧说法，说做人有三不朽：一是立德，二是立功，三是立言。在这三不朽中，立德是最要紧，而且也是每一个人都可以做到的。至于立功、立言，都不是任何人都可以做到的，必须要看自己的才学和所遇的机会如何而定。立德既是每一个人都可以做到的，那么，究竟应该怎样去做呢？说起来也很简单，就是无论做什么事，都要做得极好，而这事对于社会确实有益，那就是达到了立德的地步。

第三，要注重兴趣。有许多青年，因为不知道将来应该做些什么事，常常去问人家。其实，这是没用的。要想知道将来应该做些什么事，必须先问一问自己的兴趣，是在什么地方。我们可以这样说，一个人如果对于某一件事感到兴趣，那么那件事和他的性情一定是很相近的。

我们如果想把一件事做到极好的地步，必须要靠两种东西：一种是才，一种是学。才是天生的根的，就是一般人所说的天才；学是后来加上去的努力。这两种东西合起来，才能做到极

好的地步。如果一个人没有才，仅仅去学，结果也不能做到极好的地步。无论文学家，科学家、艺术家、发明家等，所以能够成功的原因，除去是有过人的天才以外，还要靠努力地学。

说到这里，有人听了也许要觉得灰心。以为旁人能有天才，自己没有天才，一定不会把事做好的。其实，这也不尽然。要知道，每一个人都有他的才，不过，这个才，大家都不一样罢了。在从前科举时代，是不问你的才是在哪一方面，必须一律埋首在八股文里，如果有人的才，不是在这一方面，那就只有吃亏了。可是现在不同了，社会一天比一天的进步，各方面都需要人才。无论你才是在哪一方面，都可以使它尽量的发展。

也许有人不知道自己的才是在哪一方面，其实，这不必自己去解决，天然已经替你解决了。你的兴趣在哪一方面，你的才就在那一方面。譬如，猫捕鼠，这是一种才。但是猫并没有人家告诉它去捕鼠，而它自己看见老鼠就会发生兴趣，所以一捕就会捕到。可见我们在哪一方面有兴趣，就是在哪一方面有才。如果在我们感到兴趣的这一方面努力做去，那么，一定可以成功的。

不过，这里也应该有一个限制。譬如有人说，我的兴趣是在看电影，那么，就应该每天去看电影。这是不对的。因为，看电影只是个人的一种享受，对于社会并没有尽了什么责任。又譬如，大家对于吃饭，都很感兴趣，如果只是吃饭，而不做事，那岂不成了饭桶了吗？我们是说，应该做些对于社会有益的事。譬如，看电影和做电影，就不相同。如果有人对于做电影感觉兴趣，那么，就无妨去做电影。因为所做的电影，如果不是诲淫诲盗，对于社会，多少也是有益的。

对于社会有益的事，说起来也很多。无论是在政治、经济、学术、工业、商业，哪一方面，都需要人才。可见社会上，给予我们发展天才的机会是很多的。如果我们对于政治感觉兴趣，那么，就可以在政治上工作，但并不一定要做大官。最怕的一点，就是虚荣心。譬如，有的人兴趣，本来是在教育。可是因为觉得办教育不能出风头，而且是最清苦的一件事，为了虚荣心所驱使，于是就改做了旁的事，结果一定也做不好。

第四，要忘去成败。我们无论做什么事，如果把成败看得太真，就要感到许多痛苦。譬如，比赛足球，胜利了就愉快，失败了就不高兴，把胜败看得太真，就没有意思了。我们在一生中，所想做的事不一定都能成功，而尤其是新兴的事业，那更没有把握了。因为凡是一种新兴的事业，在初做的时候，都是一种试验的性质，试验不一定会成功的，而失败的成分，要占最多。譬如，飞机的发明，在起初，不知要失败了多少次，牺牲了多少人，到后来才成功。但第一个制作者，如果因为失败而灰心，后来的人也随着灰心下去，自然也不会有今日的成功。所以我们无论做什么事，遇到失败，千万不要灰心，仍然要继续做下去。

一件事的失败，是就个人的观点说的。如果就社会的观点说，大部分的事，是无所谓失败的。譬如，第一个制作飞机的人，在个人观点上说，固是失败了，但在社会的观点说，并没有失败，失败就是成功。

我们无论做什么事，一方面应该忘去成败，但一方面也不要希望太切，往往天才越高的人，希望成功的心也越切。一且不成功，就垂头丧气，什么也不想做了。在历史上，这种代表人物，是汉朝的贾谊。他的年纪本来很轻，见到汉文帝，立刻就要做宰相，没给他宰相做，于是就灰了心，过了几年竟死去了。贾谊虽然很有才学，但是缺少修养，所以也是不成的。

第五，要锻炼体格。有许多人对于中国的前途，都抱悲观，但我却一点也不悲观。因为中国人除去体格不如人家以外，其余聪明，才力和哪一国都可以比得上。在中国，一个人活到六十岁，实际上就没有多大用了。往往有许多很有才学的人，却又不幸短命死去。一个人的死去，就个人的观点说，本来没有多大关系，但就社会的观点说，就很重要了。

一个人仅仅有才学是不成的，而还须大家都承认他的才学，这就是一般人所说的资望。一个人要有才有学，是要经过相当的时间，而大家都承认他的才学，又要经过相当的时间，合起来，至少就是四五十年的工夫。可是中国人到了这个年纪，却又多半就死去了。我们看，他国的大政治家，最活跃的时期，多年是在六十岁左右，因为这时才学已经到了最完全的地步，而办事的经验，也相当丰富了。可是中国人到这个年纪，为什么就要死去呢？无疑的，最大的一个缘故，就是因为体格的衰弱。

总而言之，我们生为现代的人，一方面要有文明人的知识，而他一方面还要有野蛮人的身体，然后才能担当社会的大事。因为仅有文明人的知识，没有野蛮人的身体，遇到事情，是没有力量应付的。仅有野蛮人的身体，而没有文明人的知识，遇到事情，是没有方法解决的。希望大家在这一点上，能够特别努力才好。

道德及修养之方

在客观的理中,存有道德的原理。吾人之性,即客观的理之总合。故其中亦自有道德的原理,即仁、义、礼、智是也。朱子云:

仁、义、礼、智,性也。性无形影可以摸索,只是有这理耳。惟情乃可得而见,恻隐、羞恶、辞让、是非,是也。(《语类》卷六,页九)

又云:

心之所以会做许多,盖具得许多道理。又曰:何以见得有此四者?因其恻隐,知其有仁;因其羞恶,知其有义。(同上,页十)

理是形而上者,是抽象的,无迹象可寻。不过因吾人有恻隐之情,故可推知吾人性中有恻隐之理,即所谓仁。因吾人有羞恶之情,故可推知吾人性中有羞恶之理,即所谓义。因吾人有辞让之情,故可推知吾人性中有辞让之理,即所谓礼。因吾人有是非之情,故可推知吾人性中有是非之理,即所谓智。盖每一事物,必有其理。若无其理,则此事物不能有也。

吾人之性中，不但有仁、义、礼、智，且有太极之全体。但为气禀所蔽，故不能全然显露。所谓圣人者，即能去此气禀之蔽，使太极之全体完全显露者也。朱子云：

有是理而后有是气，有是气则必有是理。但禀气之清者，为圣为贤，如宝珠在清泠水中。禀气之浊者，为愚为不肖，如珠在浊水中。所谓明明德者，是就浊水中揩拭此珠也。物亦有是理，又如宝珠落在至污浊处。（《语类》卷四，页十七）

又云：

孔子所谓"克己复礼"。《中庸》所谓"致中和，尊德性，道学问"。《大学》所谓"明明德"。《书》曰："人心惟危，道心惟微，惟精惟一，允执厥中。"圣人千言万语，只是教人存天理，灭人欲。……人性本明，如宝珠沉溷水中，明不可见。去了溷水，则宝珠依旧自明。自家若得知是人欲蔽了，便是明处。只是这上便紧著力主定，一面格物，今日格一物，明日格一物，正如游兵攻围拔守，人欲自销铄去。所以程先生说敬字，只是谓我自有一个明的物事在这里，把个敬字抵敌，常常存个敬在这里，则人欲自然来不得。夫子曰："为仁由己，而由人乎哉！"紧要处正在这里。（《语类》卷十二，页八）

人得于理而后有其性，得于气而后有其形。性为天理，即所谓"道心"也。因人之有气禀之形而起之情，其"流而至于滥"者，则皆人欲，即所谓"人心"也。人欲亦称私欲。就其为因人之为具体的人而起之情之流而至于滥者而言，则谓之人欲；就其为因人之为个体而起之情之流而至于滥者而言，则谓之私欲。天理为人欲所蔽，如宝珠在浊水中。然人欲终不能全蔽天理，即此知天理为人欲所蔽之知，即是天理之未被蔽处。

即此"紧著力主定",努力用功夫。功夫分两方面,即程伊川所谓用敬与致知。只谓我自有一个明的物事,心中常记此点,即用敬之功夫也。所以须致知者,朱子云。

所谓致知在格物者,言欲致吾之知,在即物而穷其理也。盖人心之灵,莫不有知,而天下之物,莫不有理。惟于理有未穷,故其知有不尽也。是以大学始教,必使学者即凡天下之物,莫不因其已知之理而益穷之,以求至乎其极。至于用力之久,而一旦豁然贯通焉,则众物之表里精粗无不到,而吾心之全体大用,无不明矣。(《大学章句补格物传》)

"格,至也;物犹事也。穷至事物之理,欲其极处无不到也。"(《大学章句》)此朱子格物之说,大为以后陆王学派所攻击。陆王一派,以此工夫为支离。然就朱子之哲学系统整个观之,则此格物之修养方法,自与其全系统相协和。盖朱子以天下事物,皆有其理;而吾心中之性,即天下事物之理之全体。穷天下事物之理,即穷吾性中之理也。今日穷一性中之理,明日穷一性中之理。多穷一理,即使吾气中之性多明一点。穷之既多,则有豁然顿悟之一时。至此时则见万物之理,皆在吾性中。所谓"天下无性外之物"。至此境界,"则众物之表里精粗无不到,而吾心之全体大用无不明矣"。用此修养方法,果否能达到此目的,乃另一问题。不过就朱子之哲学系统言,朱子固可持此说也。

注:朱子所说格物,实为修养方法,其目的在于明吾心之全体大用。即陆王一派之道学家批评朱子此说,亦视之为一修养方法而批评之。若以此为朱子之科学精神,以为此乃专为求知识者,则诬朱子矣。

精神修养的方法

绝大多数的中国思想家,都有这种柏拉图式的思想,就是,"除非哲学家成为王,或者王成为哲学家",否则我们就不可能有理想的国家。柏拉图在其《理想国》中,用很长的篇幅讨论,将要做王的哲学家应受的教育。朱熹在上面所引的《答陈同甫书》中,也说"古之圣贤,从根本上便有惟精惟一功夫"。但是做这种功夫的方法是什么?朱熹早已告诉我们,人人,其实是物物,都有一个完整的太极。太极就是万物之理的全体,所以这些理也就在我们内部,只是由于我们的气禀所累,这些理未能明白地显示出来。太极在我们内部,就像珍珠在浊水之中。我们必须做的事,就是使珍珠重现光彩。做的方法,朱熹的和程颐的一样,分两方面:一是"致知",一是"用敬"。

这个方法的基础在《大学》一书中,新儒家以为《大学》是"初学入德之门"。《大学》所讲的修养方法,开始于"致知"和"格物"。照程朱的看法,"格物"的目的,是"致"我们对于永恒的理的"知"。

幸福的方法论

为什么这个方法不从"穷理"开始,而从"格物"开始?朱熹说:"《大学》说格物,却不说穷理。盖说穷理,则似悬空无捉摸处。只说格物,则只就那形而下之器上,便寻那形而上之道。"(《朱子全书》卷四十六)换言之,理是抽象的,物是具体的。要知道抽象的理,必须通过具体的物。我们的目的,是要知道存在于外界和我们本性中的理。理,我们知道的越多,则为气禀所蔽的性,我们也就看得越清楚。

朱熹还说:"盖人心之灵,莫不有知;而天下之物,莫不有理。惟于理有未穷,故其知有不尽也。是以大学始教,必使学者即凡天下之物,莫不因其已知之理而益穷之,以求至乎其极。至于用力之久,而一旦豁然贯通焉,则众物之表里精粗无不到,而吾心之全体大用无不明矣。"(《大学章句·补格物传》)在这里我们再一次看到顿悟的学说。

这本身似乎已经够了,为什么还要辅之以"用敬"呢?回答是:若不用敬,则格物就很可能不过是一种智能练习,而不能达到预期的顿悟的目的。在格物的时候,我们必须心中记着,我们正在做的,是为了见性,是为了擦净珍珠,重放光彩。只有经常想着要悟,才能一朝大悟。这就是用敬的功用。

朱熹的修养方法,很像柏拉图的修养方法。他的人性中有万物之理的学说,很像柏拉图的宿慧说。照柏拉图所说,"我们在出生以前就有关于一切本质的知识"(《斐德若》篇)。因为有这种宿慧,所以"顺着正确次序,逐一观照各个美的事物"的人,能够"突然看见一种奇妙无比的美的本质"(《会饮》篇)。这也是顿悟的一种形式。

处世的方法

老子警告我们:"不知常,妄作,凶。"(《老子》第十六章)我们应该知道自然规律,根据它们来指导个人行动。老子把这叫做"袭明"。人"袭明"的通则是,想要得些东西,就要从其反面开始;想要保持什么东西,就要在其中容纳一些与它相反的东西。谁若想变强,就必须从感到他弱开始;谁若想保持资本主义,就必须在其中容纳一些社会主义成分。

所以老子告诉我们:"圣人后其身而身先,外其身而身存。非以其无私邪?故能成其私。"(第七章)还告诉我们:"不自见,故明。不自是,故彰。不自伐,故有功。不自矜,故长。夫唯不争,故天下莫能与之争。"(第二十二章)这些话说明了通则的第一点。

老子还说:"大成若缺,其用不弊。大盈若冲,其用不穷。大直若屈。大巧若拙。大辩若讷。"(第四十五章)又说:"曲则全。枉则直。洼则盈。敝则新。少则得。多则惑。"(第二十二章)这说明了通则的第二点。

用这样的方法，一个谨慎的人就能够在世上安居，并能够达到他的目的。道家的中心问题本来是全生避害，躲开人世的危险。老子对于这个问题的回答和解决，就是如此。谨慎地活着的人，必须柔弱、谦虚、知足。柔弱是保存力量因而成为刚强的方法。谦虚与骄傲正好相反，所以，如果说骄傲是前进到了极限的标志，谦虚则相反，是极限远远没有达到的标志。知足使人不会过分，因而也不会走向极端。老子说："知足不辱，知止不殆。"（第四十四章）又说："是以圣人去甚，去奢，去泰。"（第二十九章）

所有这些学说，都可以从"反者道之动"这个总学说演绎出来。著名的道家学说"无为"，也可以从这个总学说演绎出来。"无为"的意义，实际上并不是完全无所作为，它只是要为得少一些，不要违反自然地任意地为。

为，也像别的许多事物一样。一个人若是为得太多，就变得有害无益。况且为的目的，是把某件事情做好。如果为得过多，这件事情就做得过火了，其结果比完全没有做可能还要坏。中国有个有名的"画蛇添足"的故事，说的是两人比赛画蛇，谁先画成就赢了。一个人已经画成了，一看另一个人还远远落后，就决定把他画的蛇加以润饰，添上了几只脚。于是另一个人说："你已经输了，因为蛇没有脚。"这个故事说明，做过了头就适得其反。《老子》里说："取天下常以无事；及其有事，不足以取天下。"（第四十八章）这里的"无事"，就是"无为"，它的意思实际上是不要为得过度。

人为，任意，都与自然、自发相反。老子认为，道生万物。

在这个生的过程中,每个个别事物都从普遍的道获得一些东西,这就是"德"。"德"意指 power(力)或 virtue(德)。"德"可以是道德的,也可以是非道德的。一物自然地是什么,就是它的德。老子说:"万物莫不尊道而贵德。"(第五十一章)这是因为,道是万物之所从生者,德是万物之所以是万物者。

按照"无为"的学说,一个人应该把他的作为严格限制在必要的、自然的范围以内。"必要的"是指对于达到一定的目的是必要的,决不可以过度。"自然的"是指顺乎个人的德而行,不作人为的努力。这样做的时候,应当以"朴"作为生活的指导原则。"朴"(simplicity)是老子和道家的一个重要观念。"道"就是"璞"("Uncarved Block",未凿的石料),"璞"本身就是"朴"。没有比无名的"道"更"朴"的东西。其次最"朴"的是"德",顺"德"而行的人应当过着尽可能"朴"的生活。

顺德而行的生活,超越了善恶的区别。老子告诉我们:"天下皆知美之为美,斯恶已;皆知善之为善,斯不善已。"(第二章)所以老子鄙弃儒家的仁、义,以为这些德性都是"道"、"德"的堕落。因此他说:"失道而后德,失德而后仁,失仁而后义,失义而后礼。夫礼者,忠信之薄,而乱之首。"(第三十八章)由此可见道家与儒家的直接冲突。

人们丧失了原有的"德",是因为他们欲望太多,知识太多。人们要满足欲望,是为了寻求快乐。但是他们力求满足的欲望太多,就得到相反的结果。老子说:"五色令人目盲。五音令人耳聋。五味令人口爽。驰骋畋猎,令人心发狂。难得之货,令人行妨。"(第十二章)所以,"祸莫大于不知足,咎莫大于欲得"（第四十六章）。为什么老子强调寡欲，道理就在此。

老子又同样强调弃智。知识本身也是欲望的对象。它也使人能够对于欲望的对象知道得多些，以此作为手段去取得这些对象。它既是欲望的主人，又是欲望的奴仆。随着知识的增加，人们就不再安于知足、知止的地位了。所以《老子》中说："智慧出，有大伪。"（第十八章）

觉解

我们常听见有些人问：人生究竟有没有意义？如其有之，其意义是什么？有些人觉得这是一个很严重的问题。如果这个问题不能得到确切的答案，他们即觉得人生是不值得生的。

在未回答这个问题之先，我们须问：所谓人生的意义者，其所谓意义的意义是什么？此即是问：其所谓意义一词，究何所谓？

我们常问：某一个字或某一句话的意义是什么？此所谓意义，是说某一个字的所谓或某一句话的所说。我们不知某一个字的意义，我们可以查字典，于字典中，我们可以知某一个字的所谓。我们不知某一句话的意义，我们可以请说话的人解释，于解释中，我们可以知某一句话的所说。这是意义一词的一个意义。

所谓人生意义者，其所谓意义，显然不是意义一词的这一个意义。因为人生是一件事，不是一个字或一句话。一个字有所谓，而人生则无所谓。人生这两个字，当然亦有所谓。人生的意义是什么？这一句话当然亦有所说。不过现在我们所讨论者，并不是这两个字，亦不是这一句话。

我们亦常问：某一件事物的意义是什么？此所谓意义有时是说某一事物所有的性质，如一个人所了解者。例如我们问，此次苏德战争的意义是什么？有人说，此次苏德战争，是共产主义的国家与法西斯主义的国家间的战争，是有阶级性的。此即是说，在此派人的了解中，此次苏德战争有阶级斗争的意义。有人说，此次苏德战争，是德国人与俄国人两个民族间的战争，是只有民族性的（此所谓民族性是对阶级性而言，不是一部分人所谓民族性，如德国人的民族性，俄国人的民族性等）。此即是说，在此派人的了解中，苏德战争是只有民族斗争的意义。

所谓某一事的意义，有时是说某一事所可能达到的目的，或其可能引起的后果，如一个人所了解者。例如有人说：此次苏德战争的意义，是决定欧洲将为法西斯主义所统治，或为共产主义所统治。有人说：此次苏德战争的意义，是决定欧洲将成为一俄罗斯帝国或德意志帝国。此所谓意义，是说一事可能达到的目的，或其所可能引起的后果，如一个人所了解者。

所谓某一事物的意义，有时是说，某一事物与别事物的关系，如一个人所了解者。例如我们问，此次苏德战争，对于此次欧战有什么意义？有人说，此次欧战，本是帝国主义的国家间的战争，现在苏联加入，欧战即变质了。有人说，苏联本身，也是一帝国主义的国家，其卷入欧战，不过使欧战的范围更扩大而已。此所谓一事的意义，是说一事与别事的关系，如一个人所了解者。就意义的此意义说，一事物对于某别事物的关系愈重要者，此事物对于某别事物，即愈有意义。

我们可以说，一事物所以可能达到某种目的或可能引起某种后果，或所以与别事物有某种关系者，正因其有某性。例如上所说，苏德战争所可能达到的目的，或所可能引起的后果，及其与欧洲战争的关系，若分析之，还是要说到苏德战争，是有阶级性的，或是只有民族性的。不过虽是如此，人于说某一事物的意义时，其意所注重，可有不同，如上所说。

一事物的意义，各人所说，可以不同。其所说不同，乃因持此各种说法者，对于此事的了解不同。其对于此事的了解不同，所以此事对于他的意义亦不同。一件事的性质，是它原有的。其所可能达到的目的，或其所可能引起的后果，这些可能亦是原有的。其与别事物的关系，亦是原有的。但一件事的意义，则是对于对它有了解的人而后有的。如离开了对它有了解的人，一事即只有性质、可能等，而没有意义。我们可以说一事的意义，生于人对此事的了解。人对一事的了解不同，此事对于他们即有不同的意义。

虽同一事物，但人对于它的了解，可有不同。如上所举，苏德战争即其一例。又譬如我们在此上课。假如一狗进来，它大概只见有如此如此的一些东西，这般这般的一串活动。严格地说，它实亦不了解什么是东西，什么是活动，不过我们姑如此说而已。又设如一未受过教育的人进来，也可看见许多桌椅，许多人，听见许多话，但不了解其是怎样一回事。又设如一受过教育的人进来，他不但看见许多桌椅人等，不但听见许多话，而且了解我们是在此上课。此一狗二人对于同一事的了解不同，所以此同一事对于他们的意义，亦即不同。其了解愈深愈多者，此事对于他的意义，亦即愈丰富。设更有一人进来，他不但了解我们是在此上课，而且了解我们在此所上的课，是何科目，并且了解此科目在学问中的地位，并且了解学问在人生中的地位，等等，如此则其对于我们在此上课一事的了解，更深更多，而此事对于他的意义亦即更丰富。

上文所谓了解，我们亦称为解。对于一事物有了解，我们亦称为对之有解。人对于一物，如了解其是怎样一个东西，对于一事，如了解其怎样一回事，则他们对于此事或物，即已有解，在解则此事物对于他们即有意义。不过说了解一物是怎样一个东西，说了解一事是怎样一回事，这了解又可有程度的不同。例如一地质学家了解一座山是哪一种岩石所构成的山，固是了解其为怎样一个东西，但一个人若只了解其是山，亦不能不算是了解其为怎样一个东西。一个人了解一个讲演是哪一种讲演，固是了解其为怎样一回事，但一个人若只了解其是一讲演，亦不能不算是了解其为怎样一回事。其了解的深浅多少不同，其所得意义亦异。深的了解，可以谓之胜解。最深的了解，可以谓之殊胜解。不过此处说了解，乃就最低程度的了解说起。

究竟怎样的了解，算是最低程度的了解？了解某物是怎样一个东西，或了解某事是怎样一回事，即是了解某事物是属于某一类者，是表现某理者。例如我们了解这座山是山，此即是了解"这座山"是属于山之类者，是表现山之理者。有最大的类，有最大的类所表现的理。对于一事物，若一人完全不了解其所属于的类，完全不了解其所表现的理，则此人对于此事物，即为完全无解。此事物对于此人,即为完全地浑沌,完全地无意义。对于一事物,若一人仅了解其是属于最大的类,表现此类的理,例如一人仅了解一事物是一事物,则此人对于此事物所有的了解,即只是最低程度的了解。

人对于理的知识,谓之概念。上所说,如用另一套话说之,我们可以说,对于事物的了解必依概念。凡依内涵最浅的概念的了解,即是最低程度的了解。如一人看见一座山而了解其是山,此是了解其是怎样一个东西,此是对于它有解。但如另一人看见一座山,而只了解其是一个物,此亦是了解其是怎样一个东西,亦是对之有解。此二人的了解,均依概念,一依山的概念,一依物的概念。但物的概念,比山的概念内涵较浅,故仅了解一山是物,比于了解一山是山者,其了解的程度较低。因此我们说:凡依内涵最浅的概念所有的了解,是最低程度的了解。

最低程度的了解,虽是最低程度的,但比之无解又是高的了。例如一个狗,看见一座山,它只感觉一如此如此,这般这般,不但不了解其是怎样一个东西,并且未必了解其是东西。又例如在空袭警报中,狗亦随人乱跑,但它不但不了解这是怎样一回事,而且未必有事的概念。狗是无了解的。其所有的经验,如亦可谓之经验,对于他只是一个浑沌。

无概念的经验,西洋哲学家谓之纯粹经验。詹姆士说:有纯粹经验者,只取其经验的"票面价值",只觉其是如此,不知其是什么。此种经验,如亦可谓之经验,对于有此经验者,只是一个浑沌。浑沌不是了解的对象。因为被了解者,即不是浑沌。因此浑沌是不能有意义的。康德说："概念无知觉是空的，知觉无概念是盲的。"此话的后段，我们亦可以说。我们于上文即说明无概念的经验是盲的。所谓盲者，即浑沌之义。

在同天境界中的人，自同于大全。大全是不可思议的，亦不可为了解的对象。在同天境界中的人所有的经验，普通谓之神秘经验，神秘经验有似于纯粹经验，道家常以此二者相混，但实大不相同。神秘经验是不可了解的，其不可了解是超过了解；纯粹经验是无了解的，其无了解是不及了解。

我们说：康德的话的后段，我们亦可以说。为什么只是后段？因为照我们所谓概念的意义，我们不能说，概念是空的。我们所谓概念，是指人对于理的知识说。一个人可对于理有知识或无知识。如其有知识，则即有概念，其概念不是空的。如其无知识，则即无概念，亦不能说概念是空的。

但从另一方面说，一个人可有名言的知识，名言的知识可以说是空的。例如一个人向未吃过甜东西，未有甜味的知觉，但他可以听见别人说，甜味是如何如何，而对于名言中的"甜"字的意义有了解。此甜字的意义，本是代表甜味的概念。但人若只了解甜字的意义，而无知觉与之印证，则其所了解者，是名言的意义，而不是经验的意义。就其了解名言的意义说，名言的知识，不是空的；就其所了解的意义，不是经验的意义说，名言的知识亦可以说是空的。所谓空者，是就其无经验的内容说。例如有些人讲道德、说仁义，而实对于道德价值，并无直接的经验。他们不过人云亦云，姑如此说。他们的这些知识，都是名言的知识。这些名言的知识，照上所说的看法，对于这些人，都可以说是空的。

一名言的知识，在经验中得了印证，因此而确见此名言所代表的概念，及此概念所代表的理。因此此经验与概念联合而有了意义，此名言与经验联合而不是空的。得此种印证的人，对于此经验及名言即有一种豁然贯通的了解。此名言对于此人，本是空的，但现在是有经验的内容了；此经验对于此人，本是浑沌的，但现在知其是怎么一回事了。例如一学几何的人，不了解其中的某定理，乃于纸上画图以为例证，图既画成，忽见定理确是如此。又如一广东人，虽常见书中说风花雪月，而实未尝见雪，及到北京见雪，忽了解何以雪可与花月并列，此种忽然豁然贯通的了解，即是所谓悟。此种了解是最亲切的了解，亦可以说是真了解。用道学家的话说，此即是"体念有得"。陆桴亭说："凡体念有得处皆是悟。只是古人不唤作悟，唤作物格知至。"（《思辨录》）伊川说："某年廿时，解释经义与今无别。然思今日觉得意味，与少时自别。"（《遗书》卷十八）何以能有别？正因他体念有得之故。

以下我们再举两例，以见普通所谓悟，其性质是如上所说者。杨慈湖初见象山，问："如何是本心？"象山说："恻隐，仁之端也；羞恶，义之端也；辞让，礼之端也；是非，智之端也。此即是本心。"慈湖又问："简儿时已晓得，毕竟如何是本心？"凡数问，象山终不易其说，慈湖亦未省。慈湖时正任富阳主簿，偶有鬻扇者，讼至于庭。慈湖断其曲直讫，又问如初。象山说："适闻断扇讼，是者知其为是，非者知其为非。此即敬仲本心。"于是"慈湖大觉，忽省此心之无始末，忽省此心之无所不通"。"恻隐，仁之端也"等，慈湖儿时已晓得，但无经验为之印证，则这些话对于慈湖都是名言的知识。象山以当前的经验，为之印证，慈湖乃"大觉"，此大觉即是悟。又如阳明"居夷处困，动心忍性，因念圣人处此，更有何道。忽悟致知格物之旨，圣人之道，吾性自足，不暇外求"。大学格物致知之语，亦是阳明儿时已晓得者，但此晓得只是名言的知识，必有经验以与此名言的知识相印证，阳明始能忽悟其旨。

  禅宗所用教人的方法，大概都是以一当前的经验，使学者对于某名言的知识，得到印证；或者以一名言的知识，使学者对于当前的经验，得到意义。此二者本是一件事的两方面，都可称为指点。指点或用简单的言语表示，或用简单的姿态表示，此表示谓之机锋。既有一表示，然后以一棒或一喝，使学者的注意力，忽然集中。往往以此使学者得悟。禅宗所用教人方法的原理，大概如此。

  或可问：有没有对于事物的最高程度的了解，即所谓殊胜解？

  于此我们说：就理论上说，这种了解是可能有的。一事物所表现的理，我们若皆知之，则我们对于此事物，即可谓有完全的了解。完全的了解，即最高程度的了解也。不过最高程度的了解，理论上虽是可能有的，而事实上是不能有的。因为一事物之为一事物，其构成的性质，是极多的。此即是说，其所属于的类，及其所表现的理，是极多的。我们知一事物所表现的一理，我们即可就此事物，作一我们于《新理学》中所谓是的命题，即普通所谓真命题。我们若完全知一事物所表现的理，我们即可就此事物，作许多是的命题。这许多是的命题，即构成我们对于一事物的完全的了解，亦构成此事物对于我们的完全的意义。于是我们始可以说，我们完全了解此事物是怎样一个东西，怎样一回事。但事实上这是不可能的，因此我们对于一事物的了解总是不完全的，而一事物对于我们的意义亦总是不完全的。

以上所说，有些是对于一事一物说的。此所说对于某类物、某类事，亦同样可以应用。例如我们可以离开某一山，而对于山有了解；离开上某课，而对于上课有了解。照上文所说，我们于了解山时，需借助对于某一山的经验；于了解上课时，需借助对于上某课的经验。但于了解以后，我们可以离开某一山，而对于山有了解；离开上某课，而对于上课有了解。对于某类事物有了解，即是知某类事物的理所涵蕴的理。例如我们说："人是动物。"此命题即表示人类的理涵蕴动物的理，此命题即代表我们对于人类的了解。我们对于某类事物有了解，某类事物对于我们即有意义。我们对之了解愈深愈多者，其意义亦愈丰富。我们对于一类事物亦可有最低程度的了解，可有最高程度的了解。我们说："人是物"，此命题表示我们对人类的最低程度的了解。我们若知人类的理所涵蕴的一切的理，我们即对于人类有最高程度的了解。最高程度的了解，即是完全的了解。一类事物所涵蕴的理，可以是极多的。所以对于一类事物的完全的了解，亦是极不容易得到的。虽不容易得到，但比对于某一事物的完全的了解，又比较容易得到一点。

人生亦是一类的事，我们对于这一类的事，亦可以有了解，可以了解它是怎样一回事。我们对于它有了解，它即对于我们有意义，我们对于它的了解愈深愈多，它对于我们的意义，亦即愈丰富。

哲学或其中的任何部分，都不是讲"因为什么"的学问。或若问：因为什么有宇宙？因为什么有人生？这一类的问题，是哲学所不能答，亦不必答的。哲学所讲者，是对于宇宙人生的了解，了解它们是怎样一个东西，怎样一回事。我们对于它们有了解，它们对于我们即有意义。

宇宙人生等，即使我们对于它们不了解，或无了解，它们还是它们。宇宙之有不靠人的了解，即使宇宙间没有人，它还是有的。若使没有人，固然没有人生，但如有了人生，虽人对于它不了解，或无了解，它还是有的。

对于一事物的完全了解，事实上是不可能的。对于一类事物的完全了解，亦是极不容易得到的。因此人对于宇宙人生，亦不易有完全的了解。所以人虽都在宇宙之中，虽都有人生，但对于它们，有了解其是如此如此者，亦有了解其是这般这般者，亦有对之全不了解，或全无了解者。《易·系辞》说："仁者见之谓之仁，智者见之谓之智，百姓日用而不知。"《中庸》说："人莫不饮食也，鲜能知味也。"对于宇宙人生全不了解或全无了解者，即所谓日用而不知，及饮食而不知味者也。

对于一事物或一类事物的完全了解，是极不容易有的。但其最特出显著的性质，是比较易于引起我们的注意，因而易于使我们在此方面，对于某事物，或某类事物，得到了解。人生亦有其最特出显著的性质，易于使我们对其得到了解，对其有觉解。

解是了解,我们于上文已有详说。觉是自觉。人做某事,了解某事是怎样一回事,此是了解,此是解;他于做某事时,自觉其是做某事,此是自觉,此是觉。若问,人是怎样一种东西?我们可以说,人是有觉解的东西,或有较高程度的觉解的东西。若问,人生是怎样一回事?我们可以说,人生是有觉解的生活,或有较高程度的觉解的生活。这是人之所以异于禽兽,人生之所以异于别的动物的生活者。

了解必依概念,自觉是否必依概念?于此我们说,了解是一种活动,自觉是一种心理状态,它只是一种心理状态,所以并不依概念。我们有活动,我们反观而知其是某种活动,知其是怎样一回事。此知虽是反观的,但亦是了解,不过其对象不是外物而是我们自己的活动而已。我们于有活动时,心是明觉的。有了解的活动时,我们的心,亦是明觉的。此明觉的心理状态,谓之自觉。

人与禽兽是同有某些活动的,不过禽兽虽有某活动而不了解某活动是怎样一回事,于有某活动时,亦不自觉其是在从事于某活动。人则有某活动,而并且了解某活动是怎样一回事,并且于有某活动时,自觉其是在从事于某活动。例如人吃,禽兽亦吃。同一吃也,但禽兽虽吃而不了解吃是怎样一回事,人则吃而并且了解吃是怎样一回事。人于吃时,自觉他是在吃。禽兽则不过见可吃者,即吃之而已。它于吃时未必自觉它是在吃。由此方面说,吃对于人是有意义的,而对于禽兽则是无意义的。

又例如一鸟筑巢，与一人筑室，在表面上看，是一类的活动，但人于筑室时，确知筑室乃所以御寒暑避风雨。此即是说，他了解筑室是怎样一回事。他于筑室时，他并且自觉他是在筑室。但一鸟筑巢，则虽筑巢而不了解筑巢是怎样一回事；于筑巢时，亦未必自觉它是在筑巢。由此方面说，筑室对于人是有意义的，筑巢对于鸟则是无意义的。

又例如一群蚂蚁，排队与另一群打架，与一国人出兵与另一国人打仗，在表面上看，是同一类的活动。但人于打仗时，了解打仗是为其国争权利，争自由，并了解打仗是拼命的事，此去或永不回来。此即是说，他了解打仗是怎样一回事；于打仗时，他并且自觉他是在打仗。蚂蚁则虽打仗而不了解打仗是怎样一回事。于打仗时，它亦未必自觉它是在打仗。由此方面说，打仗对于人是有意义的，对于蚂蚁是无意义的。

朱子延平答问中有一条云："问：熹昨妄谓，仁之一字，乃人之所以为人，而异乎禽兽者，先生不以为然。熹因以先生之言思之，而得其说，复求正于左右。熹窃谓：天地生万物，本乎一源。人与禽兽草木之生，莫不具有此理。其一体之中，即无丝毫欠剩；其一气之运，亦无顷刻停息：所谓仁也。气有清浊，故禀有偏正。惟人得其正，故能知其本具此理而存之，而见其为仁；物得其偏，故虽具此理，而不自知，而无以见其为仁。然则仁之为仁，人与物不得不同；知仁之为仁而存之，人与物不得不异。故伊川夫子既言'理一分殊'，而龟山先生又有'知其理一，知其分殊'之说。而先生以为全在知字上著力，恐是此意也。"（《李延平集》卷二）朱子此所说，不尽与我们相合，但其注意于知，则与我们完全相同。

或又可问：有觉解诚是人生的最特出显著的性质，但人在宇宙间，对于宇宙，究竟有何重要？有许多人颇欲知，人在宇宙间有何重要。他们问：人生的意义是什么？实即是问：人在宇宙间，有何重要？

于此我们说：有觉解是人生的最特出显著的性质。因人生的有觉解，使人在宇宙间，得有特殊的地位。宇宙间有人无人，对于宇宙有很重大的干系。有人的宇宙，与无人的宇宙，是有重要的不同的。从此方面看，有觉解不仅是人生的最特出显著的性质，亦且是人生的最重要的性质。

从人的观点看，人若对于宇宙间的事物，了解愈多，则宇宙间的事物，对人即愈有意义。从宇宙的观点看，人之有觉解对于宇宙有很重大的干系，因为有人的宇宙，与无人的宇宙是有重要的不同的。

有人说：宇宙间有许多人为的事物，例如国家、机器、革命、历史等。这些事物，总而言之，即普通所谓文化。文化是人的文化，是待人而后实有者。宇宙间若没有人，宇宙间即没有文化。在这一方面，我们可以说，有人的宇宙，与没有人的宇宙，其不同是很大的。中国旧日的思想，向以天地人为三才。以为对于宇宙，天地人同是不可少的。董仲舒说："天，地，人，万物之本也。天生之，地养之，人成之。"所谓成之者，即以文化完成天地所未竟之功也。《礼运》云："人者，天地之心。"朱子语录有云："问：人者天地之心。曰：教化皆是人做。此所谓人者，天地之心也。"（《语类》卷八十七）朱子此所说，亦正上所说之意。

从此方面，我们固可以说，有人的宇宙，与没有人的宇宙的不同。但我们亦可以说，这种说法，是完全从人的观点出发。从人的观点看，有人以后，固然有人为的事物，有人的文化。但鸟巢亦是待鸟的实有，而后实有的。从它们的观点看，它们亦有它们的文化。它们岂不亦可说是"与天地参"？我们固然可以说，人的文化的范围，比它们的大得多。但以宇宙之大，这个范围大小的差别，从宇宙的观点看，是无足轻重的。由此方面说，我们不能仅因人有人的文化，而说有人的宇宙，与没有人的宇宙，有重大的不同。

人与鸟或蜂蚁的差别，不在于他们是否有文化，而在于他们的文化是否是有觉解的。人的文化，与鸟或蜂蚁的文化的不同，不专是范围大小的差别。人的文化，是心灵的创造，而鸟或蜂蚁的文化，是本能的产物，至少可以说，大部分是本能的产物。我们固然可以说，人的文化，若究其本源，亦是所以满足人的本能的需要者。不过虽是如此，人的文化，并不是人的本能所能创造的。心是有觉解的，本能是无觉解的。所以鸟或蜂蚁虽可以说是有文化，但其文化是无觉解的，至少可以说，大部分是无觉解的。人的文化，则是有觉解的。宇宙间若没有鸟或蜂蚁，不过是没有鸟或蜂蚁而已。但宇宙间若没有人，则宇宙间即没有解，没有觉，至少是没有较高程度的觉解。宗教家及有些哲学家以为于人之上还有神，其觉解较人更高。但这是不可证明的。宇宙间若没有人，则宇宙只是一个浑沌。朱子引某人诗云："天不生仲尼，万古常如夜。"此以孔子为人的代

表，即所谓"人之至者"。我们可以说，天若不生人，万古常如夜。所以我们说，有人的宇宙与无人的宇宙是有重大的不同的。

宇宙间有觉解，与宇宙间有水有云，是同样不可否认的事实。不过宇宙间有水有云，不过是有水有云而已。而宇宙间有觉解，则可使其他别的事物被了解。如一室内有桌椅，有灯光。就存在方面说，灯光与桌椅的地位，是相等的。但有桌椅不过是有桌椅而已。有灯光则室内一切，皆被灯光所照，宇宙间之有觉解，亦正如是。宇宙间的事物，本是无意义的，但有了觉解，则即有意义了。所以在许多语言中，明亮等字，多引申有了解之义。如"明"字本义为明亮，引申为明白、了解。

我们于以上所说，都是就实际方面说。就实际方面说，任何事物之理，皆是"平铺在那里"，"冲漠无朕"而"万象森然"，其有固不待人之实有而有。但实际上若没有人，这些理亦是不被知的。被知与不被知，与其有固不相干，但若不被知，则亦不被了解。不被了解，则亦是在"无明"中。

人不但有觉解，而且能了解其觉解是怎样一回事，并且于觉解时，能自觉其觉解。例如我们现在讲觉解，即是了解觉解是怎样一回事；于讲觉解时，我们亦自觉我们的觉解。龟山讲知，朱子讲知，亦是觉解其觉解。这是高一层的觉解。高一层的觉解，并不是一般人皆有的，所谓"百姓日用而不知"也。一般人觉解吃饭，觉解筑室，觉解打仗，但未必觉解其觉解。

若借用佛家的名辞，我们可以说，觉解是"明"，不觉解是"无明"。宇宙间若没有人，没有觉解，则整个的宇宙，是在不觉中，是在无明中。及其间有人，有觉解，宇宙间方有"始觉"。

或可问：人对于人生愈有觉解，则人生对于他，即愈有意义。佛家对于人生的觉解并不为少，何以佛家以为人生是无意义的？

于此，我们说，一事对于一人的意义，随此人对此事的了解不同而不同。人生对于佛家的人意义，与对于我们的意义，固有不同，但不能说，人生对于他们是无意义的。普通以为，佛家以为人生是无意义的。此所说人生是无意义的，意思是说，佛家的人，以为人生中的事，是空虚幻灭的。照我们于上文所说意义的意义，此即是人生对于他们的意义。不过佛家亦并非谓人生中所可能有的一切事，皆是空虚幻灭的。他们只说，普通人所做的事，所求达到的目的，是空虚幻灭的。至于佛家的人所做的事，如参禅打坐等，所求达到的目的，如得佛果等，则并不是空虚幻灭的。照佛家的说法，此等事，此等目的，人必须于其是人时做之、求之。若其是畜牲，则无知，不知有此等目的，不知做此等事。若其是"天"，则无苦，不愿求此等目的，不愿做此等事。所以他们常说，"人身难得"。这亦是人生对于他们的意义。果有"天"与否，我们不敢说。但就人与禽兽说，有知无知，确是其间很大的分别。佛家注重人的有知，他们亦觉解人的觉解。在这些方面，佛家与我们相同。

照佛家中的一派的说法，佛家的人，于得到他所求的目的时，或即于了解他所求的目的时，他又可见，即普通人所做的事，所求的目的，虽是虚妄幻灭，而却皆是"常住真心"的表现。由此方面看，则"举足修途，皆趋宝渚；弹指合掌，咸成佛因"；"担水砍柴，无非妙道"。以普通人所做的事，所求的目的，为虚妄幻灭者，乃是人于其了解在某阶段中所有的偏见。我们上文说，人对于一事的了解不同，则此事对于他的意义亦不同。佛家此意，正与我们相同。

从另一方面说，此见并不是偏见。佛做普通人所做的事，此事即不是虚妄幻灭的。但普通人做普通人所做的事，则此事正是虚妄幻灭的。尝与一文字学家谈。此文字学家，批评某人写一某字为白字。我说，此乃假借字，非白字。此文字学家说："我若如此写，即是假借字，他若如此写，即是白字。"此说正可为上所说作一例。此某人与此文字学家，对于此字的了解不同。所以他们虽同写一字，而此字的写法对于他们的意义不同。某人如此写此字，是由于他的无解，而此文字学家如此写此字，则是由于他的解。一个如此写是出于无明，一个如此写是出于明。

上所说佛家的此一派的意思，颇可与此处的主要的意思相发明。佛家的此一派的意思，是中国佛家的人所特别发挥，特别提倡的。不过他们虽如此提倡，而其行为，仍以出家出世为主。宋明道学家则以为，儒家的圣贤，并不必做与普通人所做不同的事。圣贤所做，就是眼前这些事。虽是眼前的这些事，但对于圣贤，其意义即不同。学圣贤亦不必做与普通人所做不同的事。就是跟前这些事，学圣贤的人做之，即可希圣希贤，所以宋儒说："洒扫应对，可以尽性至命。"这是与上所说的意思，较为一致的说法。

"洒扫应对，可以尽性至命"，与禅家所说，"担水砍柴，无非妙道"，意思相同。对于普通人，洒扫应对，只是洒扫应对；

担水砍柴，只是担水砍柴。但对于对于宇宙人生有很大了解的人，同一洒扫应对，同一担水砍柴，其意义即大不同了，此所谓"不离日用常行内，直到先天未画前"。

　　觉解是明，不觉解是无明，觉解是无明的破除。无明破除，不过是无明破除而已。并非于此外，另有所获得，另有所建立。佛家说，佛虽成佛，而"究竟无得"。孟子说："予，天民之先觉者也。"程子释之云："天民之先觉，譬之皆睡，他人未觉来，以我先觉，故摇摆其未觉者，亦使之觉。及其觉也，元无少欠。盖亦未尝有所增加也，通一般尔。"（《遗书》卷二上）

励勤俭

一般人说到勤俭,大概都是就一个人的生活的经济方面说。《大学》说:"生财有大道。生之者众,食之者寡,为之者疾,用之者舒,则财恒足矣。"就一个社会的生财之道说,是如此。就一个人的生财之道说,亦是如此。就一个人的生财之道说,"为之疾"是勤,"用之舒"是俭。一个人能发大财与否,一部分是靠运气,但一个人若能勤俭,则成一个小康之家,大概是不成问题的。

一般人对于勤俭的了解,虽是如此,但勤俭的意义则不仅止于此。例如我们常听说:"勤能补拙,俭以养廉。"这两句话中,所谓俭,虽亦可说是就人的生活的经济方面说,但此说俭注重在"养廉",所以"俭以养廉"这一句话所注重者,是人的生活的道德方面。此句话所注重者是一个人的"廉",并不是一个人的温饱。至于这两句话中所谓勤,不是就人的生活的经济方面说,至少不是专就此方面说,则是显然的。

这两句话,是旧说的老格言,又是现在的新标语。勤怎么能补拙呢？西洋寓言里说：有一兔子与乌龟竞走。兔子先走一程，回头见乌龟落后很远，以为断赶不上，遂睡了一觉。及醒，则乌龟已先到目的地了。乌龟走路的速度，比兔子差得很远，就这方面说，乌龟是拙。但它虽拙，而仍能走过兔子者，因兔子走路，中途休息，而乌龟则不休息也此即是"勤能补拙"。《中庸》说："人一能之，己百之；人十能之，己千之。果能此道矣，虽愚必明，虽柔必强。"此所说，亦是"勤能补拙"的意思，这当然不是就人的生活的经济方面说，至少不是专就此方面说。我们于《为无为》中，说到才与学的分别。就"学"说，勤确是可以补拙的。

就俭以养廉说，我们常看见有许多人，平日异常奢侈，一旦钱不够用，便以饥寒所迫为辞，做不道德的事。专从道德的观点看，"饿死事小，失节事大"，"饥寒所迫"并不能作为做不道德的事的借口。但事实上，经济上的压迫，常是一个使人做不道德的事的原因。不取不义之财谓之廉。人受经济压迫的时候，最容易不廉——一个人能俭，则可使其生活不易于受经济的压迫。生活不受经济的压迫者，虽不必即能廉，但在他的生活中，使他可以不廉的原因，至少少了一个。所以说：俭可以养廉。朱子说："吕舍人诗云：'逢人即有求，所以百事非。'某观今人不能咬菜根，而至于违其本心者众矣，可不戒哉。"俭以养廉，正是朱子此所说之意。

由上所说，可知这两句老格言、新标语，是有道理的。不过勤俭的意义，还不止于此。我们于本篇所讲的勤俭是勤俭的进一步的意义，此进一步的意义，亦是占人所常说的，并不是

我们所新发现的。

在说此进一步的意义以前,我们对于勤能补拙这一句话,还想作一点补充的说明。勤能补拙这一句话虽好,但它有时或可使人误会,以为只拙者需勤以补其拙,如巧者则无需乎此。不管说这一句话者的原意如何,事实上没有人不勤而能成大功、立大名的。无论古今中外,凡在某一方面成大功、立大名的人,都是在某一方面勤于工作的人。一个在某方面勤于工作的人,不一定在某方面即有成,但不在某方面勤于工作的人,决不能在某方面有成。此即是说,在某方面勤于工作,虽不是在某方面有成的充足条件,而却是其必要条件。有人说:一个人的成功,要靠"九分汗下,一分神来"。九分汗下即指勤说。

我们于以上说"某方面",因为往往一个人可以于某方面勤,而于别方面不勤。一个诗人往往蓬头垢面,人皆以他为懒,但他于作诗必须甚勤。李长吉作诗,"呕出心肝"。杜工部作诗,"语不惊人死不休"。他们都是勤于作诗,勤于作诗者,不必能成为大诗人,但不勤于作诗者,必不能成为大诗人。

对于某方面的工作不勤者,不能成为在某方面有成就的人。对于人的整个的生活不勤者,不能有完全的生活。所谓完全的生活者,即最合乎理性的生活。用勤以得到完全的生活;我们所谓勤的进一步的意义,即是指此。

古人说:"民生在勤。"又说:"户枢不蠹,流水不腐。"现在我们亦都知道,人身体的器官,若经过相当时间不用,会失去它原有的功用。一个健康的人,有一月完全不用他的腿,他走路便会发生问题。维持一个人的身体的健康,他每日必须有

幸福的方法论

相当的运动。这是卫生的常识。所谓"民生在勤"的话,以及"户枢不蠹,流水不腐"的比喻,应用在这方面,是很恰当的。

我们可以从身体方面说勤,亦可从精神方面说勤。《易》乾卦象辞说:"天行健,君子以自强不息。"《中庸》说:"至诚无息。"又说:"诚者,天之道也;诚之者,人之道也。"天之道是"至诚无息",人之道是"自强不息"。这些话可以说是,从精神方面说勤。无息或不息是勤之至。

就人的精神方面说,勤能使人的生活的内容更丰富,更充实。什么是人的生活的内容?人的生活的内容是活动。譬如一个人有百万之富,这一百万只是一百万金钱、银钱,或铜钱,并不能成为这一个人的生活的内容。若何得来这些钱,若何用这些钱,这些活动,方是这一个人的生活的内容。又如一个人有一百万册书。这一百万册书,只是一百万册书,并不能成为这一个人的生活的内容。若何得这些书,若何读这些书,这些活动,方是这一个人的生活的内容。我们可以说,只有是一个人的生活的内容者,才真正是他自己的。一个守财奴,只把钱存在地窖里或银行里,而不用它;一个藏书家,只把书放在书库里,而不读它;这些钱、这些书,与这些人,"尔为尔,我为我",实在是没有多大的关系。有一笑话谓:一穷人向一富人说,我们二人是一样地穷。富人惊问何故。穷人说,我一个钱不用,你亦一个钱不用,岂非一样?此虽笑谈,亦有至理。

人的生活的内容即是人的活动,则人的一生中,活动愈多者,其生活即愈丰富,愈充实。勤人的活动比懒人多,故勤人的生活内容,比懒人的易于丰富,充实。《易传》说:"天行健。"又说:"富有之谓大业,日新之谓盛德。""富有"及"日新",都是"不息"的成就。一个人若"自强不息",则不断地有新活动。"不断地"有新活动,即是其"富有";不断地有"新"活动,即是其"日新"。有人说,我们算人的寿命,不应该专在时间方面注意。譬如有一个人,活了一百岁,但每日除了吃饭睡觉外,不做一事。一个人做了许多事,但只活了五十岁。若专就时间算,活一百岁者,比活五十岁者,其寿命长了一倍。但若把他们的一生的事业,排列起来,以其排列的长短,作为其寿命的长短,则此活五十岁者的寿命,比活一百岁者的寿命长得多。我们读历史,或小说,有时连读数十页,而就时间说,则只是数日或数小时之事。有时,"一夕无话",只四字便把一夜过去。"有话即长,无话即短。"小说家所常用的这一句话,我们可用以说人的寿命。

  对于寿命的这种看法,在人的主观感觉方面,亦是有根据的。在很短的时间内,如有很多的事,我们往往觉其似乎是很长。譬如自七七事变以来,我们经过了许多大事,再想起"七七"以前的事,往往有"恍如隔世"之感,但就时间说,不过是二年余而已。数年前,我在北平,被逮押赴保定,次日即回北平。家人友人,奔走营救者,二日间经事甚多,皆云,仿佛若过一年。我对他们说,"洞中方七日,世上几千年"。此虽一时隽语,然亦有至理。所谓神仙者,如其有之,深处洞中,不与人事,虽过了许多年,但在事实上及他的主观感觉上,都是"一夕无话",所以世上虽有千年,而对于他只是七日。作这两句诗者,本欲就时间方面,以说仙家的日月之长,但我们却可以此就生活的内容方面,以说仙家的日月之短。就此方面看,一个人若遁迹岩穴,不闻问世事,以求长生,即使其可得长生,这种长生亦是没有多大意思的。

普通所谓俭,是就人的用度方面说。于此有一点我们须特别注意的,即是俭的相对性。在有些情形下,勤当然亦有相对性。譬如大病初愈的人,虽能做事,但仍需要相当休息。在别人,每天做八个钟头的事算是勤,但对于他,则或者只做六个钟头已算是勤了。不过在普通情形下,我们所谓勤的标准,是相当一定的。但所谓俭的标准,虽在普通情形下,亦是很不一定。一个富人,照新生活的规定,用十二元一桌的酒席请客,是俭;但对于一个穷人,这已经是奢了。又譬如国家有正式的宴会,款待外宾,若只用十二元一桌的酒席,则又是啬了。由此可见,所谓俭的标准,是因人因事而异的。所以照旧说,俭必需中礼,在每一种情形下,我们用钱,都有一个适当的标准。合乎这个标准,不多不少,是俭。超乎这个标准是奢,是侈,不及这个标准是啬,是吝,是悭。不及标准的俭,即所谓"俭不中礼"。不中礼的俭,严格地说,即不是俭,而是啬了。不过怎么样才算"中礼",才算合乎标准,在有些情形下,是很不容易决定的。在这些情形下,我们用钱,宁可使其不及,不可使其太过。因为一般人的在这方面的天然的趋向,大概是易于偏向太过的方面,而我们的生活,"由俭趋奢易,由奢入俭难"。失之于不及方面,尚容易改正。失之于太过方面,若成习惯,即不容易改正了。所以孔子说:"礼与其奢也,宁俭。"此所谓俭,是不及标准的俭。

俭固然是以节省为主，但并不是不适当的节省。一个国家用钱，尤不能为节省而节省。我们经过安南，看见他们的旧文庙，其狭隘卑小，使我们回想我们的北平，愈见其伟大宏丽。汉人的《两都赋》《二京赋》一类的作品，盛夸当时的宫室，以为可以"隆上都而观万国"。唐诗又说："不睹皇居壮，安知天子尊。"这些话都是很有道理的。不明白这些道理，而专以土阶茅茨为俭者，都是"俭不中礼"。

人不但须知如何能有钱，而并且须知如何能用钱。有钱的人，有钱而不用谓之吝，大量用钱而不得其当谓之奢，大量用钱而得其当谓之豪。我们常说豪奢，豪与奢连文则一义，但如分别说，则豪与奢不同。我们于上文说，用钱超过适当的标准，谓之奢；用钱合乎适当的标准，谓之俭。不过普通说俭，总有节省的意思，所以如有大量的用钱，虽合乎适当的标准，而在一般人的眼光中，又似乎是不节省者，则谓之豪。奢是与俭相冲突的，而豪则不是。奢的人必不能节省，但豪的人则并不必不能节省。史说：范纯仁往姑苏取麦五百斛。路遇石曼卿，三丧未葬，无法可施，范纯仁即以麦舟与之。这可以说是豪举。但范纯仁却是很能俭的人。史称其布衣至宰相，廉俭如一。他又告人："惟俭可以养廉，惟恕可以成德。"这可见俭与豪是不冲突的。

以上说俭，是就用度方面说。此虽是普通所谓俭的意义，但我们于本篇所谓俭，则并不限于此。我们于以下，再说俭的进一步的意义。

《老子》说："吾有三宝，持而宝之。一曰慈，二曰俭，三曰不敢为天下先。慈故能勇，俭故能广，不敢为天下先，故能成器长。"《老子》又说："治人事天莫如啬。夫惟啬是以早服，早服是谓重积德。重积德则无不克。无不克则莫知其极。莫知其极，可以有国。有国之母，可以长久。是谓深根固柢，长生久视之道。"朱子说："老子之学，谦冲俭啬，全不肯役精神。早服是谓重积德者，言早已有所积，复养以啬，是又加积之也。若待其已损而后养，则养之方足以补其所损，不得谓之重积矣。所以贵早服者，早觉其未损而啬之也。"此所谓俭，所谓啬，当然不是普通所谓俭，所谓啬。然亦非全不是普通所谓俭，所谓啬。

普通所谓俭，是节省的意思，所谓啬，是过于节省的意思。在养生方面，我们用我们的身体或精神，总要叫它个"有余不尽"之意。这并不是"全不肯役精神"，不过不用之太过而已。道家以为"神太劳则竭，形太劳则弊"。神是精神，形是身体。我们用身体或精神太过，则至于"难乎为继"的地步。所以我们做事要尽力，但不可尽到"力竭声嘶"的地步。这样的尽力是不可以长久的。《老子》所讲的做事方法，都是可以长久的，所以《老子》常说"可以长久"。《老子》说："企者不立，跨者不行。"又说："飘风不终朝，骤雨不终日。孰为此者？天地。天地尚不能久，而况于人乎？"一个人用脚尖站地，固然是可以看得远些；开跑步走，固然是可以走得快些，但这是不可久的。其不可久正如"天地"的飘风骤雨，虽来势凶猛，但亦是不能持久的。

《老子》所讲的做事方法，都是所谓"细水长流"的方法。

会上山的人，在上山的时候，总是一步一步地，慢慢走上去，如是他可常走不觉累。不会上山的人，初上山时走得很快，但是不久即"气喘如牛"，不能行动了。又如我们在学校里用功，不会用功的人，平日不预备功课，到考时格外加紧预备，或至终夜不睡，而得不到好成绩。会用功的人，在平时每日将功课办好，到考时并不必格外努力，而自然得到很好的成绩。不会上山的人的上山法，不会用功的人的用功法，都不是所谓"细水长流"，都不是可以长久的办法。不论做何事，凡是可以长久的办法，总是西洋人所谓"慢而靠得住"的办法，亦即是所谓"细水长流"的办法。诸葛亮说："淡泊以明志，宁静以致远。"淡泊是俭，宁静是所谓"细水长流"的办法。

老子很喜欢水。他说："上善莫若水。"又说："天下莫柔弱于水，而攻坚，强者莫之能胜。"屋檐滴下来的水，一点一滴，似乎没有多大力量。但久之它能将檐下的石滴成小窝。这即所谓"细水长流"的力量。

于此我们可以看出，在这一方面，勤与俭的关系。会上山的人，慢慢地走，不肯一下用尽他的力量，这是俭。但他又是一步一步，不断地走，这是勤。会用功的人，每天用相当时间的功，不"开夜车"，这是俭。但是"每天"必用相当时候的功，这是勤。不会上山的人，开始即快走，不肯留"有余不尽"的力量，这是不俭。及至气喘如牛，即又坐下不动，这是不勤。不会用功的人，开夜车，终夜不睡，这是不俭。考试一过，又束书不观，这是不勤。照这两个例看起来，勤与俭，在此方面，是很有关系的。所谓"细水长流"的办法，是勤而且俭的办法。

人的身体，如一副机器。一副机器，如放在那里，永不开动它，必然要锈坏。但如开动过了它的力量，它亦很易炸裂。一副机器的寿命的长短，与用之者用得得当与否，有很大的关系。人的"形""神"，亦是如此。我们的生活，如能勤而且俭，如上所说者，则我们可以"尽其天年而不中道夭"。道家养生的秘诀，说穿了不过是如此。这亦即所谓事天。我们的"生"是自然，是天然，所以养生亦是事天。

治一个国家，亦是如此。用一个国家的力量，亦需要使之有"有余不尽"之意。不然，亦是不可以长久的。治国养生，是一个道理。所以说："治人事天莫如啬。"用一个国家的力量或用一个人的力量，都要使之有"有余不尽"之意，如此则可以不伤及它的根本。所以"啬"是"深根固柢"之道。有了根深柢固的力量，然后能长久地生存，长久地做事，所以说："俭故能广。"

论知行

知易行难,是向来一般人的说法。"言之匪艰,行之惟艰",更是我们古圣先贤的遗训。就事实上看,言行不相符的人,不拘在什么时候,或什么地方,总是多于言行相符的人。若说他不知,他何以能言?若不是知易行难,义何以能知而不能行?假使我们到南京北平,遇见伪组织中的人,若与他们私下谈话,恐怕其中有百分之九十九,都承认他们的行为是罪恶的。我们不能说,他们无知,我们只能说,他们的知与行不符。他们知他们的行为是罪恶,而行不能改过来。这岂不是知易行难么?

但三民主义中又有知难行易之说。究竟是知易行难呢,抑是知难行易呢?在许多人的心目中,成了问题,陶行知先生的名字,本来是陶知行。他或者先以为知易行难,注重在行,故取名先知而后行,后又以为知难行易,注重在知,故改名先行而后知。究竟他的意思,确是如何,我们不得而知,但他把"知""行"二字,颠之倒之,似乎表示他对于知行的看法,先后总有不同。我们可以以此为例,以见在许多人的心目中,有这个关于知行的问题。

有许多人以为,"知易行难",与"知难行易",这两个命题是矛盾的。如果我们要说"知易行难",则必须否认"知难行易"。如果我们要说"知难行易",则必须反对"知易行难"。这种见解,我们以为是错误的,照我们的看法,这两个命题都是可说的,而且都是真的。

古人说,知易行难,是就道德方面的知行说。近人说知难行易,是就技术方面的知行说。就道德方面的知行说,确是知易行难。就技术方面的知行说,确是知难行易。

王阳明说,人人有良知,能当下即分别善恶。他说:"知善知恶是良知,为善去恶是格物。"知善知恶属知,为善去恶属行。固然他亦说知行合一,他亦说"知是行之始,行是知之成",但从始到成,中间很有许多工夫,这许多工夫,即是"致良知"的"致"字所表示者。人人都有良知,而却不是人人都能致良知。这便表示知易行难了。我们虽不完全赞同阳明的良知之说,但道德上的善恶,确是人不待推论而直接能感觉到的。感觉到善则知其为善,恶则知其为恶。在这一点,圣贤与恶人,并没有很大的区别。不过知其为善则行,知其为恶则去,却是极不容易做得到的。此而能做得到,便已进入圣域贤关了。就这一方面说,确是知易行难。就知易说,"愚夫愚妇,可以与知"。就行难说,"虽圣人亦有所不能焉"。

但就技术方面说知行,则确是知难行易。一个匠人,可以盖一所房子。他从经验学来盖房子的方法。用这方法,他能盖房子。但如有人问他,为什么房子要如此盖,他却不能答了。

他知其然而不知其所以然。知其然所以能行，不知其所以然，所以虽行而未知。一个学过建筑学的工程师则与匠人不同。他不但会盖房子，而且知道盖房子的方法所根据的原理。他不但知其然，而并且知其所以然。知其然者未必知其所以然，知其所以然者必知其然。人的知识，都先是经验的，而后是科学的，人凭经验的知识，即可以有行，但必有科学的知识，才算是有真知。不必有建筑学，人即可以凭经验盖房子。但必有了建筑学，人对于盖房子的方法，才有真正的了解。就这一方面说，确又是知难行易。就行易说，"愚夫愚妇可以与能"。就知难说，"虽圣人亦有所不知焉"。

由此我们可知，"知易行难"，与"知难行易"，这两个命题，各有其应用的范围。如各守其范围。这两个命题，都是可以说的，而且都是真的。

在技术方面，我们应当知"知难行易"，如此我们可以不以经验自限。对于已知其然者，还要进而知其所以然。在道德方面，我们应当知"知易行难"，如此我们可以不以空言为自足，必要使空言进而为实事。

或者说，以上所说，把知行打成两橛。其实知行是合一的。真知必能行，知而不行，只是未知。有真知者自然能行。如此说，还是知难行易是不错的。因为所难者是知。如有真知，则自然能行。

关于此点，我们说，在技术方面说知行，知难行易，本是我们所承认的。有真知者自然能行，亦是我们所承认的。不过若在道德方面说知行，则有真知者是否自然能行，要看所谓真知，是什么意思。你可以说，凡真知必见于行，因为如未见于行，则其知不是真知，知而不行，只是未知。如果所谓真知，是如此的意义，则说有真知者必见之于行，正如说，有必见于行的知者必见之于行。此话固然不错，但在实际上没有多大的意义。照我们的看法，于此应当说，有真知者，如果顺此知之自然发展，则必有行，以继续之。譬如我感觉一种臭气，这是知。如顺此知之自然发展，则我必走开，或掩鼻；这是行。但有时因为别的关系，我不能走开或掩鼻，则我即只有知而无行了。但于此我们亦不能说，我的知非真知。

人在道德方面，对于善恶，亦尝有所感觉，这是知。如顺其此知之自然发展，则我们当然亦可为善去恶。但稍一转念之间，因计较利害，而即不能为善去恶；这亦是常有的事情。所以古人说：初念是圣贤，转念是禽兽。初念是人人都有的或都可有的，所以我们说知易。但谁能完全不受转念的影响呢？一受转念的影响，初念即能知不能行了。所以我们说行难。

近来很有些人误解了知难行易这句话的意义，以为无论对于何事，皆是知难行易。于是做了些文章，拟了些计划，自以为我已经知了，知难行易，行是不成问题的。但一说到行。就包含有技术方面的"如何行"及道德方面的"应该行"。就"如何行"方面说，计划如果真拟得好，自然于行是有很大的帮助。但就"应该行"方面说，当事者另需要一种决心，如古人所谓志者，才能把知变为行，把空言变为实事。"言之匪艰，行之惟艰"，"知易行难"。古圣先贤的遗训，我们还是要时刻念及，以自警惕的。

再论知行

数月以前,曾写过一篇短文"论知行"。尚有未尽之意,兹再论之。

我们说:就道德方面的知说,确是知易行难,就技术方面的知说,确是知难行易。现在我们要补充说者,即就道德方面的知说,我们亦可以说,知难行易。

所谓知有二义,一是认识,一是了解。就其认识之义说,道德方面的知,是容易有的,而道德方面的行,是不容易有的。王阳明说,人人都有知善知恶的良知。良知之知善知恶,"如恶恶臭,如好好色"。皆是当下认识,不待思虑考索。阳明此说,是不错的。人对于价值,如有认识,都是当下认识,不待思虑考索。如有人不能当下认识,则他无论怎样思虑考索,他终不能认识。例如人看见一幅图画,如果此画是美的,而他亦认识其美,他是当下即认识。他如不当下认识,即令有美学家,或艺术批评家,为之百般讲解,他还是不能认识此画的美。

就这一方面说,可以说知易行难。一个人可以认识一件事的道德价值,但他未必能做此等的事。一个人可以认识一幅画的美术价值,但他未必能作此等画。

但就所谓知的了解之义说,则知又是不容易有的。一个人可以认识一件事的道德价值,亦可以行此等的事,但此等事为什么是道德的,他却未必能有了解。比如一个人可以认识一幅画的美,亦可以作此等的画,但此等画为什么是美的,他却未必有了解。道德学及美学的用处,就在这一点。道德学可以说明一件善事为什么是善,可使我们对于善有了解。美学可以说明一件美的东西为什么是美,可使我们对于美有了解。对于善或美的认识,是人人都多少有的,但对于善或美的了解,则不是人人都有的。不但认识善或美的人,不必对于善或美有了解,即能行善事或创作艺术品的人,亦不必对于善或美有了解。

更有些人,虽依其良知觉得有些事办得妥当,他亦可做他所觉得妥当的事,但他可以不知那些事即有道德的价值。比如有些人觉得有些东西看着顺眼,他亦可做他所看着顺眼的东西,但他可以不知那些东西即是美的东西。例如民间流行的歌曲,其音节词意有些都是美的,不过做的人及唱的人或只觉其听着顺耳,而不知这些作品,都有美术的价值。孟子说:"由仁义行,非行仁义也。"由仁义行是依照仁义行,行仁义当然亦是依照仁义行,不过不仅只是依照仁义行。于依照仁义的时候,行者不但依照仁义行,而且对于仁义有了解,自觉其是依照仁义行。此是有觉知地依照仁义行,此谓之行仁义。若虽依照仁义行,而对于仁义并无了解,办不自觉其是依照仁义行,则虽依照仁义行,而不能说是行仁义,只可说是由仁义行。《中庸》

说："人莫不饮食也，鲜能知味也。"是这点意思的一个很好的比喻。

由此方面说，我们亦可说，在道德方面，亦是行易知难。

不过在技术方面，知难行易，所以能知即能行。但在道德方面，虽亦可说知难行易，但却不一定能知即能行。一个人若知一件事如何行，假如他行，他自然能行。但一个人若知一件应该行，这个应该未必即使他真正去行。

有有条件的应该，有无条件的应该。例如医生告诉一个人说，你如果愿意保持健康，你应该起居有节。这个应该是有条件的。道德上的应该是无条件的。对于有条件的应该，一个人如不顾其条件，则其应该即失其效力。一个人可以告诉医生说，我不愿意保持健康，所以我也不必起居有节。道德上的应该，虽是无条件的，但没有强迫人以必从的力量。人的欲求是很复杂的，无论对于有条件的，或无条件的应该，他往往明知其是应该，而因有别的牵扯，不能照着应该行。所以古人说："言之匪艰，行之惟艰。"此说与知难行易并无冲突，是可以并存的。

第 三 辑
人生与命运

怕死者,都是对于生死有相当的觉解者。对于生死完全无觉解,或无相当的觉解者,不知怕死。对于生死有较深的觉解者,不怕死。对于生死有彻底的觉解者,无所谓怕死不怕死。

论命运

　　市上有许多所谓"大哲学家"也谈命运,不过他们所谈的命运是指"先定",既有"先定",就有人要"先知"它,以便从中获利。例如预先知道某种物品将要涨价,就大量买进,便可赚钱;知道某种物品将要跌价,就去卖出,便不亏本。因此得大发其财,无怪"大哲学家"们都生意兴隆了。

　　其实"先定"是没有的,即使有,也无用先知。如果有先定的命,命中注定你将来要发财,到时自然会发财;命定你要做官,将来自然做官;命定了将来要讨饭,自然要讨饭。先知了也不能更改,不能转变,又何必要预先知道呢!

　　我说的"命运"和他们所说的不同。古人孔子、孟子等也谈命,如孔子说:"知天命。"庄子说:"知其不可奈何而安之若命。"孟子说:"莫之为而为者,天也。莫之致而至者,命也。"荀子说:"节遇之谓命。"我说的"命"就是他们所说的"命"。"莫之致而至"是不想他来而来;"节遇"是无意中的遭遇,这才是"命运"的真意。所以"命运"的定义就可说是一个人无意中的遭遇。遭遇只有幸和不幸，没有理由可说。譬如说现今的时代是伟大的，我"幸"而生在这时代；也有人说现今的时代是受罪的，我"不幸"而生在这时代。我们生在这时代可以说是幸或不幸，但我们为什么生在这时代，便没有理由可说。

命和运不同：运是一个人在某一时期的遭遇，命是一个人在一生中的遭遇。某人今年中了特种奖券，是他今年的"运"好，但是他的"命"好不好，还不一定，因为他将来如何尚不得而知。在一时期中幸的遭遇比不幸的遭遇多，是运好。在一生中，幸的遭遇比不幸的遭遇多，是命好。

普通所谓努力能战胜"命运"，我以为这个"命运"是指环境而言。环境是努力可以战胜的，至于"命运"，照定义讲，人力不能战胜，否则就不成其为"命运"。孟子说："知命者不立于岩墙之下。"如果一座墙快要倒了，你还以为命好，立在下面，因而压死，那是活该，不能算是知命。又如逃警报，有人躲在一个不甚安全的地方，不意炸死了，这是他的"命"不好，也是他的遭遇不幸。努力而不能战胜的遭遇才是命运。

人生所能有的成就有三：学问，事功，道德，即古人所谓立言、立功、立德。而所以成功的要素亦有三：才、命、力，即天资，命运，努力。学问的成就需要才的成分大，事功的成就需要命运的成分大，道德的成就需要努力的成分大。

要成大学问家，必须要有天资，即才。俗话说："酒有别肠，诗有别才。"一个人在身体机构上有了能喝酒的底子，再加上练习，就能成为一个会喝酒的人。如果身体机构上没有喝酒的底子，一喝就吐，怎样练习得会呢？做诗也是一样，有的人未学过做诗，但是他做起诗来，形式上虽然不好，却有几个字很好，或有几句很好，那种人是可以学做诗的，因为他有做诗的才。有的人写起诗来，形式整整齐齐，平仄合韵，可是一读之后，毫无诗味，这种人就不必做诗。一个人的才的分量是一定的，有几分就只有几分，学力不能加以增减。譬如写字，你能有几笔写得好，就只能有几笔写得好。学力只不过将原来不好的稍加润饰，使可陪衬你的好的，它只能增加量不能提高质。不过诸位不要灰心，以为自己没有才，便不努力。你有才没有才，现在还不晓得，到时自能表现出来，所谓"自有仙才自不知"，或许你大器晚成呢！既有天才，再加学力，就能在学问上有成就。

　　至于事功的建立，则是"命运"的成分多，历史上最成功的人是历朝的太祖高皇帝，刘邦因为项羽的不行而成功。如果项羽比他更行，他决不会成功。学问是个人之事，成功则与他人有关。康德成为大哲学家，并不因为英国没有大哲学家。而希特勒能够横行，却是英国的纵容和法国的疏忽所致。历史上有些人实在配称英雄，可是碰到比他更厉害的人，却失败了。有的人原很不行，可是碰着比他更不行的人，反能成功，所谓"世无英雄，遂令竖子成名"，所以事功方面的成就靠命运的成分大。"卫青不败由天幸，李广无功缘数奇"，我们不应以成败论英雄。

　　道德方面的成就则需要努力，和天资命运的关系小，因为完成道德，不必做与众不同的事，只要就其所居之位，做自己应该做的事，尽伦尽职即可。人伦是社会中人与人之间的关系，

一个人在社会上必须和别人发生关系，而且必须做事。能尽自己和别人的关系，做自己应该做的事，就是道德，和自己的地位高下事业大小都没关系。不论何人，只要尽心竭力，对社会的价值是没有分别的。正如唱戏好的人，和所扮演的角色无关，梅兰芳登台，不一定饰皇后。地位很阔的人，不能尽伦尽职，是不道德。村夫野老能尽伦尽职，就是有道德。命运的好坏对于道德的完成，也没有关系。文天祥和史可法都兵败身死，可算不幸。但是即使他们能存宋救明，他们在道德方面的成就也不会再增加一些。他们虽然失败，道德的成就也不因之减少一些。不但如此，有的道德反要在不幸的遭遇下才能表现，如疾风劲草，乱世忠臣。孟子说："富贵不能淫，贫贱不能移"，终身富贵的人，最多能做到前者。做官发财是"求之有道，得之有命"，唯有道德是"求则得之，舍则失之"，做不做的权全在自己。

有的人常常说我立志要做大学问家，或立志要做大政治家，这种人是可以失望的。因为如果才不够，不能成为大学问家，命运欠好，不能成为大政治家。唯立志为圣贤，则只要自己努力，一定可以成功。圣贤是道德的最完成者。普通人以为圣贤需要特别的在事功文学方面的天才，那是错误的。孔子和孟子的成为圣贤，和他们的才干没有关系。王阳明并不因为他能带兵而成贤人。所以学问的成就需要才，事功的成就需要幸运的遭遇，道德的成就只要努力。

（原载 1942 年 11 月 29 日昆明《中央日报·星期专论》）

才命

　　世界上，历史上，凡在某方面有大成就的人，都是在某方面特别努力的人。古人说："业精于勤。"人没有不勤而能精于某业分。一个大诗人，可以懒于修饰，但他不能懒于做诗。如果懒于做诗，他决不能成为大诗人。不过我们不能反过来说，一个人如勤于做诗，他必是大诗人，或必能成为大诗人。勤于做诗是成为大诗人的必要条件，但不是其充足条件。这就是说，一个人如不勤于做诗，他决不能成为大诗人，但只勤于做诗，他亦不必即能成为大诗人。就"业精于勤"说，不勤者必不能精于某业，但勤者亦未即能精于某业。

　　一个人的努力，我们称之为力，以与才与命相对。力的效用，有所至而止。这是一个界限。这一个界限，是一个人的才与命所决定的。一个人的天资，我们称之为才。一个人的在某方面的才的极致，即是他的力的效用的界限。到了这个界限，他在某方面的工作，即只能有量的增加，而不能有质的进益。一个诗人能成为大家，或能成为名家；一个画家的画，能是神品，或能是能品，都是他的才所决定的。一个诗人的才，如只能使其成为名家，则他无论如何努力做诗，无论做若干首诗，他只是名家，不是大家。一个画家的才，如只能作能品的画，则他无论如何努力作画，无论作若干幅画，他的画总是能品，不是神品。

在某方面有大成就的人，都是在某方面特别努力而又在某方面有天才的人。天才的才，高过一般人之处，往往亦是很有限的。不过就是这有限的一点，关系重大。犹如身体高大的人，其高度超过一般人者，往往不过数寸。不过这数寸就可使他"轶伦超群"。若在稠人之中，举首四望，他确可以见别人所不能见。再就此譬喻说，一个在生理上可以长高的人，必须得有适当的培养，然后他的身体才可充分发育。但一个人，如在生理上本不能长高，则无论如何培养，他亦只能长那么高。人的才亦是如此。

才是天授，天授的才须人力以发展完成之。就此方面说，才靠力以完成。但人的力只能发展完成人的才，而不能增益人的才。就此方面说，力为才所限制。人于他的才的极致的界限之内，努力使之发展完成，此之谓尽才。于他的才的极致的界限之外，他虽努力亦不能有进益，此之谓才尽。

人的力常为人的才所限制，人的力又常为人的命所限制。就所谓命的意义说，才亦是命。就所谓命的此意义说，命是天之所予我者。才正可以说是天之所予我者，所以可以说，才亦是命。此所谓命，是所谓性命之命。不过我们此所谓命，不是此意义的命。我们此所谓命，是指人的一生的不期然而然的遭遇，是所谓运命之命。

一个人生活，必生活于某特殊情形之中。此某特殊情形，就是他的环境。此所谓特殊，是个别的意思，并不是特别奇异的意思。此所谓情形，包括社会在某时某地的情形，以及物质的世界在时间中的某一时，在空间中的某一点的情形。一个人生活于某时某地，社会的情形，在其时其地，适是如此。一个人生活于时间中的某一时及空间中的某一点，物质的世界的情形，在其一时、其一点，亦适是如此。这各方面的适是如此，即是此人的生活的整个的环境。此整个的环境中，有绝大的部分，不是他的才及力所能创造，亦非他的才及力所能改变。他的遭遇，不期然而然，适是如此。此种遭遇，谓之命。孟子说："莫之致而至者，命也。"荀子说："节遇之谓命。""节遇"是就其遭遇适是如此说。"莫之致而至"是就其非才及力所能创造及改变说。

命是力之所无可奈何者。庄子说："知命之情者，不务生之所无奈何。"又说："知其不可奈何，而安之若命。"正是说命的此方面。一个人的环境，有些部分可以是他自己所造成者，既是他自己所造成者，所以其环境的这些部分，并不是由于不期然而然的遭遇，其至亦不是莫之致而至。所以他的环境的这些部分，都与他的命无干。例如一个人任情挥霍，以致一贫如洗，他的贫是"自作自受"，不能归之于命。但一个人的房子，忽为邻居起火延烧，或于战时为敌机炸弹所中，他因此一贫如洗，他的贫则可归之于命。

一个人的环境，有些部分是他的力所能改变者。他的环境的这些部分，亦与他的命无干。人须竭尽其力以改变其环境。如于尽其力之所能以后，仍有不期然而然的遭遇，此种遭遇才是命。例如战时于有空袭警报时，一个人在其职务所许，能力所及之范围内，须竭力设法躲避。如已竭力躲避而仍不能免于祸，此受祸可以归之于命。如他不设法躲避而受祸，则其受祸亦是"自取其咎"，不能归之于命。

人所遭遇的环境，其既非他自己的才及力所能创造，亦非他自己的才及力所能改变者，始是所谓不期然而然，莫之致而至，始是所谓不可奈何。既是如此，则他对于其然其致，并不能负责、虽并不能负责，而其生活却受其影响。例如汉朝的冯唐，于文帝时，他年尚少，而文帝喜用老成人，因此他不能升官。及到武帝时，他年已老，而武帝又喜用年少有为之士，因此，又不能升官。这些情形，对于他说，都是不期然而然，莫之致而至，而又非他的才及力所能改变者。他的遭遇，适是如此。他的此种遭遇，即是他的命。

此所谓命，与世俗所谓命不同。若照世俗所谓命的意义，则我们的说法，正可以说是"非命"。世俗所谓命，是先定的。冯唐不能升官，是他的生辰八字或骨相，先决定其是如此，即令文帝喜用年少有为之士，武帝喜用老成人，他亦是必定沉于下僚的。我们所谓命，则正是与先定相反的。我们所谓命，只是人的适然的遭遇。未遭遇以前，其遭遇可以如此，可以不如此。既遭遇以后，对于有此遭遇，他自己既不能负责，亦不能确定说有何人可以负责。《庄子·大宗师》记子桑之言说："父母岂欲吾贫哉？天无私覆，地无私载，天地岂私贫我哉？求其为之者而不得也。然而至此极者，命也夫！""求其为之者而不得"，正是不能确定说何人可以负责。

人所遭遇的环境，其利于展其才及施其力者，谓之顺境。相反的环境，谓之逆境。一个人遭遇顺境或逆境，事前既未先定，事后亦只有幸不幸可言。其幸者谓之有好运好命，其不幸者谓之有坏运坏命。运指一人于一生中的一部分时间中的遭遇，命指一人于一生中的全部时间的遭遇。一生亦可以说是一时，所以命亦称时命。一人于一生中的一部分时间的遭遇，如幸多于不幸，我们说他的运好；如不幸多于幸，我们说他的运坏。一人于一生中的全部时间内，如其好运多于坏运，我们说他的命好；如其坏运多于好运，我们说他的命坏。

命与才及力是相对待的。普通常说，与命运奋斗。此所说的意思，大概是说与环境奋斗。环境的有些部分，是可以力改变的。但无论所谓命是世俗所谓命的意义，或我们所谓命的意义，命是人所只能顺受，不能与斗的。在历史及文学家的作品中，往往有有奇才异能的人，在不可预期的遭遇下，失败或身死。项羽《垓下歌》："力拔山兮气盖世，时不利兮骓不逝。骓不逝兮可奈何，虞兮虞兮奈若何。"项羽的失败，是不是完全由于"时不利"，我们不论。不过此歌所咏，则正是此一类的遭遇。在此等遭遇中，最可见力及才与命的对待。

人都受才与命的限制。但在道德境界及天地境界中的人，在事实上虽亦受才与命的限制，但在精神上却能超过此种限制。

在自然境界中的人，不知其受才的限制。他顺才或顺习而行，对于其行为的目标，并无清楚的觉解。他的才所不能做的

事,他本来不做。他本来不做,并不是因为他"知难而退",而是因为他本不愿做,亦本不拟做。《庄子·逍遥游》说:大鹏"水击三千里,抟扶摇而上者九万里,去以六月息","蜩与学鸠笑之曰:'我决起而飞,抢榆枋,时则不至,而控于地而已矣,奚以之九万里而南为?'"大鹏"非冥海不足以运其身,非九万里不足以负其翼",所以虽欲不高举远飞而不可得。小鸟的才,本来只能"决然而起,数仞而下",所以亦虽欲不"抢榆枋"而不可得。"决然而起,数仞而下",是大鹏的才所不能做的。高举远飞,亦是小鸟的才所不能做的。不过大鹏本来不打算"决然而起,数仞而下"。小鸟亦本来不打算高举远飞。在自然境界中的人,本来不打算做其才所不能做的事,亦正是如此。他若是顺才而行,则"行乎其所不得不行,止乎其所不得不止"。虽不得不行,却并非被外力所迫而行,虽不得不止,亦并非被外力所迫而止。于行时他本不欲不行,亦本不用力以求不行。于止时他本不欲不止,亦本不用力以求不止。他的力之所至,总是他的才之所及。所以他本不知他的力受才的限制。他亦可是顺习而行。顺习的事,大概都是一般人的才所能做的事。一般人的才所能做的事,人做之大概不致超过他的才的所限。所以做之者大概亦不知其力受才的限制。

在功利境界中的人,知其受才的限制。在功利境界中的人,其行为都有自觉的目的。其目的都是求利。求利都要"利之中取大",都要取大利。利之是大是小,是比较的,相对的。囊空如洗的人,以得到数百元为大利。及有数百元,又以得到数千元为大利。及有数千元,又以得到数万元为大利。如是"既得陇，又望蜀"，无论得到多么大的利，他总觉前面还有更大的利未得。他求大利，可以说是"如形与影竞走"。形与影竞走，形总有走不动的时候。人继续求大利，总有求不得的时候。求不得，如不是由于命穷，即是由于才尽。如其是由于命穷，他感到他受命的限制；如其是由于才尽，他感到他受才的限制。

在道德境界中的人，在精神上不受才的限制。在道德境界中的人，其行为皆是行义的，以尽伦尽职为目的。人有大才，做大事，可以尽伦尽职；有小才，做小事，亦可以尽伦尽职。一个人的才的小大，及其所做的事的大小，与一个人的能尽伦尽职与否，是无干的。在道德境界中的人，以尽伦尽职为其行为的目的。无论他的才是大是小，他总可用力以达到这种目的。所以他在精神上不受才的限制。

在道德境界中的人，在精神上不受才的限制，又可从另一方面说。在道德境界中的人，觉解有社会之全，觉解他是社会的一分子。他是无私的。他固愿社会中有有大才者，但不必愿有大才者必是他自己。他固愿社会中有许多大事业得以成就，但不必愿其必是"功成自我"。阳明说："唐虞三代之世"，"天下之人，熙熙皞皞，皆相视如一家之亲。故稷勤其稼，而不耻其不知教，视契之善教，即己之善教也；夔司其乐，而不耻于不明礼，视夷之明礼，即己之明礼也"。"人之有技，若己有之；人之彦圣，不啻若自其口出"。唐虞三代之人，是否如此，我们不论。但在道德境界中的人，则正是如此。在功利境界中的人，是自私的。见别人的才，愈比他自己的高，则他愈愤恨。见别人的成就，愈比他自己的大，则他愈嫉妒。于此等时，他感到他受才的限制的痛苦。在道德境界中的人，视别人的才，如其自己的才，视别人的成就，如其自己的成就。所以知其才或成就，不及别人，他亦不感到受才的限制的痛苦。

在天地境界中的人，没有受才的限制，与不受才的限制的问题。我们已说明，圣贤并不必做特别与众不同的事，学圣贤亦无需做特别与众不同的事。在别的方面，圣贤亦不必有奇才异能。有奇才异能是另外一回事，与人的境界高的无干。有奇才异能的人，不必有很高的境界。在道德境界中的人，不论其才的大小，及其所做事的大小，他都可以尽伦尽职。在天地境界中的人，知天事天者，其行为以事天赞化为目的，才大者做大事可以事天赞化。才小者做小事亦可以事天赞化。不论其才的大小，及其所做的事的大小，知天事天者都可用力以达到事天赞化的目的。所以他亦在精神上不受才的限制。

在天地境界中的人，能同天者，自同于大全，从大全的观点，以观事物。大全包罗众才，自同于大全者，亦包罗众才。从大全的观点以观事物，即从一较高的观点，以观众才，而不与众才比其小大。如此则可以超过众才。众才有小大，同天者皆包罗超过之。此之谓统小大。郭象《〈逍遥游〉注》说："无待之人，遗彼忘我，冥此群异。异方同得，而我无功名。是故统小大者，无小无大者也。苟有乎小大，则虽大鹏之与斥鷃，宰官之与御风，同为物累耳。"能如此观众才者，则见众才之活动，无论其才之大小，皆是尽才。如此看，则"虽大鹏无以自贵于小鸟，小鸟无羡于天池，而荣愿有余矣。故小大虽殊，逍遥一也"。能如此看，则任何事物，皆没有受才的限制与不受才的限制的问题。能如此看者,其自己更没有这种问题。

或可问:如此说,则在自然境界中的人,岂不正是"小大虽殊,逍遥一也"?何必在天地境界中的人始知之?

于此我们说,在自然境界中的人,不知其受才的限制,因此亦不知有受才的限制与小受才的限制的问题。不知有受才的限制与不受才的限制的问题,有似乎没有受才的限制与不受才的限制的问题。但不知有受才的限制与不受才的限制的问题,是其人的觉解不及知其受才的限制,亦不及知有此等问题。没有受才的限制与不受才的限制的问题,是其人的觉解,使其超过此等限制,超过此等问题。譬如"大鹏无以自贵于小鸟,小鸟无羡于天池",并非大鹏小鸟所能觉解者。所以"小大虽殊,逍遥一也",是在天地境界中的人所觉解者。他的此种觉解,即构成他的逍遥的一部分。他的此种逍遥,并不是大鹏小鸟的逍遥。犹之欣赏"绿满窗前草不除",是周茂叔的乐处,并不是草的乐处。我们不能说,大鹏小鸟不逍遥,但其逍遥,不是此种逍遥。《庄子·逍遥游》及郭象注似均于此点,弄不清楚。这亦是道家常将自然境界与天地境界相混的一例。道家欲使人安于自然境界,以免其受知受才的限制的痛苦。这是不无理由的。但以为在自然境界的人,亦可有如在天地境界中的人的逍遥,这是错误的。

郭象统小大之说甚精。但似以为顺才而行的人的逍遥,与至人的逍遥,在性质上无大差别。顺才而行的人,与至人的差别,只在顺才而行的人,必得其所待,然后逍遥。至人则"与物冥而循大变",故"能无待而常通"。顺才而行的人,虽必得其所待，然后逍遥，然若"所待不失"，则亦"同于大通"。实则顺才而行的人，是自然境界中的人；至人是天地境界中的人。自然境界似乎是"同于大通"，但实不是"同于大通"。在自然境界中的人，若得其所待，固亦可以逍遥，但其逍遥与至人的逍遥，在性质上是有大差别的。

支道林《逍遥论》云："夫逍遥者，明至人之心也。庄生建言大道，而寄指鹏鷃。鹏以营生之路旷，故失适于体外。鷃以在近而笑远，有矜伐于心内。至人乘天正而高兴，游无穷于放浪；物物而不物于物，则遥然不我得；玄感不为，不疾而速，则逍然靡不适。此所以为逍遥也。"(《世说新语》注引）支道林此说，注重在说明，至人的逍遥与众人的逍遥不同。所谓"向郭之注所未尽"者，似是在此。但"失适于体外"，"有矜伐于心内"，是功利境界，而不是自然境界。支道林说："逍遥者，明至人之心也。"他只说出在功利境界中的人的心，与在天地境界中的人的心不同。而未说出在自然境界中的人的心，与在天地境界中的人的心的不同。前者的不同，是很容易看出的。后者的不同，则是不很容易看出的。

一个人命的好坏，影响到他所做的事的成败。在自然境界中的人，顺才或顺习而行，其行为不必有自觉的目的，所以对于其所做的事的成败，亦不必有某种的情感。在功利境界中的人，其行为以求利为目的，达此目的则为成，不达此目的则为败，成则欢喜，败则悲伤。在道德境界中的人，其行为以行义为目的。他所以为目的者，是他的行为的意向的好，他所做的事的成功，是他的行为意向所向的好。在道德境界中的做事，其行为的意向的好，是尽伦尽职。他所做的事如成功，其行为的意向所向的好如得到，其行为的意向的好固已实现，他所做的事如失败，其行为的意向所向的好，如不能得到，其行为的意向的好，亦可实现。此即是说，在道德境界中的人，其所做的事，即或失败，但他如已尽心竭力为之，则此失败，并不妨碍他的行为的意向的好的实现。此即是说，不妨碍其行为的道德价值的实现。他的命可以使他所做的事失败，但不能使他的行为的道德价值不实现。

在道德境界中的人，其所做的事的失败，虽不能妨碍他的行为的道德价值的实现，但尚不能说是不足以介其意。对于他所做的事的成败，持如上所说的看法，他还需要一种努力。在天地境界中的人，自大全的观点，以看事物，则知其事物之成，或为彼事物之败，此事物之败，或为彼事物之成。《庄子·齐物论》说："其分也，成也。其成也，毁也。凡物无成与毁，复通为一。"郭象注说："夫成毁者，生于自见而不见彼也。"自见而不见彼，是见其偏而不见其全。若见其全，则见成不必只是成，败不必只是败。他持如此看法，并不是因为他玩世不恭，而是因为他能从一较高的观点，以看成败。他虽知"凡物无成与毁，复通为一"，而仍竭力做事，以事天赞化。因为他知大化流行，是一动，人必动始能赞化。至于其动是否能得到其意向所向的好，则与其行为的意向的好的实现，是不相干的。在天地境界中的人所做的事的失败，固不足妨碍其行为的意向的好的实现，而且不足以介其意。他的命固不能妨碍他的事天赞化，他持如此看法，亦不需要一种努力。

一个人的命的好坏，影响到他在社会上所处的位的贵贱。在自然境界中的人，对于所谓贵贱，没有清楚地觉解。因此对于其所处的位，亦不必有某种的情感。在功利境界中的人，对于所谓贵贱，有清楚的觉解。他好贵而恶贱。贵则欢喜，贱则悲伤。在道德境界中的人，对于所谓贵贱，亦有清楚的觉解。但他又觉解，尽伦尽职，与一个人所有的在社会中的位的贵贱，是不相干的。他在社会中，无论处什么位，都可尽伦尽职。他的行为。以尽伦尽职为目的。所以在社会中，无论处什么位，他都以为是无关轻重的。在天地境界中的人，知其于社会的"民"之外，他还是天民。人爵之外，还有天爵。所以他虽亦对于社会上的贵贱，有清楚的觉解，但他还是"大行不加，穷居不损"。他并不需有意努力，始能如此。从大全的观点看，社会上的贵贱本来是不足介意的。

《中庸》说："君子素其位而行，不愿乎其外。"朱子注说："言君子但因见在所居之位，而为其所当为，无慕乎其外之心也。"所以他"素富贵行乎富贵，素贫贱行乎贫贱。素夷狄行乎夷狄，素患难行乎患难。故君子无人而不自得焉"。此所说虽是"君子"，但若真能"无入而不自得"，则是能"即其所居之位，乐其日用之常"，即是能乐天。此非在道学家所谓"人欲尽处，天理流行"的境界中者不能。真能无人而不自得者，于舍富贵而取贫贱之时，必已不做有意的选择，不必需一种努力。如此，则其人的境界，已不是道德境界，而是天地境界。

一个人的命的好坏，表现于他所遭遇的环境是顺是逆。在自然境界中的人，对于所谓顺逆没有清楚的觉解。所以对于所谓顺逆，亦不必有某种情感。在功利境界中的人，对于所谓顺逆，有清楚的觉解。他喜顺而恶逆。在道德境界中的人，其行为以尽伦尽职为目的。在顺境他可以尽伦尽职。在逆境中亦可以尽伦尽职。他只求尽伦尽职，不计境的顺逆。

从另一观点，我们可以说，顺境对于人固然是好的。但逆境对于人亦不完全是不好的。孟子说："天将降大任于是人也，必先苦其心志，劳其筋骨，饿其体肤，空乏其身，行拂乱其所为，所以动心忍性，增益其所不能。"此是说，逆境可予人一种锻炼。"文王拘而演《周易》，孔子厄而作《春秋》。屈原放逐，乃赋《离骚》；左丘失明，厥有《国语》。""文，穷而后工。"此是说，逆境可予人一种刺激。逆境可予人一种锻炼，一种刺激，此是前人所常说者。对于有些人其说亦是不错的。不过此都是就事实方面说。就事实方面说，对于有些人，逆境是如此；对于有些人，逆境不是如此。不过即令对于所有的人，逆境都是如此，但若专就事实方面说，我们亦不能说其必是如此。我们亦不能说，在学问事功等方面，有大成就者，都必是曾经逆境的人。未经逆境的人，在学问事功等方面，有很大的成就者，在理论上并非不可能，而且在事实上这种人亦是常有的。所以专就孟子所说，还不足以见逆境对于人不完全是不好的。

有些道德价值，非在逆境中不能实现。这并不是事实问题，而是此等道德价值，本来即涵蕴逆境。我们可设想一个富贵中人，亦作如"演《周易》"，"作《春秋》"一类之事；一个人不必穷愁而后著书，其文亦不必穷而后工。但我们不能设想一个富贵中人如何能表现"贫贱不能移"的大节。"时穷节乃见，

——垂丹青。"惟时穷而节始见,这并不是事实问题,而是《正气歌》中所说诸大节,本身即涵蕴时穷。必对于此点有觉解,我们才真可以说:"富贵福泽,将厚吾之生也;贫贱忧戚,庸玉汝于成也。"专就富贵福泽的本身看,富贵福泽,是一种好。专就贫贱忧戚的本身看,贫贱忧戚是一种不好。这是不可否认的。但有些道德价值,非在逆境中不能实现,这亦是不可否认的。由此方面看,我们可以说,逆境对于人,亦不完全是不好的。

康德的道德哲学,在西洋可以说是很不重视幸福的了。但他仍以为,道德与幸福的合并,善人必受其福,是人的理性的要求。这在人的世界中,是不必能实现的。他因此而要相信,上帝存在,灵魂不死,以为善人受福的保证。康德的这些见解,可以说是受了宗教的迷信的余毒。宗教以为善人必受其福,如不于今生,必于来世。照这样的看法,善人的结局,必皆如小说或电影中的大团圆。照在功利境界中的人的看法,这样的团圆结局,似乎是必要的。但照在道德境界中的人的看法,这并不是必要的。苏武留匈奴十九年,终得归汉。将归时,"李陵置酒贺武曰:'今足下还归,扬名于匈奴,功显于汉室,虽古竹帛所载,丹青所画,何以过子卿。'"既回到长安,诏令以一太牢谒武帝园庙,拜为典属国,秩中二千石,赐钱二百万,公田二顷,宅一区。这真是一个团圆的结局。但是苏武的行为的道德价值,在于其留匈奴十九年,抗节不屈,并不在于其有团圆的结局。照在功利境界中的人的看法,没有这样的团圆结局,似乎总是美中不足。但照在道德境界中的人的看法,这样的团圆结局,对于苏武的行为的道德价值,完全是不相干的。

照在天地境界中的人的看法，所谓顺境逆境者，都是人从人的观点所作的区别。人各从其自己的观点，以说其处境是顺或是逆。同一境可以对此人为顺，对彼人为逆。例如德国战败法国后，德国人的顺境，正是法国人的逆境。从天的观点看，境无所谓顺逆。从天的观点看，任何事物，都是宇宙大全的一部分，都是理的例证。任何变化，都是道体的一部分。任何事物，任何变化，都是顺理顺道。从此观点看，则任何事物，任何变化，都是顺而非逆。在天地境界中的人知天，知天则能从天的观点，以看事物。能如此看事物，则知境无所谓逆。对于所谓逆境，他亦顺受。他顺受并不是如普通所说"逆来顺受"。他顺受因为他觉解境本来无所谓逆。

对于所谓逆境，他亦顺受，这只是说，对于所谓逆境，他受之并无怨尤。这并不是说，他对于所谓逆境，并不用力以图改变之。他亦尽力以图改变之。但如已尽力而仍不能改变之，则其有此等所谓逆境，即是由于他的命。孟子说："莫非命也，顺受其正。是故知命者，不立乎岩墙之下。尽其道而死者，正命也。桎梏而死者，非正命也。"朱子注说："人物之生，吉凶祸福，皆天所命。然惟莫之致而至者，乃为正命。……知正命则不处危地以致覆压之祸。……尽其道，则所值之吉凶，皆莫之致而至者矣。……犯罪而死，与立岩墙之下者同，皆人所取，非天所为也。"在天地境界中的人，尽其才与力之所能，以尽伦尽职，事天赞化，既不特意营为以求福，亦不特意不小心以致祸。既已尽其在己者，则不期然而然的遭遇，莫之致而至者，他都从天的观点，以见其是无所谓顺逆。此所谓"顺受其正"。

人有这种觉解,儒家谓之"知命"。

命与才对于人都是一种限制。不过在道德境界中及天地境界中的人,都可以在精神境界上超越此种限制,如上文所说。再从另一方面说,才与命的限制,都是实际世界中的限制。在道德境界中的人,以尽伦尽职为其行为的目的。凡实际世界中的限制,如成败贵贱之类,皆不足以使其不能达其目的。他已超越实际世界中的限制。在道德境界中的人超越实际世界中的限制。在天地境界中的人,则超越实际世界的限制。在天地境界中的人,自同于大全,自有一太极。大全大于实际的世界,太极超越实际的世界。所以虽其七尺之躯,仍是实际世界中的一物。但其觉解已使其在精神上超越实际的世界。他已超越实际世界,即已超越实际世界的限制。既已超越实际世界的限制,则实际世界中的限制,更不足以限制之了。

超越限制,即不受限制。不受限制,谓之自由。在道德境界中的人,在精神上不受才与命的限制,他是不受实际世界中的限制的限制。在天地境界中的人,在精神上亦不受才与命的限制,但他是不受实际世界的限制。不受实际世界中的限制的限制,是在道德境界中的人的自由。不受实际世界的限制,是在天地境界中的人的自由。

关于自由,西洋哲学家多有讨论。他们所讨论的自由,其义是不受决定。上文所说的自由,其义是不受限制。西洋哲学家注重于讨论,人的意志,是否为一种原因所决定。如其为某种原因所决定,则意志是不自由的。西洋哲学家以为,必出于人的自由意志的行为始可是道德行为,如其不是出于自由意志,则其行为,虽合乎道德,亦只是合乎道德的行为,而不是道德行为。此所谓自由意志即是不受决定的意志。此所谓不受决定,如是不受以求利为目的的欲望的决定,则说道德行为必是出于如此的自由意志,是无可否认的。用道学家的话说,道德的行为,必是出于道心,不是出于人心。若有人为图富贵名誉而做道德的事,虽做道德的事,而其行为是出于人心,所以其行为只是合乎道德的行为,而不是道德行为。此即是说,此人于有此行为时,其意志是为以求利为目的的欲望所决定的。其意志不是自由意志,所以其行为亦只是合乎道德行为,而不是道德行为。

人的意志,可以不为以求利为目的的欲望所决定。其决定且可与此等欲望相反。人于作重大牺牲以有道德行为时,其意志是如此的。此等情形,正是道学家所谓"道心为主,而人心每听命焉"。为主者是自由的,听命者是不自由的。若如此说意志自由,则于此等情形中,意志是自由的。

如所谓意志自由是如此的自由,我们可以说,在道德境界中的人,意志是自由的。在天地境界中的人,意志亦是自由的。有些西洋哲学家,主张有意志自由者,所谓意志自由的意思,似乎还不止此。"道心为主,而人心每听命焉",并不是每个人生来都能如此。人虽生来都有道心,但"人心惟危,道心惟微"。"道心为主,而人心每听命焉",是学养的结果。有些哲学家,似乎以为,所谓意志自由,必须是不靠学养而自然如此的,因为,如说意志的自由,必须由学养得来,则意志的自由,又似乎是为学养所决定。不是完全不受决定者。不过,即令有

人不藉学养，而意志自然自由，但由此种自由意志所发出的行为，恐怕亦只是自发的合乎道德的行为，其人的境界，恐怕亦只是自然境界。在道德境界或天地境界中的人的意志自由，必是由学养得来的。不过虽是由学养得来，而学养所予他者，是觉解而不是习惯。在道德境界或天地境界中的人，由觉解而有主宰，并不是由习惯而受决定。所以其意志自由，虽是由学养得来，而却不是为学养所决定。

在道德境界或天地境界中的人，其意志不受以求利为目的的欲望的决定，其行为不受才与命的限制。所谓不受限制，并不是说，他能增益他的才，以做他本所不能做的事。亦不是说，他能左右他的命，以使其转坏为好。而是说，无论他的才是大是小，他的命是坏是好，他都可以尽伦尽职，事天赞化。所以无论就不受决定，或不受限制说，他都是自由的。

或可问：已有道德境界或天地境界的人，固已不受才与命的限制。但人之得到此种境界，需要一种觉解。未得到此种境界的人，需要一种才，以可有此种觉解；并需要一种机会，以发展其才。假使他没有这种才，他不能有此种觉解；假使他没有一种机会，他虽有此种才而亦不能尽其才。由此方面说，即在修养方面，人还是受才与命的限制。

于此我们说，人本来都是受才与命的限制。人修养以求道德境界或天地境界。在此等境界中，人固可超过才与命的限制，但修养而尚未得到此等境界者，当然仍受才与命的限制。但此是求道德境界或天地境界受限制，不是在此等境界中的人受限制。人之得到道德境界或天地境界，诚然亦需要相当高的才，与相当好的命。但不如在学问或事功方面的成就需要之甚。人在修养、学问、事功,无论何方面的大成就,都靠才、力、命三种因素的配合。不过其配合的成分,则可因方面不同而异:在学问方面,一个人的大成就,所靠的三种因素的配合,才的成分最大,力的成分次之,命的成分又次之;在事功方面,一个人的大成就,所靠的三种因素的配合,命的成分最大,才的成分次之,力的成分又次之;在修养方面,一个人的大成就,所靠的三种因素的配合,力的成分最大,才的成分次之,命的成分又次之。曾国藩曾说:"古来圣贤名儒之所以彪炳宇宙者,无非由于文学事功。然文学则资质居其七分,人力不过三分。事功则运气居七分,人力不过三分。惟是尽心养性,保全天之所以赋予我者,此则人力主持,可以自占七分。"此亦是他的经验之谈。

求道德境界,或天地境界的主要工夫,是致知用敬。用敬靠力,致知需才。然人致知所需了解者,是几个形式的观念。人对这些观念,有了解以后,他可以"不离日用常行内,直到先天未画前"。他不必做特别与众不同的事,即可以超越才与命的限制。求道德境界所需了解者,是人之所以为人者,即人性,其所需了解的观念,比求天地境界所需要者更少,所以"人力主持,可以自占七分",至少求道德境界是如此。

人力自占七分者,可以立志求之。先贤说人要立志,都是就此方面说。人不能专靠努力,即可以为李白、杜甫,或汉高、唐太。但可以大部分靠努力而成为一有高境界的人。所以我们不能教每个人都立志为英雄,为才子,但可以教每个人都立志为圣,为贤。孟子说:"士先志。"周濂溪说:"士何志?曰:士希贤,贤希圣,圣希天。"贤是在道德境界中的人,圣是在天地境界中的人。在天地境界中的人的最高的成就是同天,所以说:"圣希天。"

人生与命运

知命

　　从义的观念，孔子推导出"无所为而为"的观念。一个人做他应该做的事，纯粹是由于这样做在道德上是对的，而不是出于在这种道德强制以外的任何考虑。《论语》记载，孔子被某个隐者嘲讽为"知其不可而为之者"（《宪问》）。《论语》还记载，孔子有个弟子告诉另一个隐者说："君子之仕也，行其义也。道之不行，已知之矣。"（《微子》）

　　后面我们将看到，道家讲"无为"的学说。而儒家讲"无所为而为"的学说。依儒家看来，一个人不可能无为，因为每个人都有些他应该做的事。然而他做这些事都是"无所为"，因为做这些事的价值在于做的本身之内，而不在于外在的结果之内。

　　孔子本人的一生正是这种学说的好例。他生活在社会、政治大动乱的年代，他竭尽全力改革世界。他周游各地，还像苏格拉底那样，逢人必谈。虽然他的一切努力都是枉费，可是他从不气馁。他明知道他不会成功，仍然继续努力。

孔子说他自己："道之将行也与？命也。道之将废也与？命也。"（《论语·宪问》）他尽了一切努力，而又归之于命。命就是命运。孔子则是指天命，即天的命令或天意；换句话说，它被看做一种有目的的力量。但是后来的儒家，就把命只当做整个宇宙的一切存在的条件和力量。我们的活动，要取得外在的成功，总是需要这些条件的配合。但是这种配合，整个地看来，却在我们能控制的范围之外。所以我们能够做的，莫过于一心一意地尽力去做我们知道是我们应该做的事，而不计成败。这样做，就是"知命"。要做儒家所说的君子，知命是一个重要的必要条件。所以孔子说："不知命，无以为君子也。"（《论语·尧曰》）

由此看来，知命也就是承认世界本来存在的必然性，这样，对于外在的成败也就无所萦怀。如果我们做到这一点，在某种意义上，我们也就永不失败。因为，如果我们尽应尽的义务，那么，通过我们尽义务的这种行动，此项义务也就在道德上算是尽到了，这与我们行动的外在成败并不相干。

这样做的结果，我们将永不患得患失，因而永远快乐。所以孔子说："知者不惑，仁者不忧，勇者不惧。"（《论语·子罕》）又说："君子坦荡荡，小人长戚戚。"（《论语·述而》）

幸偶

人生中有不如意事，亦有如意事。诸不如意事中，有能以人力避免者（例如一部分之病），有不能以人力避免者（例如死）。诸如意事中，有能以人力得到者（例如读书之乐），有不能以人力得到者（例如腰缠十万贯，骑鹤下扬州）。其不能以人力避免或得到之不如意事或如意事，固为人之所无奈何；即其能以人力避免或得到者，亦有人不能避免不能得到。其所以不能避免不能得到者，亦非尽因其力不足，非尽因其所以避之或所以得之之方法不合。往往有尽力避不如意事而偏遇之，尽力求如意事而偏不遇之者；亦有不避不如意事而偏不遇之，或不求如意事而偏遇之者。范缜答竟陵王云："人之生譬如一树花，同发一枝，俱开一蒂，随风而堕，自有拂帘幌坠于茵席之上，自有关篱墙落于溷粪之侧。坠茵席者，殿下是也；落粪溷者，下官是也。"（《梁书》卷四十二）王充云："蝼蚁行于地，人举足而涉之；足所履，缕蚁笮死；足所不蹈，全活不伤。火燔野草，车辙所至，火所不燔，俗或喜之，名曰幸草。夫足所不蹈，

火所不及,未必善也。举火行有适然也。"(《论衡·幸偶篇》)人生有幸有不幸,正是如此。

在人生中,偶然的机遇(chance)颇为重要,凡大人物之所以能成大事业,固由于其天才,然亦由诸机遇凑合,使其天才得充分发展也。例如唐太宗,一大人物也。世之早夭者甚多,如唐太宗亦"不幸短命死矣",则其天才即无发展之余地。彼又亲经许多战争,吾人所见昭陵前之石马,皆刻有箭伤,使唐太宗亦偶中箭而死,则其天才亦即无发展之余地。此不过举其大者;此外可以阻其成大事业者甚多,而皆未阻之;此唐太宗之所以如茵上之花,而为有幸之人也。天才与常人,其间所差,并不甚大。世上有天才之人甚多,特其多数皆因无好的机遇凑合,故不幸而埋没耳。在中国历史中,一大人物出,则其乡里故旧,亦多闻人。如孔子生于山东,于是圣庙中"吃冷猪肉"者,遂多邹鲁子弟。如近时曾国藩起,湖南亦人才辈出,极一时之盛。如此之类甚多,旧时说者多谓系出天意。其实人才随地皆有,一大人物出,又能造机会以使之发展其天才,故一时人物蔚起耳。此大人物何幸能得机遇凑合以成其为大人物!其他人物又何幸而恰逢此大人物所造之机会!总之皆偶然而已矣。

大人物之能成为大人物,固由于其所遇之幸,即普通人之仅能生存,亦不可谓非由于其所遇之幸也。男女交合,极多精虫,仅有一二幸而能与卵子结合而成胎。胎儿在母腹中,须各方面情形皆不碍其生长,十月满足,又经生产之困难危险,然后出世。自出世以来,即须适应各方面之环境,偶有不幸,则所以伤其身与其心者,如疾病、刑罚、刀兵、毁谤等,皆不招而自至。即以疾病一项而论，吾人终日，皆在与毒菌战争之中，偶一失手，败亡立见。其他诸端，亦复称是。庄子曰："游于羿之彀中，中央者，中地也；然而不中者，命也。"(《庄子·德充符》) 吾人皆日在"四面楚歌"之中，即仅能生存，亦即如未被足踏之蝼蚁，如所谓"幸草"矣。

吾人解释历史时，固不能不承认经济状况及地理等物质环境之影响。然若谓一切历史之转移，皆为经济状况等所决定，其中人物，全无关重要，则亦不对。吾人平常开一会议，其主席之能尽职与否，对于会议之进行，即有甚大关系。至于在政治上、社会上，或人之思想上，有大权威之人，其才智行为，岂可谓为对于历史无大关系？如清光绪帝之变法，因受慈禧太后之制而作罢。使慈禧不幸而早日即死，或幸而早日即死，光绪之维新政策得行，则中国今日之局面，当与现在所有者不同。说者或谓当时守旧之人甚多，即使无慈禧，他人亦必制光绪使不得维新。是亦固然。不过他人之制光绪，必不能如慈禧之制光绪；既不得如慈禧之制光绪，则中国现在之局面，当亦与现在所有者不同。故中国现在之所以至于如此，亦许多偶然的机会凑合使然。偶然的机会，在历史中亦颇占重要位置也。

说者又谓一事物之发生，必有一定的原因，故无所谓偶然。然吾人所谓偶然，与所谓因果律，并不冲突。假如一人正行之际，空中陨石，正落其头上，遂将其打死。吾人固可谓此人之行于此乃由于某原因，空中陨石亦有原因，皆非由于偶然。此吾人所不必否认。吾人所谓偶然的机会者，乃此陨石之恰落于此人头上也。此人之所以行于此地乃一因果系统，空中陨石又为一因果系统；此二因果系统乃必发生关系，此乃是偶然的也。

　　故吾人之求避免不如意事，或得到如意事，其成功或失败之造成，皆常受偶然的机遇之影响，故为吾人所不可必。换言之，即成功失败之造成，皆受机遇之影响，而机遇又非吾人力之所能制。如深知此，则吾人于不能达所求之目的之时，亦可"不怨天，不尤人"，而省许多烦恼。此儒家所以重"知命"也。孟子曰："君子创业垂统，为可继也。若夫成功则天也，君如彼何哉？强为善而已矣。"（《孟子·梁惠王下》）

功利

在功利境界中的人,其行为都有他们所确切了解的目的,他们于有此种行为时,亦自觉其有此种行为。他们的行为的目的,都是为利。在普通言语中,利与名并称。例如说,"求名于朝,求利于市","名利双收"等。我们此所谓利则不是与名并称者。我们此所谓利,亦包括名。如一个人的行为,能使他"名利双收",他的行为,固是于他有利。即使他的行为,照普通所谓利的意义,仅使他有名无利,但照我们所谓利的意义,他的行为,还是于他有利。照我们所谓利的意义,一个人求增加他的财产,其行为固是为利,一个人求增进他的名誉,其行为亦是为利。"求利于市"者,所求固是利;"求名于朝"者,所求亦是利。

在功利境界中的人,所求的利,都是他自己的利。普通所谓"求名于朝"者,所求的名,是他自己的名;普通所谓"求利于市"者,所求的利,是他自己的利。因其所求,都是他自己的利,所以在功利境界中的人,都是"为我"的,都是"自私"的。大多数普通人的行为，都是为其自己的利的行为。大多数普通人的境界都是功利境界。

我们若从人的心理方面着想，以予利以定义，我们可以说：利是可以使人得快乐者。《墨经》说："利，所得而喜也。害，所得而恶也。"此正是从人的心理方面着想，以予利以定义。伦理学中的，或心理学中的快乐论者亦正是从此方面着想，以说人的行为的目的。他们说：人的行为的目的，都是求快乐。更确切一点说，都是求他自己的快乐。有些人有许多行为，以求增加他自己的财产；有些人有许多行为，以求增进他自己的名誉；有些人有许多行为，以求发展他自己的事业。这些人的行为的目的虽不同，但都可以说是求他自己的快乐。他求增加他自己的财产，因为他以为，有很多的财产，是快乐的；他求增进他自己的名誉，因为他以为，有很高的名誉，是快乐的；他求发展他自己的事业，因为他以为，有很大的事业，是快乐的。所以我们可以说：这些人虽所求不同，而同于求他自己的快乐。

边沁以为，凡人的行为，无不以求快乐或避痛苦为目的。边沁说："自然使人类为二最上威权所统治。此二威权即是快乐与苦痛。只此二威权，能指出人应做什么，决定人将做什么。"（边沁《道德立法原理导言》）避苦痛亦可说是求快乐。所以边沁可以更简单地说：人的行为的目的，都是求快乐。亦可说，自然使人类为一唯一威权所统治，此唯一威权，即是快乐。

有人说：快乐论者的说法虽似乎很近于常识，但与事实不合。人的主要的行为，大概都是发于不自觉的冲动。这些行为，有之者只是为之而已，并不是因其可以得利或得快乐而始为之。

如人吃饭，只是吃而已，并不是因要避饿的苦痛，或得饱的快乐，而始吃饭。当然，人于饿时，确感觉一种苦痛，人于饱时，确感觉一种快乐，但人吃饭，并不是对于避苦痛，求快乐，先作一番考虑计算而始吃饭。又如人于愤怒时与人打架，他只是打而已，亦不是因为要避忍气吞声的苦痛，或要得扬眉吐气的快乐，当然忍气吞声是一种苦痛，扬眉吐气是一种快乐。但人于愤怒时打架，并不是对于避苦痛求快乐，先作一番考虑计算而始打架。这是另一派的哲学家的说法。照这另一派的哲学家的说法，快乐论一派的哲学家的说法，是不合乎事实的。

这两派的说法，若都不用全称命题的形式，而只用特称命题的形式，则两种说法并不相冲突，而且都合乎事实。有些人的行为，是以求利或求快乐为目的，有些人的行为，是出于冲动。亦可说：一个人的行为，有些是以求利或快乐为目的，有些是出于冲动。人吃饭固有只是吃而已者，亦有为菜好吃而吃者。人打架，固有因一时的愤怒而打架者，亦有经过详细的考虑而后打架者。我们所要注意的是：一个人的行为，若是出于冲动，其人的境界，或其人于有此种行为时所有的境界，是自然境界。一个人的行为，若是以求利或求快乐为目的，如其所求是其自己的利或快乐，其人的境界，或其人于有此种行为时所有的境界，是功利境界。

我们将论功利境界。所以我们专论人以求他自己的利或快乐为目的的行为。我们并不说，所有的人的行为，或人的所有的行为，都是这一类的行为。但有些人的行为或人的有些行为，是这一类的行为，则是不容否认的。

快乐论一派的哲学家以为,不仅事实上人的行为,都是以求快乐为目的,即道德的价值,亦可以快乐解释之。凡有道德价值的行为,都是可以使人快乐或得快乐的行为。快乐是可欲的,亦是人之所欲。这一派的哲学家,可以借用孟子一句话,说:"可欲之谓善。"善是可欲的,亦是人之所欲。

反对快乐论者,以为一贯的快乐论,有许多困难。就第一点说,快乐论者常说最大的快乐。所谓最大者是就量方面说。但快乐是不可积的,因为快乐不是一种东西,而是一种经验,经验是暂时的,当有人刚有它的时候,它立即成为过去。因此它不可积存。我们昨天得了许多钱,可以积存起来,与今日所得的钱相加,成一更大的数目。但我们昨天所得的快乐,则不能积存起来,与今天所得的快乐相加,而成一更大的快乐。因为昨天的快乐,已成为过去的经验,所留下者,只是一记忆而已。所以所谓最大的快乐,不是可以积存而致的。所谓最大的快乐,只能是于某一时,于许多快乐中,比较而得者。

但就第二点说,快乐是不可比较的。凡比较必须用一共同的量的标准。例如一物是一斤重,另一物是二斤重。我们说:另一物比较重。斤是此比较所用的共同的量的标准。但于比较快乐的量时,则没有共同标准可用。一个人喝酒,于喝酒得其快乐。一个人下棋,于下棋得有快乐。我们都得有快乐,但于他们两个人的快乐中,哪一个人的快乐是较大的,我们没有法子可以比较。他们亦没有法子可以比较。假使他们各依其主观,而都说,他自己的快乐是较大的,他们的话亦并无冲突。正如一个人说,我怕空袭;另一个人说,我不怕空袭。其所说不同,但完全没有冲突。这是就两个人所有的快乐说。就一个人所有的快乐说,其自己的快乐亦是不能比较的。因为人不能同时有两个快乐。当其有这个快乐时,那一个快乐已成过去。所余者,只是对于那一个快乐的记忆而已。但对于那一个快乐的记忆,并不是那一个快乐,所以不能以之与这一个快乐相比,而断其孰大。

就第三点说,有些快乐论者以为,人所求的快乐,或人所应该求的快乐,不必是最大的快乐,而是最高的快乐。照这些快乐论者的说法,快乐不但有量的分别,而且有质的分别。有高等的快乐,有低等的快乐,二者不能一概而论。穆勒说:人若对于高等快乐及低等快乐均有经验,他一定愿为苏格拉底而死,不愿为一蠢猪而生。为苏格拉底而死的快乐与为一蠢猪而生的快乐,有性质上的不同。但照上文所说的,快乐是不能比较的。即令其可以比较,我们还可以问:一个人为什么愿为苏格拉底而死,不愿为一蠢猪而生?他是因为为苏格拉底而死,比为一蠢猪而生,其快乐是更快乐的?抑是因为其快乐是更高尚的?如因其是更快乐的,则愿为苏格拉底而死者,仍是求较大的快乐。为苏格拉底而死的快乐,及为一蠢猪而生的快乐,仍是量的分别,而不是质的分别。如因为其是更高尚的,则愿为苏格拉底而死者,是求高尚而不是求快乐。而所谓高尚者,其标准又必另有所在,而不是以快乐的大小决定的。因此主张快乐论者,如其"论"是前后一致,他必须以为快乐只有量的分别,而没有质的分别。所谓高等快乐,虽不及所谓低等快乐强大剧烈,但其细腻持久,可以使人觉其是更快乐的。主张快乐论者，其"论"如是前后一致，则必需如此主张，而其如此主张，即将快乐的所谓质的分别归于量的分别。

就第四点说，严格地说，快乐是可遇而不可求的。如以求快乐为目的而求之，则必不能得到快乐。例如一人写字，他于写字时，必须完全注意于写字。如能"得心应手"，写出的字，合乎他的期望，他即感到快乐。但他如于写字时，不注意于写字，而时时刻刻注意于求得快乐，他即不能写出如他所期望的字，因而亦不能得到写字的快乐。即专门求快乐的人，吃酒打牌，于吃酒打牌时，亦必注意于吃酒打牌，而不能注意于求吃酒打牌的快乐。快乐于我们不注意求它的时候，它才能来，我们若一注意求它，它反而不能来了。

就第五点说，如果有道德价值的行为，只是可以使人快乐或得快乐的行为，则我们即不能说，人"应该"有有道德价值的行为。于上文，我们已指出，快乐论者，如其"论"是前后一致，则只能说，为苏格拉底而死，与为蠢猪而生，其快乐的分别，只是量的分别。如果为苏格拉底而死，与为蠢猪而生的分别，只是快乐的量的不同的分别，则如有人说：我不愿意有如为苏格拉底而死那样大的快乐，我只愿意有如为蠢猪而生那样大的快乐，我们不能说，他不应该如此。犹如一个人说：我不愿意有如吃鱼翅那样大的快乐，我只愿意有如吃豆腐那样大的快乐，我们不能说，他不应该如此。

关于此诸点，快乐论者亦非不能解答。就第一点说，快乐论者可以说，昨日的快乐虽已过去，今日虽不能有昨日的快乐，但可有对于昨日的快乐的记忆。对于快乐的记忆，亦是快乐的，记忆快乐亦是一快乐。所以昨日的快乐，虽不可积存，但记忆昨日的快乐的快乐，可与今日的快乐相加而成一更大的快乐。此所谓"锦上添花"也。语云："福无双至，祸不单行。"不单行的祸，使人有更大的痛苦；如有双至的福，亦必可使人有更大的快乐。这是常识所都承认的。

就第二点说，快乐论者可以说，人对于快乐，常有所选择，此可见快乐亦非不可比较。至于比较时不能有客观的共同的量度标准，亦是我们所承认的。不过这没有什么重要，因为在这些方面，本只需要个人的主观的量度标准。一个人若觉得喝酒比写字快乐，对于他，喝酒就是比写字快乐。另一个人，若觉得写字比喝酒快乐，对于他，写字就是比喝酒快乐。两个人的快乐，本不必相比。就一个人的快乐说，一个人固不能将一个快乐与另一快乐相比，但可以将记忆中的快乐与另一快乐相比。你可以说，记忆中的一快乐，并不是原来的那一快乐，你以此比较所得的结果，是不确切的。但这些结果，本不需要确切，只要其本人觉得是如此即可。如一个人觉得他昨天喝酒的快乐，比他今天读书的快乐大，对于他，昨天喝酒的快乐，就是比今天读书的快乐大。另一个人觉得他今天读书的快乐，比他昨天喝酒的快乐大，对于他，今天读书的快乐，就是比昨天喝酒的快乐大。我们不能说，人的感觉能有错误。

就第三点说，快乐论者可以说，我们本不必以为快乐有质的分别。这种分别，是我们所不必坚持的。如人愿为苏格拉底而死，不愿为蠢猪而生，亦可因为是，为苏格拉底而死，比为蠢猪而生，其快乐是较大的。为蠢猪而生，为的是快乐，为苏

格拉底而死，为的是更大的快乐，如此说本没有什么不可。

就第四点说，快乐论者可以说，说快乐不可求，所说实则是个人求快乐的方法，人只须注意于做他所认为能引起快乐的事，不必注意于求快乐，而快乐自至。此是求快乐的方法。不过这也没有什么秘密。事实上，求快乐的人，大都用此种方法。

唯关于第五点，快乐论者，不能有充分的理由，以为解答。因为照快乐论者的说法，所谓应该不应该，是对于快乐说的。说一件事情是应该做的，就是说，这件事情是可以使人快乐，或可以使人得到快乐。说一件事情是不应该做的，就是说，这件事情是可以使人苦痛，或可以使人得到苦痛的。说一个人应该求最大的快乐，就是说，最大的快乐是可以使人有最大的快乐的。但如有人说，我不愿求快乐，快乐论者只可以说，这个人以不求快乐为快乐，但不能说，他应该求快乐。他若说人应该求快乐，此所谓应该，如不是对于快乐说，则是于快乐之外，或快乐之上，另有一更高的行为标准。如此说，是与快乐论冲突的。如此所谓应该，亦是对于快乐说，则说求快乐是应该的，即是说，求快乐是可以致快乐的。如此说，则有循环论证的错误。不过虽是如此，我们还不能说，有道德价值的行为，与人的行为，绝不相干。

于此处，我们不说，所有的人的行为，或人的所有的行为，都是以求他自己的利为目的的。我们亦不说，人应该求他自己的利。我们只说，大多数人的行为，或普通人的大多数行为，都是以求他自己的利为目的的。人于有以求他自己的利为目的的行为时，其境界是功利境界。

若人在宇宙间，只以对付过日子为满足，则在功利境界中的人，即可对付而有余。若世界上所有的人，其境界都不高过功利境界，人类仍可保持其存在，并仍可保持其对于别种生物的优越地位。人类可以是万物之灵，可以"夺取造化之机"，"役使万物"，如道教中人所希望者，如近代人所成就者。只需人人各真知其自己的利之所在，则虽人人都为其自己的利，而亦可以"并育而不相害"，"并行而不相悖"。不但如此，而且可以"分工合作"，互相辅助，以组织复杂的社会，以创造光辉的文化。人常是有错误的，但其错误并不在于他是自私的，不在于他求他自己的利，而在于他往往不知什么是他自己的利。

一部分的道家，注意于此点。他们说："人人不拔一毛，人人不利天下，天下治矣。"此所谓"利天下"，可以解释为：以有天下为利，或加利于天下。照他们的说法，以有天下为利，是错误的，因为"鹪鹩巢于深林，不过一枝。偃鼠饮河，不过满腹"。明乎此即可知，一个人"无所用天下为"。加利于天下，亦是不必要的，而且是有害的。因为"凫胫虽短，续之则忧。鹤胫虽长，短之则悲"；"鱼处水而生，人处水而死"。万物都自会自顺其才，以求其自己的利，用不着别人越俎代谋。别人越俎代谋，往往是利之适以害之。人人都明白此点，则都"不拔一毛，不利天下"，而天下自治。

从此观点看，若人人都为其自己的利，虽似乎其行为必都是相反的，但相反实可相成。郭象说："天下莫不相与为彼我，而彼我皆欲自为，此东西之相反也。然彼我相与为唇齿。唇齿者，未尝相为，而唇亡则齿寒。故彼之自为，济我之功宏矣。

斯相反而不可以相无者也。"(《〈庄子·秋水〉注》)万物皆自为。但一物的自为，别人可以得其用。一物只是自为，但自为的效用，可以是为他。

在西洋思想史中，有一派的经济学家，以为在人的经济关系中，人人皆求其自己的利，但于其求其自己的利的时候，他已于无形中，帮助了别人。同时亦于无形中，受了别人的帮助。一个资本家开一面粉工厂，其目的只是为他自己的利，但同时吃面粉的人也得了很大的方便。吃面粉的人买面粉，其目的只是为他自己方便，但同时面粉工厂的主人也赚了很多的钱。吃面粉的人对于面粉工厂的主人，面粉工厂的主人对于吃面粉的人，都可以说："彼之自为，济我之功宏矣。"

照这一派的哲学家的说法，自然是妥于安排的。在他的安排中，万物各自为，但其自为于无形中，亦即是为他。万物各为其私，但各为私于无形中即是为公。此可以说是一种自然的调和。

这一派的哲学家，对于自然，似乎是过于乐观。所谓自然的调和，事实上是没有的，即有亦不能如是的完全。不过，自然的缺陷，人力的安排，可以弥补之。另一派的哲学家以为，所谓"分工合作"，"相反相成"的调和，是在社会中始有的。在只有人而尚未有社会组织的时候，人都无限制地各为其私。人人无限制地各为其私的结果，是普遍的争夺混乱。在普遍的争夺混乱中，人是不能生存的。幸而人虽不是生来都有道德，但却生来都有理智，他们知道在争夺混乱中，人不能生存。他们知道，人若都无限制的为其私，其结果，至都不能为其私。他们遂共同立了一种"社约"，约定大家对于其为私，都不能超过一个界限。大家又共同制定一种规则，以规定这个界限。大家又公共组织了一种机关，以推行这种规则。墨子、荀子以及西洋如霍布士一派的哲学家，对于国家社会，以及法律、道德的起源，都持这一种说法。上所说的"界限"，即荀子所谓"分"。上所说的规则，即法律以及道德上的规则。上所说的组织，即国家社会。照这一种说法，国家社会，以及法律道德，都是人生的一种工具。这种工具，对于人都是一种必要的恶。人虽不愿有之，但为维持其生存，人又不能不有之。有社会的组织中，人各为其私，但亦有"分工合作""相反相成"的调和。不过这种调和，不是人自然有的，而是人力创造的。

上所说前一派的哲学家，以为人与人之间，有自然的调和。人各为其私，顺其自然，不但不互相冲突，而且可以互相成全。后一派的哲学家，则不以为有此种自然的调和，人各为其私，顺其自然，则不但不能互相成全，而且必至于互相冲突。在这一点，上所说后一派的哲学家的说法，是近于事实的。但他们以为国家社会的组织，法律道德的规则，只是人生的一种工具，是一种必要的恶，在这一点，他们的说法是错误的。国家社会的组织，法律道德的规则，是人依其性以发展所必有的。对于人生，它们是必要的，但不是必要的恶，而是必要的善。

关于此点，我们另有讨论。不过就上所说，我们亦可见，无论"分工合作""相反相成"的调和，是自然的，或是人为的，这种调和，事实上总是有的。因有此种调和，所以只须各个人各真知其自己的利之所在，他们即可组织复杂的社会，创造光辉的文化。这种人的境界是功利境界。事实上大多数的人，都是功利境界中的人。我们的现在的社会，事实上大部分是这一种人组织的。

我们的现在的文化，事实上大部分亦是这一种人创造的。

上所说后一派的哲学家，对于国家社会，法律道德的看法，正是代表在功利境界中的人对于国家社会法律道德的看法。无论国家社会，法律道德，是因何有的，如何有的，人在国家社会中，合乎法律道德的行为，事实上总是与行为者有利的行为。我们说：在功利境界中的人的行为，皆以求其自己的利为目的。这不是说，他的行为，都是损人利己的。他亦可有损己利人的行为，但他所以如此做，是因为这些行为，往远处看，亦是对于他有利的。例如西谚说："诚实是最好的政策。"诚实的人，有时可以吃亏。但往远处看，诚实的人，终是占便宜的。他至少可以得一个诚实的名誉，即此亦是一利。

一切利他的行为，都可以作为一种利己的方法。古今中外，所有格言谚语，以及我们的《新世训》，虽都是"讲道德，说仁义"，但大都是以道德仁义作为一种为自己求利的方法。老子书中，有许多地方，都把合乎道德的行为，作为一种趋利避害的方法。如说："非以其无私耶，故能成其私。""夫惟不争，故天下莫能与之争。"无私不争，是合乎道德的行为，但老子都将其作为一种为自己求利的方法。

因此快乐论者，或功利论者，以为人之所以愿有有道德价值的行为者，正因其可以使有此等行为者得快乐，或得利。人应该求别人的利，这是一个道德律。但人为什么愿遵照此道德律，快乐论者或功利论者说，正因求别人的利，亦正是求自己的利的一个最好的方法。

例如墨子说，人应该兼相爱、交相利。为什么人应该兼相爱、交相利？他的回答是：兼相爱、交相利，可以使社会安宁，这是与人人都有利的；而且兼相爱、交相利的人，上帝赏他，鬼神赏他，国家赏他，别人爱他，所以兼相爱、交相利，对于他自己，更是有利的。又如宗教家亦多教人爱人，说，爱人是为自己积福，行道德是上天堂的大路。诸如此类，虽说法不同，但都是以求别人的利为求自己的利的最好的方法。他们虽都是教人利人，但其实都是教人利己。

就中国哲学史说，不但杨朱教人为我，即墨子亦教人为我，不过其为我的方法不同而已。古人但知"杨氏为我，墨氏兼爱"，尚未为深知杨墨。不过这不是说，墨子个人，亦必是个为我的人。我们只是说，若有人信墨子的话，因欲求上帝等的赏，而行兼爱，则此人的兼爱仍是为我，其境界是功利境界。若墨子个人之为此说，若系因其以为必如此而后可使人兼爱，其自己行兼爱，若不是为上帝等的赏，则其行兼爱是为他，其境界是道德境界。

快乐论者或功利论者的此种说法，若作为一种处世的教训看，亦有其用处，但作为一种道德哲学看，则说不通。如果求别人的利，只是求自己的利的一种方法，假如有人说，我不愿求自己的利，因此我亦不求别人的利，我们不能说，他不应该如此。或有人说，我认为损人利己是求自己的利的最好的方法，因此他专做损人利己的事，我们只能说，他自谋不工，不能说他不应该如此。如此则道德上的应该，即失其普遍的效力。此点我们于上文亦已提出。

快乐论者或功利论者的此种说法，可以说是，对于在功利境界中的人所有的，合乎道德的行为的解释。从此方面看，这种说法，亦不能说是没有事实的根据。在功利境界中的人，有合乎道德的行为，是将其作为求其自己的利的方法。但以为道德行为不过是如此，则即是对于道德，未有完全的了解。而照此种说法，以做道德的事者，其行为只是合乎道德的行为，而不是道德行为。其境界是功利境界，而不是道德境界。

我们于上文说，反对快乐论者，以为凡求自己的利的行为，不能有道德价值，这是不错的。但他们不能因此而即以为有道德价值的行为，与利无干。现在我们说，快乐论者以为，有道德价值的行为，与利有密切的关系，这是不错的。但他们不能因此而即以为有道德价值的行为，是有此等行为者求其自己的利的行为。我们亦不是说，此等行为，必不能与有此等行为者有利，不过此等行为的道德价值，并不在此。

一个人的学问或事功的大小，与其所常处的境界的高低，并没有必然地相干的关系。古人说，人有三不朽：立德，立言，立功。立德的人，谓之圣贤。他们有很高的境界，但未必即有很大的学问事功。立言的人，谓之才人。他们有很多的知识，或伟大的创作，但不常有很高的境界。立功的人，谓之英雄。他们有事业上很大的成就，但亦不常有很高的境界。英雄又与所谓奸雄不同。英雄与奸雄的境界，都是功利境界。在功利境界中的人，其行为可以不是不道德的，可以是合乎道德的，但不能是道德的。其行为可以不是不道德的，但亦可是不道德的。其以不道德的行为，达到其利己的目的，以成其利己的成就者，谓之奸雄。其以不是不道德的行为，以达到其利己的目的，以成其利己的成就者，谓之英雄，奸雄的行事，损人利己。英雄的行事，利己而不损人，或且有益于人。历史上的大英雄，其伟大的成就，大部分都是利己而且有益于人的。其有益于人说，其人其事，都值得后人的崇拜。但就其利己说，其成就不是出于道德的行为，其人的境界，是功利境界。

才人在学问或艺术方面的成就，总是有益于人的。道学家的偏见，以为只有有益于所谓"世道人心"的学问或艺术，才是有益于人的。这种偏见，是错误的。无论哪一种的学问，只要能成为一种学问，无论哪一种艺术，只要能成为一种艺术，总是有益于人的。不过才人研究学问，或从事创作的目的，可以只是为求他自己的利。若其目的是如此，则他的境界是功利境界。

英雄亦做有益于人的事，但只以有益于人的事，与其自己的利相一致者为限。如其不相一致，则他即只做于他自己有利的事了。人多好名，有名亦是一人的自己的利。任何有益于人的事，皆可以使人有名。所以任何有益于人的事，皆可以与一人的自己的利相一致。才人英雄尤多好名。好名能使才人努力于研究创作，能使英龙雄做有益于人的事。昔人说："三代以上，惟恐好名。三代以下惟恐不好名。"用我们的话说，道德境界以上的人，惟恐好名。如其好名，则其境界，即是功利境界。功利境界中的人，惟恐不好名，如其不好名，则未必常做有益于人的事。

然亦有求美名不得，而乃故做有害于人的事，以求为人所知者。据说，美国有些人故意在街上做些捣乱的事，以求其名见于报纸。桓温说："大丈夫不能流芳百世，亦当遗臭万年。"其心理亦是这一类的心理。在政治军事方面有天才的人，若求流芳百世，则为英雄；若求遗臭万年，则为奸雄。惟才人则只能流芳，不得遗臭。曹操在政治上的措施，可能遗臭，但他的诗，则只能流芳。英雄与才人，在一方面说，是一类的人，而英雄才人与圣贤，则绝不是一类的人。英雄与才人都是功利境界中的人，而圣贤则是天地境界或道德境界中的人。这并不是说，圣贤不能有如英雄所有的丰功伟烈，不能有如才人所有的巨著高文。圣贤亦可以有如才人英雄所有的成就，但才人英雄不能有如圣贤所有的境界。

我们必须分别才人英雄的境界与其所有的成就，此二者不可混而为一。一件文艺中的作品，一件政治上的成就，如其是伟大的，其伟大是各从其所依照的标准判定的，与其作者的境界的高低，不必相干。例如屈原的《离骚》是伟大的文学作品。我们说它伟大，是就文艺上的标准说。至于屈原所以有此作品，是因为他要以此流露其忠爱之忱，或是因为他要以此发泄其牢骚之气，这与其作品伟大与否，是不相干的。秦始皇废封建，立郡县，是一件政治上的伟大的成就，我们说它伟大，是从事功上的标准说。至于秦始皇所以有此措施，是因为他要以此为天下的人民兴利除弊，或是因为他要以此为他自己的地位防患未然，这与其成就是伟大与否，是不相干的。从前道学家，似以为才人，英雄的境界既低，则其成就亦必无足观，这也是他们的一种偏见。

我们又须分别才人英雄所常有的境界，及其于创作发现的俄顷所有的境界。才人于其发现一本然的说的义理，或一艺术作品的本然样子时，英雄于其发现一事的本然办法时，于其俄顷，他们都仿佛有见于理世界。他们于此"兴到神来"的俄顷，常感觉到"前无古人，后无来者"，至如陈子昂诗所说"前不见古人，后不见来者，念天地之悠悠，独怆然而涕下"。他们于此时，如其有觉解，他们的境界，即是天地境界；如其无觉解，他们的境界，即是自然境界。于此等境界中，他们不能有求自己的利的意思。不过他们的这种境界，只是俄顷的。在此以前，他们求其创作发现，为的是求他们自己的利。在此以后，他们又用他们的创作发现，以求他们自己的利。所以他们所常有的境界，是功利境界。

才人英雄的创作发现，是如此来的。所以其作品事功，无论何时，总是新的，可以说是"亘古常新"。此所谓新者，有鲜的意思，一件伟大的文艺作品，无论何时，总令人百读不厌。一件伟大的事功，无论何时，令人观之，皆觉是"虎虎有生气"。其所以如此，就是因为其是"亘古常新"。其所以能亘古常新，因为其作者于创作发现时，是有一种其至精神，是确有所见。

有些诗人，如陶潜等，其诗所写的境界，即是天地境界。此等诗人所常有的境界，已不是一般才人所常有的境界。他们已不止是才人。就才人英雄说，他们所常有的境界，是功利境界。我们常见讲学问的人，总好争某某事是"我"发现的。讲

事功的人总好争某某事是"我"所做成的。他们总要"功成自我"。往往学问或事功越大的人,越不能容忍,别人争他的发现权,或分他的功。他的发现,或者是造电灯的方式,或者是相对论的原理。他的事功,或者是办一大工厂,或者是打一大胜仗。他如于此争竞,以为必是"我"的,这即可见,他是为私的。他是为私的,他的境界,即是功利境界。他这些争竞,即证明他不能超过这种境界。

我们说,有些天资高的人,虽有很高的天资,而不自觉其有之。所谓"自有仙才自不知"。如其如此,则其境界是自然境界。这种人固亦有之。但天资高的人,大多是过于重视他自己的天资,多以为他自己的成就,是"前无古人,后无来者"。他过于重视他自己的成就;他过于重视他自己。他不能容忍,别人与他并驾。他不能容忍,别人对于他的批评。所以天资高的人,多流于狂。如其成就,一时不为别人所承认,或虽承认,而不能如其所希望,他即"叹老嗟卑",或由狂而变为疯。前人亦说,这一类的人,是"质美而未学"。这一类的人的境界,是功利境界。

所以以为才人英雄既能有伟大的成就,所以其所常有的境界,亦必是很高的,这亦是常人的一种偏见。才人英雄所常有的境界,虽不是很高的。但他们的成就,可以是伟大的。他们的成就,事实上可以有利于社会,有利于人类。除此之外,他们的为人行事,亦往往表现一种美的价值,如作为自然中的一物看,亦往往是可赏玩赞美的。天地间的名山大川,奇花异草,以及鸷鸟猛兽,不但是没有很高的境界,而且简直是说不上有境界，但它们都是可赏玩赞美的。才人英雄的为人行事，往往如奇花异草，鸷鸟猛兽，虽可令人恐惧愤恨，但亦可令人赏玩赞美。例如才人多疏狂不羁，英雄多桀骜倔强。疏狂不羁，桀骜倔强，亦是一种价值，一种美的价值。例如项羽乌江一败，所遇亭长，劝其回王江东，他笑说："天之亡我，我何渡为？且籍与江东子弟千人，渡江而西，今无一人还。纵父老怜而王我，我何面目见之？纵彼不言，籍独不愧于心乎？"其桀骜倔强，不肯受人怜，使千百世下闻者，亦觉其"虎虎有生气"。拿破仑为欧洲近代的大英雄，但其俯首就擒，居荒岛，死牖下，就其一生说，真如艺术作品中的一个败笔，比项羽之慷慨自杀，不及远矣。大凡人的奇特怪异的品格或行为，就其本身看，都可成为一种赏玩赞美的对象。即如《世说新语》中所说"任诞"，"简傲"，"汰侈"，诸种行为，亦大都可使人传为"美谈"。其所以可成为"美谈"，因此等行为的本身，表现一种美的价值，可成为赏玩赞美的对象。

不过才人、英雄的为人行事的此方面，多是"天机玄发"，不自觉其然而然。例如项羽不肯回王江东，不过因其不堪"父老怜而王我"，并非有意借此表示其倔强。由此方面说，才人、英雄于有此等行为时的境界，是自然境界。其可赏玩赞美，亦是"为他的"，而不是"为自的"。

因此英雄才人的为人行事，虽大都可成为赏玩赞美的对象，但亦大都是不足为法，不足为训的。因为他们的奇特怪异的行为，是出于他们的天资。所谓"惟大英雄能本色，是真名士自风流"。如没有他们的天资，而妄欲学其奇特怪异的行为，则如

"东施效颦",不成为美,反成为丑。圣贤的为人行事,"庸德之行,庸言之谨",所以都是可以为法,可以为训的。英雄才人的为人行事,譬如奇花异草,圣贤的为人行事,譬如菽粟布帛。虽是菽粟布帛,而又不仅是菽粟布帛。因为就其觉解说,他是"极高明而道中庸"的。

圣贤如有英雄的才,他亦可以叱咤风云。他如有才人的才,他亦可以笑傲风月。但同时他亦是"庸德之行,庸言之谨"。不过因为他对于宇宙人生,有深的觉解,所以他虽叱咤风云,笑傲风月,而叱咤风云,笑傲风月,对于他的意义,与对于英雄才人者不同。他虽"庸德之行,庸言之谨",而庸德、庸言,对于他的意义,亦与对于平常人者不同。平常人的觉解,不出乎日常生活之外,惟汲汲于"庸德之行,庸言之谨",以求得利避害。这种人的为人行事,是平凡的。才人、英雄的为人行事,是不平凡的。圣贤的为人行事,是似平凡而实不平凡的。

境界

人对于宇宙人生的觉解的程度，可有不同。因此，宇宙人生，对于人的意义，亦有不同。人对于宇宙人生在某种程度上所有的觉解，因此，宇宙人生对于人所有的某种不同的意义，即构成人所有的某种境界。

佛家说，每人各有其自己的世界。在表面上，似乎是诸人共有一世界；实际上，各人的世界，是各人的世界。"如众灯明，各遍似一。"一室中有众灯，各有其所发出的光。本来是多光，不过因其各遍于室中，所以似乎只有一光了。说各人各有其世界，是根据于佛家的形上学说的。但说在一公共的世界中，各人各有其境界，则不必根据于佛家的形上学。照我们的说法，就存在说，有一公共的世界。但因人对之有不同的觉解，所以此公共的世界，对于各个人亦有不同的意义，因此，在此公共的世界中，各个人各有一不同的境界。

例如有二人游一名山，其一是地质学家，他在此山中，看见些地质的构造等。其一是历史学家，他在此山中，看见些历史的遗迹等。因此，同是一山，而对于二人的意义不同。有许多事物，有些人视同瑰宝，有些人视同粪土。有些人求之不得，有些人，虽有人送他，他亦不要。这正因为这些事物，对于他们的意义不同。事物虽同是此事物，但其对于各人的意义，则可有不同。

　　世界是同此世界，人生是同样的人生，但其对于各个人的意义，则可有不同。我们的这种说法，是介乎上所说的佛家的说法与常识之间，佛家以为在各个人中，无公共的世界。常识则以为各个人都在一公共世界中，其所见的世界，及其间的事物，对于各个人的意义，亦都是相同的。照我们的说法，人所见的世界及其间的事物，虽是公共的，但它们对于各个人的意义，则不必是相同的。我们可以说，就存在说，各个人所见的世界及其间的事物，是公共的；但就意义说，则随各个人的觉解的程度的不同，而世界及其间的事物，对于各人的意义，亦不相同。我们可以说："仁者见之谓之仁，智者见之谓之智。"

　　我们不能说，这些意义的不同，纯是由于人之知识的主观成分。一个地质学家所看见的，某山中的地质的构造，本来都在那里。一个历史学家所看见的，某山中的历史的遗迹，亦本来都在那里。因见这些遗迹，而此历史家觉有"数千年往事，涌上心头"。这些往事，亦本来都在那里。这些都与所谓主观无涉，不过人有知与不知，见与不见耳。庄子说："岂惟形骸有聋盲哉，夫知亦有之。"就其知不知，见不见说，就其知见时所有的心理状态说，上所说诸意义的不同，固亦有主观的成分。但这一点的主观的成分，是任何知识所都必然有的。所以我们不能说，上文所说意义的不同，特别是主观的。由此，我们说，我们所谓境界，固亦有主观的成分，然亦并非完全是主观的。

各人有各人的境界，严格地说，没有两个人的境界，是完全相同的。每个人都是一个体，每个人的境界，都是一个个体的境界。没有两个个体，是完全相同的，所以亦没有两个人的境界，是完全相同的。但我们可以忽其小异，而取其大同。就大同方面看，人所可能有的境界，可以分为四种：自然境界，功利境界，道德境界，天地境界。

自然境界的特征是：在此种境界中的人，其行为是顺才或顺习的此所谓顺才，其意义即是普通所谓率性。我们说，我们称逻辑上的性为性，称生物学上的性为才、普通所谓率性之性，正是说，人的生物学上的性。所以我们小说率性，而说顺才所谓顺习之习，可以是一个人的个人习惯，亦可以是一社会的习俗。在此境界中的人，顺才而行，"行乎其所不得不行，止乎其所不得不止"；亦或顺习而行，"照例行事"，无论其是顺才而行或顺习而行，他对于其所行的事的性质，并没有清楚的了解。此即是说，他所行的事，对于他没有清楚的意义。就此方面说，他的境界，似乎是一个浑沌。但他亦非对于任何事都无了解，亦非任何事对于他都没有清楚的意义。所以他的境界，亦只似乎是一个浑沌，例如古诗写古代人民的生活云："凿井而饮，耕阳而食，不识不知，顺帝之则，""日出而作，日入而息，不识天工，安知帝力？"此数句诗，很能写出在自然境界中的人的心理状态。"帝之则"可以是天然界的法则，亦可以是社会中人的各种行为的法则。这些法则，这些人都遵奉之，但其遵奉都是顺才或顺习的。他不但不了解此诸法则，且亦不觉有此诸法则。因其不觉解，所以说是不识不知。但他并非对于任何事皆无觉解。他凿井耕田，他了解凿井耕田是怎样一回事。于凿井耕田时，他亦自觉他是在凿井耕田。这就是他所以是人而高于别的动物之处。

严格地说，在此种境界中的人，不可以说是不识不知，只可以说是不著不察。孟子说："行之而不著焉，习矣而不察焉，终身由之，而不知其道者众也。"朱子说："著者知之明，察者识之精。"不著不察，正是所谓没有清楚的了解。

有此种境界的人，并不限于在所谓原始社会中的人。即在现在最工业化的社会中，有此种境界的人，亦是很多的。他固然不是"日出而作，日入而息"，"凿井而饮，耕田而食"，但他却亦是"不识不知，顺帝之则"。有此种境界的人，亦不限于只能做价值甚低的事的人。在学问艺术方面，能创作的人，在道德事功方面，能做"惊天地，泣鬼神"的事的人，往往亦是"行乎其所不得不行，止乎其所不得不止"，"莫知其然而然"。此等人的境界，亦是自然境界。

功利境界的特征是：在此种境界中的人，其行为是"为利"的。所谓"为利"，是为他自己的利。凡动物的行为，都是为他自己的利的。不过大多数的动物的行为，虽是为他自己的利的，但都是出于本能的冲动，不是出于心灵的计划。在自然境界中的人，虽亦有为自己的利的行为，但他对于"自己"及"利"，并无清楚的觉解，他不自觉他有如此的行为，亦不了解他何以有如此的行为。在功利境界中的人，对于"自己"及"利"，有清楚的觉解，他了解他的行为，是怎样一回事。他自觉他有如此的行为，他的行为，或是求增加他自己的财产，或是求发展他自己的事业，或是求增进他自己的荣誉。他于有此种种行为时，他了解这种行为是怎样一回事，并且自觉他是有此种行为。

在此种境界中的人，其行为虽可有万不同，但其最后的目的，总是为他自己的利。他不一定是如杨朱者流，只消极地为我，他可以积极奋斗，他甚至可牺牲他自己，但其最后的目的，还是为他自己的利。他的行为，事实上亦可是与他人有利，且可有大利的。如秦皇汉武所做的事业，有许多可以说是功在天下，利在万世。但他们所以做这些事业，是为他们自己的利的。所以他们虽都是盖世英雄，但其境界是功利境界。

道德境界的特征是：在此种境界中的人，其行为是"行义"的。义与利是相反亦是相成的，求自己的利的行为，是为利的行为；求社会的利的行为，是行义的行为。在此种境界中的人，对于人之性已有觉解。他了解人之性是涵蕴有社会的。社会的制度及其间道德的政治的规律，就一方面看，大概都是对于个人加以制裁的。在功利境界中的人，大都以为社会与个人，是对立的。对于个人，社会是所谓"必要的恶"。人明知其是压迫个人的，但为保持其自己的生存，又不能不需要之。在道德境界中的人，知人必于所谓"全"中，始能依其性发展。社会与个人，并不是对立的。离开社会而独立存在的个人，是有些哲学家的虚构悬想。人不但须在社会中，始能存在，并且须在社会中，始得完全。社会是一个全，个人是全的一部分。部分离开了全，即不成其为部分。社会的制度及其间的道德的政治的规律,并不是压迫个人的。这些都是人之所以为人之理中,应有之义。人必在社会的制度及政治的道德的规律中,始能使其所得于人之所以为人者,得到发展。

在功利境界中,人的行为,都是以"占有"为目的。在道德境界中,人的行为,都是以"贡献"为目的。用旧日的话说,在功利境界中,人的行为的目的是"取";在道德境界中,人的行为的目的是"与"。在功利境界中,人即于"与"时,其目的亦是在"取";在道德境界中,人即于"取"时,其目的亦是在"与"。

天地境界的特征是:在此种境界中的人,其行为是"事天"的。在此种境界中的人,了解于社会的全之外,还有宇宙的全,人必于知有宇宙的全时,始能使其所得于人之所以为人者尽量发展,始能尽性。在此种境界中的人,有完全的高一层的觉解。此即是说,他已完全知性,因其已知天。他已知天,所以他知人不但是社会的全的一部分,而并且是宇宙的全的一部分。不但对于社会,人应有贡献;即对于宇宙,人亦应有贡献。人不但应在社会中,堂堂地做一个人;亦应于宇宙间,堂堂地做一个人。人的行为,不仅与社会有干系,而且与宇宙有干系。他觉解人虽只有七尺之躯,但可以"与天地参";虽上寿不过百年,而可以"与天地比寿,与日月齐光"。

用庄子等道家的话,此所谓道德境界,应称为仁义境界;此所谓天地境界,应称为道德境界。道家鄙视仁义,其所谓仁义,并不是专指仁及义,而是指我们现在所谓道德。在后来中国言语中,仁义二字联用,其意义亦是如此。如说某人不仁不义，某人大仁大义，实即是说，某人的品格或行事，是不道德的；某人的品格或行事，是道德的。道家鄙视仁义，因其自高一层的境界看，专以仁义自限，所谓"蹩躠为仁，踶跂为义"者，其仁义本来不及道家所谓道德。所以老子说："失道而后德，失德而后仁，失仁而后义。"但有道家所谓道德的人，亦并不是不仁不义，不过不专以仁义自限而已。不以仁自限的人所有的仁，即道家所谓大仁。

我们所谓天地境界，用道家的话，应称为道德境界。《庄子·山木》篇说："乘道德而浮游"，"浮游乎万物之祖，物物而不物于物"，此是"道德之乡"。此所谓道德之乡，正是我们所谓天地境界。不过道德二字联用，其现在的意义，已与道家所谓道德不同。为避免混乱，所以我们用道德一词的现在的意义，以称我们所谓道德境界。

境界有高低。此所谓高低的分别，是以到某种境界所需要的人的觉解的多少为标准。其需要觉解多者，其境界高；其需要觉解少者，其境界低。自然境界，需要最少的觉解，所以自然境界是最低的境界。功利境界，高于自然境界，而低于道德境界。道德境界，高于功利境界，而低于天地境界。天地境界，需要最多的觉解，所以天地境界，是最高的境界。至此种境界，人的觉解已发展至最高的程度。至此种程度人已尽其性。在此种境界中的人，谓之圣人。圣人是最完全的人，所以邵康节说："圣人，人之至者也。"

在自然境界及功利境界中的人，对于人之所以为人者，并无觉解。此即是说，他们不知性，无高一层的觉解。所以这两种境界,是在梦觉关的梦的一边的境界。在道德境界及天地境界中的人,知性知天,有高一层的觉解,所以这两种境界,是在梦觉关的觉的一边的境界。

因境界有高低,所以不同的境界,在宇宙间有不同的地位。有不同境界的人,在宇宙间亦有不同的地位。道学家所说地位,如圣人地位,贤人地位等,都是指此种地位说。在天地境界中的人,其地位是圣人地位;在道德境界中的人,其地位是贤人地位。孟子说:有天爵,有人爵。人在政治上或社会上的地位是人爵。因其所有的境界,而在宇宙间所有的地位是天爵。孟子说:"君子所性,虽大行弗加焉,虽穷居弗损焉,分定故也。"此是说:天爵不受人爵的影响。

一个人,因其所处的境界不同,其举止态度,表现于外者,亦不同。此不同的表现,即道学家所谓气象,如说圣人气象,贤人气象等。一个人其所处的境界不同,其心理的状态亦不同。此不同的心理状态,即普通所谓怀抱,胸襟或胸怀。

人所实际享受的一部分的世界有小大。其境界高者,其所实际享受的一部分的世界大;其境界低者,其所实际享受的一部分的世界小。公共世界,无限地大,其间的事物,亦是无量无边地多。但一个人所能实际享受的,是他所能感觉或了解的一部分的世界。就感觉方面说,人所能享受的一部分的世界,虽有大小不同,但其差别是很有限的。一个人周游环球,一个人不出乡曲。一个人饱经世变,一个人平居无事。他们的见闻有多寡的不同,但其差别是很有限的。此譬如一个"食前方丈"的人,与一个仅是一饱的人,所吃固有多寡的不同,但其差别,亦是很有限的。

但就觉解方面说，各人所能享受的世界，其大小的不同，可以是很大的。有些人所能享受的一部分的世界，就是他所能感觉的一部分的世界。这些人所能享受的一部分的世界，可以说是很小的。因为一个人所能感觉的一部分的世界，无论如何，总是很有限的。有些人所能享受的，可以不限于实际的世界。这并不是说，一个人可将世界上所有的美味一口吃完，或将世界上所有的美景一眼看尽。而是说，他的觉解，可以使他超过实际的世界。他的觉解使他超过实际的世界，则他所能享受的，即不限于实际的世界。庄子所说："乘云气，御飞龙，而游乎四海之外。""乘天地之正，御六气之辩，以游无穷。"似乎都是用一种诗的言语，以形容在天地境界中的人所能有的享受。

或可问：上文说，在高的境界中的人，其所享受的一部分的世界大。在低的境界中的人，其所享受的一部分的世界小。这种说法，对于在自然境界中的人及在天地境界中的人，是不错的。在自然境界中的人，只能享受其所感觉的事物；在天地境界中的人所能享受的，则不限于实际的世界。他们所能享受的境界，一个是极小，一个是极大。但道德境界，虽高于功利境界，而在功利境界中的人所能享受的一部分的世界，是否必小于在道德境界中的人所能享受的，似乎是一问题。例如一个天文学家，对于宇宙，有很大的知识。但其研究天文，完全是由于求他自己的名利。如此，则他的境界，仍只是功利境界。虽只是功利境界，但他对于宇宙的知识，比普通行道德的事的人的知识，是大得多了。由此方面看，岂不亦可说，在功利境界中的人所能享受的世界，比道德境界中的人所能享受者大？

于此我们说,普通行道德的事的人,其境界不一定即是道德境界。他行道德的事,可以是由于天资或习惯。如其是如此。则其境界即是自然境界。他行道德的事,亦可以是由于希望得到名利恭敬。如其是如此,则他的境界,即是功利境界。必须对于道德真有了解的人,根据其了解以行道德,其境界方是道德境界。这种了解,必须是尽心知性的人,始能有的。我们不可因为三家村的愚夫愚妇,亦能行道德的事,遂以为道德境界,是不需要很大的觉解,即可以得到的。愚夫愚妇,虽可以行道德的事,但其境界,则不必是道德境界。

天文学家及物理学家虽亦常说宇宙,但其所谓宇宙,是物质的宇宙,并不是哲学中所谓宇宙。物质的宇宙,虽亦是非常大,但仍不过是哲学中所谓宇宙的微乎其微的一部分。物质的宇宙,并不是宇宙的大全。所以对于物质的宇宙有了解者,不必即知宇宙的大全,不必即知天。在道德境界中的人,已尽心知性,对于人之所以为人,而异于别的动物者,已有充分的了解。知性,则其所知者,即已不限于实际的世界。所以其所享受的一部分的世界,大于在功利境界中的人所享受的。

境界有久暂。此即是说,一个人的境界,可有变化。人有道心,亦有人心人欲。"人心惟危,道心惟微。"一个人的觉解,虽有时已到某种程度,因此,他亦可有某种境界。但因人欲的牵扯,他虽有时有此种境界,而不能常住于此种境界。一个人的觉解,使其到某种境界时,本来还需要另一种工夫,以维持此种境界,以使其常住于此种境界。伊川说:"涵养须用敬,进学在致知。"致知即增进其觉解,用敬即用一种工夫,以维持此增进的觉解所使人得到的境界。平常人大多没有此种工夫,故往往有时有一种较高的境界,而有时又无此种境界。所以一个人的境界,常有变化。其境界常不变者,只有圣贤与下愚。圣贤对于宇宙人生有很多的觉解,又用一种工夫,使因此而得的境界,常得维持。所以其境界不变。下愚对于宇宙人生,永只有很少的觉解,所以其境界亦不变。孔子说:"回也三月不违仁,其余日月至焉而已。"此即是说,至少在三个月之内,颜回的境界,是不变的。其余人的境界,则是常变的。

上所说的四种境界,就其高低的层次看,可以说是表示一种发展,一种海格尔所谓辩证的发展。就觉解的多少说,自然境界,需要觉解最少。在此种境界中的人,不著不察,亦可说是不识不知,其境界似乎是一个浑沌。功利境界需要较多的觉解。道德境界,需要更多的觉解。天地境界,需要最多的觉解。然天地境界,又有似乎浑沌。因为在天地境界中的人,最后自同于大全。我们于上文尝说大全。但严格地说,大全是不可说的,亦是不可思议,不可了解的。所以自同于大全者,其觉解是如佛家所谓"无分别智"。因其"无分别",所以其境界又似乎是浑沌。不过此种浑沌,并不是不及了解,而是超过了解。超过了解,不是不了解,而是大了解。我们可以套老子的一句话说:"大了解若不了解。"

再就有我无我说,在自然境界中,人不知有我。他行道德的事,固是由于习惯或冲动。即其为我的行为,亦是出于习惯或冲动。在功利境界中,人有我。在此种境界中,人的一切行为,皆是为我。他为他自己争权夺利,固是为我,即行道德的事，亦是为我。他行道德的事，不是以其为道德而行之，而是以其为求名求利的工具而行之。在道德境界中，人无我，其行道德，固是因其为道德而行之，即似乎是争权夺利的事，他亦是为道德的目的而行之。在天地境界中，人亦无我。不过此无我应称之为大无我。《论语》谓："子绝四，毋意，毋必，毋固，毋我。"横渠云："四者有一焉，则与天地不相似。"象山说："虽欲自异于天地，不得也。此乃某平日得力。""与天地相似"，不得"自异于天地"，可以作大无我的注脚。道学家常用"人欲尽处，天理流行"八字，以说此境界、、人欲即人心之有私的成分者，有为我的成分者。

有私是所谓"有我"的一义。上所说无"我"，是就此义说。所谓"有我"的另一义是"有主宰"。"我"是一个行动的主宰，亦是实现价值的行动的主宰。尽心尽性，皆须"我"为。"宇宙内事，乃己分内事。"由此方面看，则在道德境界及天地境界中的人，不惟不是"无我"，而且是真正地"有我"。在自然境界中，人不知有"我"。在功利境界中，人知有"我"。知有"我"可以说是"我之自觉"。"我之自觉"并不是一件很容易的事。有许多小孩子，别人称他为娃娃，亦自称为娃娃。他知道说娃娃，但不知道于说娃娃时，他应当说"我"。在功利境界中，人有"我之自觉"，其行为是比较有主宰的。但其作主宰的"我"，未必是依照人之性者。所以其作主宰的"我"，未必是"真我"。在道德境界中的人知性，知性则"见真吾"。"见真吾"则可以发展"真我"。在天地境界中的人知天，知天则知"真我"在宇宙间的地位，则可以充分发展"真我"。上文所说，人在道德境界及天地境界中所无之我,并不是人的"真我"。人的"真我",必在道德境界中乃能发展,必在天地境界中,乃能完全发展。上文说,上所说的四种境界,就其高低的层次看,可以说是表示一种发展。此种发展,即是"我"的发展。"我"自天地间之一物,发展至"与天地参"。

所以在道德境界中及天地境界中的人,才可以说是真正地有我。不过这种"有我",正是上所说的"无我"的成就。人必先"无我"而后可"有我",必先无"假我",而后可有"真我"。我们可以说,在道德境界中的人,"无我"而"有我"。在天地境界中的人,"大无我"而"有大我"。我们可以套老子的一句话说:"夫惟无我耶,故能成其我。"

在上所说的发展中,自然境界及功利境界是海格尔所谓自然的产物。道德境界及天地境界是海格尔所谓精神的创造。自然的产物是人不必努力,而即可以得到的。精神的创造,则必待人之努力,而后可以有之。就一般人说,人于其是婴儿时,其境界是自然境界。及至成人时,其境界是功利境界。这两种境界,是人所不必努力,而自然得到的。此后若不有一种努力,则他终身即在功利境界中。若有一种努力,"反身而诚",则可进至道德境界及天地境界。

此四种境界中,以功利境界与自然境界中间的分别,及其与道德境界中间的分别,最易看出。道德境界与天地境界中间的分别,及自然境界与道德境界及天地境界中间的分别,则不甚容易看出。因为不知有我,有时似乎是无我或大无我。无我有时亦似乎是大无我。自然境界与天地境界,又都似乎是浑沌。

道德境界与天地境界中间的分别,道家看得很清楚。但天地境界与自然境界中间的分别,他们往往看不清楚。自然境界与道德境界中间的分别,儒家看得比较清楚。但道德境界与天地境界中间的分别,他们往往看不清楚。

但此各种境界,确是有的,其间的分别,我们若看清楚以后,亦是很显然的。例如《庄子·逍遥游》说:"若夫乘天地之正,御六气之变,以游无穷者,彼且恶乎待哉?故曰:至人无己,神人无功,圣人无名。"此无己是大无我,到此种地位的人,其境界是天地境界。《庄子·应帝王》说:"泰氏其卧徐徐,其觉于于。一以己为马,一以己为牛。""于于",司马彪说是"无所知貌"。此种人亦可说是无己的,但其无己是不知有己。在此种境界中的人,其境界是自然境界。此两种境界是绝不相同的。但其不同,道家似未充分注意及之。又例如张横渠铭其室之两牖,东曰砭愚,西曰订顽,即所谓东铭西铭也。此二铭,在横渠心目中,或似有同等的地位,然西铭所说,是在天地境界中的人的话。东铭说戏言戏动之无益,其所说至高亦不过是在道德境界中的人的话。又如杨椒山就义时所做二诗,其一曰:"浩气返太虚,丹心照千古。平生未了事,留与后人补。"其二曰:"天王自圣明,制作高千古,平生未报恩,留作忠魂补。"此二诗,在椒山心目中,或亦似有同等地位。但第一首乃就人与宇宙的关系立言,其所说乃在天地境界中的人的话。第二首乃就君臣的关系立言,其所说乃在道德境界中的人的话。又如张巡颜杲卿死于王事,其行为本是道德行为,其人所有的境界,大概亦是道德境界。但如文天祥《正气歌》所说:"为张睢阳齿,为颜常山舌",则此等行为的意义又不同。此等行为,本是道德行为,但《正气歌》以之与"天地有正气"连接起来,则是从天地境界的观点,以看这些道德行为。如此看,则这些行为,又不止是道德行为了。这些分别,以前儒家的人,似未看清楚。

或可问:凡物皆本在宇宙中,皆本是宇宙的一部分。本来如是。凡物皆"虽欲自异于天地不得也",何以象山独于此"得力"?何以只有圣人的境界,才是天地境界?

于此我们说:人不仅本在宇宙之内,本是宇宙的一部分,人亦本在社会之内,本是社会的一部分,皆本来如是,不过人未必觉解之耳。觉解之则可有如上说的道德境界天地境界。不觉解之则虽有此种事实而无此种境界。孟子说:"终身由之而不知其道者众也。"(《尽心上》)此道是人人所皆多少遵行者,虽多少遵行之,而不觉解之,则为众人;觉解之而又能完全遵行之,则为圣人。所以圣人并非能于一般人所行的道之外,另有所谓道。若舍此另求,正可以说是"骑驴觅驴"。

所以虽在天地境界中的人,其所做的事,亦是一般人日常所做的事。伊川说:"后人便将性命别作一般事说了。性命孝悌,只是一统的事。就孝悌中,便可尽性至命。至于洒扫应对,与尽性至命,亦是一统的事。无有本末,无有精粗。""然今时非无孝悌之人,而不能尽性至命者,由之而不知也。"(《遗书》卷十八)由之而不知,则一切皆在无明中,所以为凡;知之则一切皆在明中,所以可为圣。圣人有最高的觉解,而其所行之事,则即是日常的事。此所谓"极高明而道中庸"。

所以上文所说的各种境界,并不是于日常行事外,独立存

在者。在不同境界中的人，可以做相同的事，虽做相同的事，但相同的事，对于他们的意义，则可以大不相同。此诸不相同的意义，即构成他们的不相同的境界。所以上文说境界，都是就行为说。在行为中，人所做的事，可以就是日常的事。离开日常的事，而做另一种与众不同的事，如参禅打坐等，欲另求一种境界，以为玩弄者，则必分所谓"内外""动静"。他们以日常的事为外，以一种境界为内，以做日常的事为动，以玩弄一种境界为静。他们不能超过此种分别，遂重内而轻外，贵静而贱动，他们的生活，因此即有一种矛盾。

或问：所谓日常的事，各人所做，可不相同，例如一军人的日常的事是上操或打仗，一个学生的日常的事是上课或读书。上文所说日常的事，果指何种事？

于此我们说：所谓日常的事，就是各色各样的日常的事。一个人是社会上的某种人，即做某种人日常所做的事。用战时常用的话说，各人都站在他自己的"岗位"上，做其所应做的事。任何"岗位"上的事，对于觉解不同的人，都有不同的意义。因此，任何日常的事，都与"尽性至命"是"一统的事"。做任何日常的事，都可以"尽性至命"。

或又问：人专做日常的事，岂非不能有新奇的事，有创作，有发现？

于此我们说，所谓做日常的事者，是说，人各站在他自己的"岗位"上做其所应做的事。并不是说，他于做此等事时，只应牢守成规，不可有新奇的创作。无论他的境界是何种境界，他都应该在自己的"岗位"上，竭其智能，以做他应做的事。

既竭其智能,则如果他们的智能,能使他有新奇的创作,又如果他的境界是天地境界,则他的新奇创作,亦与"尽性至命"是"一统的事"。

这一点我们特别提出,因为宋明道学家说到"人伦日用",似乎真是说,只是一般人所同样做的事,如"事父事君"等。至于其余不是一般人所同样做的事,如艺术创作等,他们以为均是"玩物丧志",似乎不能是与"尽性至命""一统的事"。这亦是道学家所见的不彻底处。洒扫应对,可以尽性至命,做诗写字,何不可以尽性至命?照我们上文所说,人于有高一层的觉解时,真是"举足修途,都趋宝渚;弹指合掌,咸成佛因"。无觉解则空谈尽性至命,亦是玩物丧志;有觉解则做诗写字,亦可尽性至命。

宋明人的语录中,有许多讨论,亦是不必要的。例如他们讨论人于用居敬存诚等工夫外,名物制度,是不是亦要讲求。这一类的问题,是不成问题的。如果一个人研究历史,当然他须研究名物制度。如果一个人研究工程,当然他须研究"修桥补路"的方法。他们如要居敬存诚,应该就在这些研究工作中,居敬存诚。道学家的末流,似乎以为如要居敬存诚,即不能做这些事。他们又蹈佛家之弊,所以有颜李一派的反动。

我们于《新理学》中说,凡物的存在,都是一动。动息其物即归无有。人必须行动。人的境界,即在人的行动中。这是本来如此的。上文说:"极高明而道中庸。"中庸并不是平凡庸俗。对于本来如此的有充分的了解,是"极高明";不求离开本来如此的而"索隐行怪",即是"道中庸"。

自然

所谓自然境界与所谓自然界不同。自然界是客观世界中的一种情形。自然境界是人生中的一种境界。《庄子·马蹄》篇说:"故至德之世,其行填填,其视颠颠。当是时也,山无蹊隧,泽无舟梁。万物群生,连属其乡。禽兽成群,草木遂长。是故禽兽可系羁而游,鸟鹊之巢可攀援而窥。夫至德之世,同与禽兽居,族与万物并,恶乎知君子小人哉?同乎无知,其德不离;同乎无欲,是为素朴。素朴而民性得矣。"在人类的历史中,是否果有如此的"至德之世",我们于此不论。所须注意者,即此段所说,"山无蹊隧,泽无舟梁","禽兽成群,草木遂长"等,是自然界。"其行填填,其视颠颠"等,是自然境界。有自然境界的人,不一定都是接近自然界的人。不过大多数接近自然界的人,其境界是自然境界。过原始生活的人,多是接近自然界的人,所以大多数过原始生活的人,其境界是自然境界。

我们说,在自然境界中的人,其行为是顺才或顺习的。过原始生活的人，其行为多是如此的。小孩子及愚人，其行为亦多是如此的。所以小孩子及愚人的境界，亦多是自然境界。因为过原始生活的人，小孩子及愚人，其境界多是自然境界，所以说自然境界者，多举他们的境界为例。道家常说黄帝神农时候的人的情形，常说及赤子、婴儿、愚人等。于说这几种人的时候，他们所注意者，并不是这几种人，而是这几种人于普通情形下所有的境界。

这几种人，在他们的生活中，"不识天工，安知帝力"。前一句说，他虽生活于天地间，而不觉解其是生活于天地间。后一句说，他们虽生活于社会中，而不觉解其是生活于社会中。

这几种人，在他们的生活中，"不识不知，顺帝之则"。我们说，"帝之则"可以是天然界的规律，亦可以是社会中人的各种行为的规律。这些规律，都是一种本然的规律的表现。无论人觉解之或不觉解之，他本来都多少依照这些规律。此所说的本然规律，前人或名之曰道。道是人所本来即多少照著行，而且不得不多少照著行者。所以《中庸》说："道也者，不可须臾离也，可离非道也。"凡人可以照著行，可以不照著行者，一定不是此所说的道。不过人人虽都照著道行，而却非人人对于道都有了解，亦非人人对于行道都有自觉，《中庸》说："人莫不饮食也，鲜能知味也。"此正是此所说意思的一个很好的比喻。

有这一种境界的人，上文所引《庄子》及古诗，说他们是"无知无欲"、"不识不知"。照字面讲，这种说法是错的。因为一个人若真是"无知无欲"、"不识不知"，则他即完全与一般动物无别。事实上，上说的几种人，亦不是完全地"无知无欲"、

"不识不知"。不过在这种说法中，所谓"无知无欲"、"不识不知"，亦不是可以照字面讲的。其所谓"无知无欲"，意思是说"少知寡欲"，其所谓"不识不知"，意思是说"不著不察"。上所说的几种人，"少知寡欲"、"不著不察"，他们的境界有似乎浑沌。

先秦的道家所谓纯朴或素朴，有时是说原始社会中的人的生活，有时是说个人的有似乎浑沌的境界。他们要使人返朴还纯，抱素守朴。他们说素朴而民性得矣。他们所谓性，即我们所谓才。人顺其才，道家谓之得其性。先秦的道家赞美浑沌。《庄子·在宥》篇说："万物云云，各复其根。各复其根而不知。浑浑沌沌，终身不离。若彼知之，乃是离之。"《庄子·应帝王》说浑沌的死，对于浑沌的死，颇致惋惜。他们赞美素朴，赞美在原始社会中的人，婴儿及愚人的生活。用我们的话说，他们赞美自然境界，我们可以问，他们为什么赞美自然境界？

有一个可能的回答是：自然境界是可欲的。自然境界是不是可欲的，我们不必讨论。我们所须指出者，凡以自然境界为可欲者，其所说可欲之点，在自然境界中的人，并不知之。所以凡以此种境界为可欲者，都不是有此种境界的人，而是有较高境界的人。凡以此种境界为可欲者，必不是在此种境界中者。因其如亦在此种境界中，他亦不能知此种境界是可欲的。

海格尔所说"为自"与"为他"的分别，于此正可适用。如一事物有一种性质，而不自觉其有此种性质，则此种性质，对于它，虽是"在自的"，而不是"为自的"，只是"为他的"。如一事物有一种性质，不但有此种性质，而且自觉其有此种性质,则其有此种性质,是"在自的"而且"为自的"。自然境界,如其是可欲的,则此可欲是"为他的"而不是"为自的"。因为在自然境界中的人,只是顺才或顺习而行,他并不自觉他的境界是可欲的。我们常说:"乱世人不如太平犬。"此是乱世人所说的话。如在太平时,不但太平犬不知太平是可欲的,即太平人亦不知太平是可欲的。

或可说:在自然境界中的人,固不知其境界是可欲的,但于此种境界中,他可以有一种乐。《庄子·在宥》篇说:"昔尧之治天下也,使天下欣欣焉人乐其性,是不恬也。桀之治天下也,使天下瘁瘁焉人苦其性,是不愉也。"恬愉可以说是一种静的乐。就社会的情形说,在原始社会中的人,可以有此种乐。就个人的境界说,在自然境界中的人,可此种乐。如其有此种乐,则先秦的道家所赞赏者,正是此种乐也。

于此我们说:在自然境界中的人,有一种乐否,我们不论。但可以说,在自然境界中的人,如有其乐,其乐决不是以自然境界为可欲者所想象的那一种乐。以自然境界为可欲者所想象的那一种乐,在自然境界中的人,不知其是乐。不知其是乐,则对于他即不是乐。用另一套话说,凡以自然境界为可欲者,其所有的境界,必不是自然境界。他所想象的在自然境界中的人所有的乐,在自然境界中的人,并不能享受。如《庄子》所谓恬愉之乐,是比有自然境界较高的境界的人所想象的,在自然境界中的人的乐。其实在自然境界中的人,并不知有此种乐。既不知有此种乐,他亦即不能享受此种乐。对于在自然境界中的人说,即有恬愉之乐,此种乐

也是"为他的",而不是"为自的"。

例如我们在战时,既忧空袭,又虑前线失利。有些人可以想:狗真快乐,它吃饱睡觉,无识无知,无许多忧虑。他们对狗可以如诗人所说:"乐子之无知。"不过他们若真成了狗,则以前他们所想象的那一种乐,马上即没有了。诗人说"乐子之无知",但是狗并不乐其无知。于其无知中,如得到乐,其乐亦决不是诗人所想象的那一种乐。"乐子之无知",诗人在诗中如此说则可。如有人以为真是如此,则他即陷入一种思想上的混乱。有许多人赞美耕织,歌颂渔樵。耕织渔樵,或亦有其乐,但其乐决不是赞美耕织,歌颂渔樵的人,所赞美歌颂的那一种乐。庄子在濠梁上见"儵鱼从容",以为是鱼之乐。惠子说:"子非鱼,安知鱼之乐?"庄子说:"吾知之濠上也。"庄子以为他自己既因观鱼之从容而乐于濠梁之上,因可知鱼亦必因此从容而乐于濠梁之下。但从容对于鱼决不能有如其对于庄子那样的意义。鱼亦或有其乐,但其乐决不是庄子所想象的那一种乐。那一种乐只是旁观者的乐,对于鱼说,是为他的,而不是为自的。所谓高人逸士,都是这一类的旁观者。他们大都赞美自然界及自然境界。他们虽多赞美自然界,及自然境界,但他们的境界,却都不是自然境界。

在自然境界中的人,可以说是天真烂漫。所谓天真烂漫,是为他的,而不是为自的,亦只能是为他的,而不能是为自的。一个人若自觉他是天真烂漫,他即不是天真烂漫。他不能对于他自己的天真烂漫有觉解。如有此觉解,他即已失去了他的天真烂漫了。常听见人说:"我是天真烂漫的。"这是一句自相矛盾的话，亦必是一句欺人之谈。

天真烂漫是一失不可复得的。自然境界，亦是一失不可复得的。一个老年人可以"返老还童"，但既是"还"童，则童对于他的意义，即与对于童者，有不同。龚定庵诗说："百年心事归平淡，删尽蛾眉惜誓文。"此所谓"绚烂之极，归于平淡"，既是"归于"平淡，则平淡对于他的意义，与对于原来即是平淡者，即有不同。此如住过高楼大厦的人，住茅茨土阶；吃过山珍海味的人，吃白菜豆腐。其所得的味道，与本来即住茅舍，咬菜根的人所得到者，自有不同。这些不同的意义，使一个已失自然境界的人，不得重回自然境界。《庄子·应帝王》说浑沌的死。死者不可复生。自然境界一失亦不可再得。

或可说：先秦的道家，所以赞美自然境界者，或并不是因为自然境界是可欲的，而是因为他们以为自然境界是人所应该有的。道家以为："素朴而民性得矣。"人得其性，即是尽性。人尽性岂不是应该的？

于此我们说：道家所谓性，是我们所谓才，并不是我们所谓性。若就逻辑上的性说，则人之所以为人，而人之所以异于禽兽者，在其有觉解。在自然境界中的人，比于在别的境界中的人，固是有较低程度的觉解，然比于禽兽，还是有觉解的。我们不说禽兽的境界是自然境界，它们大概是说不到有什么境界。它们只有存在，而存在只是自然界中的事实。我们说：人应该尽心尽性。充分发展人的知觉灵明，是尽心尽性。充分发展人的知觉灵明，即是增进人的觉解。增进人的觉解，是应该的。不增进人的觉解，是不应该的。自然境界是觉解甚低的境界。因此照人之所以为人的标准说,自然境界不是人所应该有的。

道家亦以为理想的人是圣人。他们所谓圣人,亦不是在自然境界中的人,而是在天地境界中的人,不是有最低程度的觉解的人,而是有最高程度的觉解的人。道家反对圣智。其所谓圣智之圣,是有与常在一层次的知识的人。其所谓圣人,则是有高一层的觉解,及有最高程度的觉解的人。有最高程度的觉解的人,在同天的境界中,其境界有似乎自然境界。道家于此点,或分不清楚,以为圣人的境界,是人所应该有的,所以自然境界,亦是人所应该有的。如果如此,则说自然境界是人所应该有的,是由于他们的思想上的混乱。这种混乱,若弄清楚以后,他们就亦不如此说。

一部分道家常误将自然境界与天地境界相混。例如道家所赞美的无知,有些是在自然境界中的人的无知,有些是在天地境界中的人的无知。如《庄子·知北游》篇说:"知谓无为谓曰:'予欲有问乎若:何思何虑则知道?何处何服则安道?何从何道则得道?'三问而无为谓不答也,非不答,不知答也。""知以之言也,问乎狂屈。狂屈曰:'唉,予知之,将语若。'中欲言,而忘其所欲言。知不得问,反于帝宫,见黄帝而问焉。黄帝曰:'无思无虑始知道,无处无服始安道,无从无道始得道。'知问黄帝曰:'我与若知之,彼与彼不知也。其孰是耶?'黄帝曰:'彼无为谓真是也,狂屈似之,我与汝终不近也。夫知者不言,言者不知。'"此所赞美的无知,实并不是无知,而是对于道的真知。这是在天地境界的人的无知,而不是浑沌的无知。

道家又常说忘。有忘的人，其境界可以是天地境界，亦可以是自然境界。如《庄子·大宗师》所说"坐忘"，"离肢体，黜聪明，离形弃知，同于大通"。此忘是在天地境界中的人的忘。"鱼相忘于江湖，人相忘于道术。"《庄子》此段，说"人相忘于道术"，以"鱼相忘于江湖"相比，可知其相忘是在自然境界中的人的忘，其忘只是不知。严格地说，不知只是不知，并不是忘。忘是有知以后的无知，而不知则只是无知。例如鱼相忘于江湖，其相忘更只是无知。

或可说：道家赞美浑沌，是另有理由的。每一种事物的性质，必与其相反者相对照，然后始可为人所觉解。用海格尔的话说，每一种事物的性质的相反者，即是其"他"。老子说："有无相生，难易相成。""无"是"有"的"他"，"难"是"易"的"他"。必有"无"与"有"相对照，然后"有"可为人所觉解。必有"难"与"易"相对照，然后"易"可为人所觉解。不然则物虽有，而人不知其为有；事虽易，而人不知其为易。由此推之，则必有恶与美相对照，然后人可知美是美；必有不善与善相对照，然后人可知善是善。必须有恶与不善，以求人对于美与善的觉解，老子以为是不值得而且是很危险的。不值得者，盖既有恶与不善，人即已受其害。危险者，盖恐有恶与不善之后，人遂习于恶与不善，从下流而忘返也。《庄子》说："泉涸，鱼相与处于陆，相响以湿，相濡以沫，不如相忘于江湖。"所说亦是此意。所以老子以为，天下有美是好的，天下有善是好的。但天下虽有美，而人须不知其有美；天下虽有善，而人须不知其有善。他反对仁义，批评孝慈。他不是说，人可以不仁不义,不孝不慈。他是说:人应由仁义行,而不知其是行仁义;由孝慈行,而不知其是行孝慈。照老子的说法,在原始的社会中,人本来都有这些道德。人虽有这些道德,而对于这些道德,却"不著不察"。"不著不察",即是素朴。老子教人"抱素守朴"。他说:"圣人治天下,非以明民,将以愚之。"又说:"圣人皆孩之。"老子欲使天下人皆如愚人,孩子,无知无欲。此即是说,欲使天下人的境界,皆是自然境界。道家所谓返朴还淳,抱素守朴,就社会方面说,是使人安于原始的社会;就个人方面说,是使人安于自然境界。道家所以如此主张,因为他们以为,欲使人保持他的天真,不致于流于恶与不善,这是一种最稳妥的办法。

海格尔在此点的见解,正与老子相反。照海格尔的说法,宇宙的精神,本来是统一的,调和的。但其本来的统一调和,是所谓原始的统一调和,是无自觉的。宇宙的精神,必经过分裂、矛盾,而后再得到统一调和。此即是说,宇宙的精神,必有分裂矛盾,以与其本来的统一调和相对照,然后其统一调和是再得到的统一调和,亦可说是高一层的统一调和。我们现在的世界的分裂矛盾,正是宇宙的精神,求有自觉的统一调和的过程。宇宙的精神,特设为分裂矛盾,以克服之,战胜之,以再得到统一调和。盖不如是,则宇宙的精神,对于其自己的统一调和,不自觉将终留于此所谓自然境界也。我们不以为有所谓宇宙的精神。但海格尔此所说,若只应用于人事,若我们不以之为形上学,而只以之为历史哲学,则颇可与老子的见解相对照。老子怕恶与不善,以为人宁可不求对于美与善的觉解,亦不可有恶与不善。海格尔则以为人宁可与恶与不善奋斗，亦不应在无觉解的状态中。与恶与不善奋斗，是危险的。奋斗的结果，本图克服恶与不善者，或反为其所克服。但乐于冒险是所谓近代精神。海格尔的哲学，是有近代精神的。近代精神是不是人所应当有的，我们于此不论。但就人之所以为人的标准说，人求尽心尽性，应该充分增进他的觉解，这是我们于上文所已说的。

海格尔所说，若只应用于人事，其主要的意思，亦与常识相合。现在电影中的故事，以及以前小说中的故事，其结局多为一大团圆。但于得到大团圆之先，其中的主要人物，必先受尽艰辛困苦。这虽是编故事者所用的一种滥套，但其既可成为套，而且是为大家所习用的"滥套"，则其中必有一点至理，虽然用滥套写文学作品者，一定不能有名言。人若不受艰辛困苦，而即得到团圆，则其团圆即等于海格尔所谓原始的统一调和。有之者，虽有之，而对之无觉解。对之无觉解，则其人虽有团圆，而亦不能享受之。必受尽苦辛而后得到的团圆，有团圆者始能享受之。事实上受艰辛困苦者，未必皆能得到团圆，如故事中的主人所能得到者。但他如欲享受团圆，他必须受艰辛困苦以求之。这是别人所不能给予，而必需他自己求得的。诗说："自求多福。"福都是需要自己求的。故事当然是给读者看的。但读者往往自比于故事中的主人，所以故事中的主人所能享受者，读者亦约略能享受之。写故事者欲使读者享受，所以根据此意以写故事。海格尔的哲学，亦是以此意为中心的。

海格尔是一个乐观的哲学家。照他的说法，如上所述者，宇宙间有恶与不善，是宇宙的精神求觉解的一种条件。人生中有苦痛，是人享受快乐的一种条件。所以照他的说法，凡以为恶为仅只是恶，不善为仅只是不善，苦痛为仅只是苦痛者，都是对于宇宙人生只有一种片断的看法的人所有的觉解。若从全体看，则恶、不善、苦痛等，不仅只是恶、不善、苦痛等。对于美、善、快乐等，恶、不善、苦痛，亦有其积极的功用。从此方面看，即有恶与不善的世界，亦是完全的世界，即有苦痛的人生，亦是美满的人生。

悲观的哲学家，如叔本华等，亦可持另一种看法，他可以说，无论如何，人生中总是苦多乐少。例如人于无病的时候，他固然不是受病的苦痛，但亦不觉知健康的可乐。他若从病中恢复健康，他即感觉特别舒服。在这种时候，他固然可觉知健康之可乐，但他亦须经病痛之苦。而且觉知健康之可乐，亦是暂时的，经过短时期后，他又忘记健康的可乐了。他必须时常有病，庶几可常觉知健康的可乐。此即是说，他必须常有苦痛，然后可得快乐。此亦即是说，即欲享受快乐，人亦须忍受苦痛，未得快乐，先受苦痛。既受苦痛以后，快乐果否能得，又是不可必的。由此方面看，苦痛不是人享受快乐的一种条件，而是加于求快乐的人的一种惩罚。由此方面看，人生是很可悲的。

若专注意于人的快乐苦痛，以看人生，这两种看法，都可以持之有故，言之成理。大概对于人生持悲观或乐观的理论者，都是根据他个人的经验，以为推论。个人经验中的快乐苦痛，大部分是由主观的成分所决定。这个人说：冒险奋斗，成固欣然，败亦可喜，所以我深以冒险奋斗为乐。根据这个意思，他可以说出一片理论。那个人说，冒险奋斗，败固可悲，成亦无味，所以我深以冒险奋斗为苦。根据这个意思，他亦可以说出一片理论。此二种理论虽不同，但是都可以持之有故，言之成理的。对于此两种理论，我们可以不必有所论定。因为我们看人生，不是从个人的快乐苦痛方面著眼，而是从人之所以为人者著眼。人应该实现人之所以为人者，对于他个人的快乐苦痛，可以说是不相干的。

我们于上文说，过原始生活的人、小孩子、愚人的境界，固多是自然境界，但有自然境界者，不一定都是这几种的人。在任何种社会中的人，任何年龄的人，任何程度的智力的人，如所谓智力测验所决定者，其境界都可是自然境界。例如美国的社会，是高度工业化的社会，然其中的人，但随从法律习惯，照例生活者，亦不在少数。他们照例纳税，照例上工厂，照例领工资，亦可以说是"不识天工，安知帝力"。他们并不是小孩子，亦不尽是智力低的人。他们生活在最近代化的环境中，而其境界还是自然境界。

孔子说："民可使由之，不可使知之。"孟子说："由仁义行，非行仁义也。"行仁义当然亦是依照仁义行，不过不仅只是依照仁义行。于依照仁义行的时候，行者不但依照仁义行，而且对于仁义有了解，自觉其是依照仁义行。此是有觉解地依照仁义行。有觉解地依照仁义行谓之行仁义。若虽依照仁义行，而对于仁义并无了解，亦不自觉其是依照仁义行，则虽依照仁义行，而不能说是行仁义，只能说是由仁义行。没有人，其行为可以完全不合乎仁义。此即是说，凡人的行为，都必多少依照仁义。但有些人依照仁义行，只是顺才或顺习，所以只是由仁义行，而非行仁义。此所谓"民可使由之，不可使知之"。此亦即是说，一般人对于道，多是由之而不知。就其由之而不知之说，其境界亦是自然境界。

即智力最高的人，其境界亦可以是自然境界。在某方面有天才的人，可以"自有仙才自不知"。例如苏格拉底说，他曾受命于神，命其觉醒希腊人。当其初受命时，他以为神命必有错误。如他的愚昧，岂能觉醒希腊人！他于是遍访当时的闻人，他发现那些闻人的愚昧，比他有过之无不及。他始知他至少有一点比别人聪明，这一点就是，他知道他自己的愚昧。他比别人有自知之明。在有这个发现以前，对于他自己的聪明，他并无自觉。不过他究竟还有机会发现他自己的天才。还有些天才，终身不自觉他有天才。这些人真可以说是"自有仙才自不知"。

一个天才，对于他自己的天才，没有自觉的时候，他的天才，亦并不是绝无发展，绝无表现。不过其发展表现，都是所谓"行乎其所不得不行，止乎其所不得不止"。例如民间的歌谣，其佳者前人谓为"出于天籁"。这些歌谣的作者，并不自觉其自己是天才，亦不自觉其作品有艺术的价值，但顺其自然，唱出这些歌谣。就这些歌谣的本身说，是"出于天籁"；就这些作者的活动说，是"纯乎天机"。"纯乎天机"者，言其活动是自发的艺术活动；"出于天籁"者，言其作品是自发的艺术活动的产物。就这些作者的活动说，其活动是自然的产物；就这些作者在此方面的境界说，其境界是自然境界。

我们于上文说：无论何人，其行为必多少合乎道德规律，但他可只是由之而不知。有些人,是所谓"生有至性"的。有许多人的传记、碑文、墓志等,说他们"孝友出于天性","孝友天成"。对于有些人,这些话固然只是恭维之词,但亦不能说事实上绝没有这一类的人。譬如韩非子所谓"自直之箭,自圜之木",虽为数不多,但亦不能说是绝对没有的。这种人顺其所有的天然倾向而行,自然很合乎某道德规律,或竟超过某道德规律所规定的标准。虽是如此,但其人却未必了解某道德规律的意义,亦不自觉其行为很合乎某道德规律,或竟超过某道德规律。这种行为,我们称之为自发的合乎道德的行为。这种行为,就其本身说,是自然的产物。就有此等行为者在此方面的境界说,其境界是自然境界。

所谓自然的产物与所谓精神的创造,是海格尔所作的分别。这种分别,我们现在,正用得著。在他的系统中,就一方面说,自然虽亦是宇宙的精神的创造,但就又一方面说,自然与宇宙的精神,是对立的。在我们的系统中,就所谓自然的广义说,有觉解的精神或心灵,虽亦是自然的产物,但就所谓自然的狭义说,无觉解的自然,与有觉解的精神或心灵,是对立的。人的文化,与蜂蚁的文化的区别。蜂蚁的文化,是无觉解的,本能的,可以说是自然的产物;而人的文化,则是有觉解的,是心灵的,可以说是精神的创造。自然的产物,虽亦自有其价值,但不能以之替代精神的创造的价值。真山真水叮以是美的,但不能以其美替代山水画以及山水照相的美。真山真水的美是自然的产物。山水画以及山水照相的美是精神的创造。此二者是不能互相替代的。

道德的行为，及艺术、学问、事功等各方面的较大的成就，严格地说，都是精神的创造。艺术、学问、事功等方面的成就，其比较伟大者，都不是专凭作者的天资所能成功的。作者的境界，虽可以是自然境界，但其活动则不能只是自然的产物。作者但凭其兴趣以创作，于创作时，可以不自觉其天才，亦可以不自觉其创作的价值。他可以有许多伟大的创作，但他不自觉其创作是创作，更不自觉其是伟大。由此方面说，他的创作是顺才的。就其顺才而不觉说，其境界是自然境界。

例如，就文学作品说，《水浒传》《红楼梦》，现在大都认为是伟大的文学作品。但以前人都以为不过是茶余酒后的消遣品。即作者本人，亦自以为不过是偶尔乘兴，并非有心著作。所以施耐庵《水浒传》叙说："此传成之无名，不成无损。心闲试弄，卷舒自恣。"所以他"夜寒薄醉弄柔翰，语不惊人也便休"。杜工部作诗，要"语不惊人死不休"。有意于出语惊人以成名者，其境界是功利境界。随其兴趣，无意于出语惊人者，其境界是自然境界。

以艺术的作品为例说，作者的境界，虽可以是自然境界，但伟大的作品，都不是专凭作者的天资所能成功的。由此方面说，其艺术的活动，不是自然的产物。专凭天资的艺术活动所能产出的作品，大概都是些较小的作品，如上所说的歌谣等。只有这一类的作品，可以是"出于天籁"。

伟大的作品，虽不是只凭自发的艺术活动所能造的，但有此种活动者的境界，则可以是自然境界。关于道德的行为，则与此有不同。严格地说，只有对于道德价值有觉解的，行道德的事的行为,始是道德行为。因此有道德行为者的境界,必不是自然境界。艺术作品是艺术活动的结果,其结果有艺术价值,但艺术活动的本身,则不必有艺术价值。道德行为的道德价值,则即在其行为本身。其行为本身若不是为道德而行的行为,则其行为只可以是合乎道德的,而不能是道德的。一个人可以凭其兴趣,或天然的倾向,而有艺术的活动,但严格地说,一个人不能凭其兴趣,或天然的倾向,而有道德的行为。此种行为,可以是合乎道德的,而不能是道德的,有此种行为的人,是由道德行,而不是行道德。

康德在此点有与我们相同的见解。他以为真正道德的行为,必是服从理性的命令的行为。若是出于天然的倾向,而不得不然者,则其行为虽可以是不错的,但只可称之为合法的行为,而不能称之为道德的行为。例如一人见孺子将入于井,而有自发的恻隐之心,随顺此感,而去救之。另有一人,则因有仇于孺子之父母,坐视不救。从二人的行为的外表看,前一人的行为是不错的,后一人的行为是错的。但就二人的行为的动机说,后一人的动机固是不道德的,但前一人的动机,亦不是道德的。所以前一人的行为,虽是不错的,但只能说是合法的,而不能说是道德的。上文所说自发的合乎道德的行为,都不是自觉地服从理性的命令行为,所以其行为,虽很合乎某道德规律,但不能说是道德的行为。用康德的话说,其行为只是合法的。用我们的话说,其行为只是合乎道德的。

或可说,这一种说法,似乎是太形式主义的。我们若予道德的行为,下一定义,以为必须对于道德价值有觉解,为道德而行的行为，方是道德行为；则自发的合乎道德的行为，当然不能说是道德行为，但何必与道德行为以如此的定义？

于此我们说：如此的定义并不是随便下的。前人说，虎狼有父子，蜂蚁有君臣。但严格地说，这些不能算是道德的行为。因为虎狼蜂蚁的这一类的举动，都是出乎本能，而不是出于心知。它们的这一类举动，是无解的、不觉的。自发的合乎的行为，我们不能说它是完全地无解，完全地不觉，但有这种行为的人，对于其行为的道德价值，则是无觉解的。其行为是由于其人所有的自然倾向，与虎狼之父子，蜂蚁之君臣，是一类的。由此方面看，可知我们所予道德行为的定义，并不是随便下的。

从另一方面看，自发的合乎道德的行为，从道德价值的最高标准看，亦是很可批评的。有些人以为自发的合乎道德的行为，比由学养得来的道德行为，更为可贵，好像有些人，见大理石上的花纹似乎一幅画，便以为要比真正的名画更为可贵。若此所谓贵，是"物以稀为贵"之贵，当然这些东西是可贵的。但道德价值，不是可就这一方面说的。

如不就"以稀为贵"说，则自发的合乎道德的行为，若当成一种自然的产物看，虽亦可赞赏，但若从道德价值的最高标准看，则有可批评之处。犹之乎大理石上的花纹，若当成一种自然的产物看，虽亦可赞赏，但若真将其作为艺术品，从艺术的观点看，则其可批评之处，即太多了。从道德价值的最高标准看，自发的合乎道德的行为，易有之失，约有三点。

就第一点说，自发的合乎道德的行为，往往失于偏至。前人论道德，分别"周全之道"与"偏至之端"。此分别即是"中道"与"贤者过之"的分别。过者,一行为超过一道德的标准也。我们于上文说,"生有至性"的人,其行为可超过某道德规律所规定的标准。此所谓一道德的标准者,即某道德规律所规定的标准也。道德的标准,是不能超过的,但一道德的标准,则是可以超过的。一般人或以为,超过一道德的标准的行为,应是更道德的。但行为超过一道德的标准者,往往只顾到道德关系的一方面,而顾不到其他各方面。就其顾不到各方面说,此种行为不是"周全之道"。就其只顾一方面说,此种行为是"偏至之端"。因其不是"周全之道",所以超过一道德标准的行为,不是最完全的道德行为。有些行为,前人称之为"愚忠愚孝"。所谓愚忠愚孝者,即忠孝的偏至,不合乎"周全之道"者。前人常说,某人"质美而未学"。质美者能有自发的合乎道德的行为。但因其未学,所以其行为往往失于偏至。

就第二点说,自发的合乎道德的行为,往往是出于一时的冲动,因此往往是不常的。前人说:"慷慨捐生易,从容就义难。"慷慨捐生,出于一时的冲动,所谓"把心一横,将生死置于度外"。愚夫愚妇,自经于沟壑,亦能如此。人于有此等冲动时,若一下即把事行了,尚无问题。若一下不能即行,则冲动一过,有别念牵制,恐怕即不能照他的原来的意思行了。例如自五四运动以来,我们看见了许多青年运动。青年自以为是纯洁的。但其纯洁是海格尔所谓"第一次的"纯洁,是所谓自然的产物,而不是精神的创造。所以有许多青年,一受外面的引诱,遂即变节。这可见自然的产物,有时是不可靠的。由学养得来的纯洁,是可靠的。这是海格尔所谓"第二次的"纯洁,

这不是自然的产物,这是精神的创造。就上第一点说,自发的合乎道德的行为往往失之于过。就此第二点说,自发的合乎道德的行为,又往往失之于不及。在别方面的自发的活动,亦有此第二点所说的情形。专凭天资以做诗的人,可以做一首好诗,但未必能做第二首。专凭天资以办事的人,可以把一件事办得妥当,但未必能办第二件。专凭天资是不可靠的,其不可靠即因其是不常。

就第三点说,自发的合乎道德的行为,往往是很简单的。此所谓简单,有单调的意思。在艺术方面,亦有如此的情形,自发的艺术活动所有的作品,亦是很简单的。专凭天资的人所创造的艺术作品,固亦有其妙处,但其妙处是单调的,令人一览无余。伟大的艺术作品,其妙处都是多方面的,所以可令人"百读不厌",无论若何看,总觉其味无穷。唐诗、宋词、元曲,其初都是民间的艺术。李杜、苏辛、关白,诸大家的作品,其形式虽与当初的民间的艺术相同,但其内容则大加丰富。有完全的道德修养的人,其行为必出乎周全之道,如音乐之八音合奏,如绘画之五彩相宜。其与自发的合乎道德的行为的不同,亦正如李杜等的作品,与当初的民间艺术的作品不同。

例如孟子说:伯夷是圣之清,柳下惠是圣之和,伊尹是圣之任,孔子是圣之时。时者,应该清则清,应该和则和,应该任则任。所以孟子说,孔子是集大成,集大成是"金声玉振"。伯夷等只凭天资,所以其行为的好处是单调的。孔子有天资、有学力,所以其行为的好处,即又不同。普通人以为有自发的合乎道德的行为的人是"头脑简单",这是不错的。但以为非

"头单脑简"的人,不能有道德行为,这是大错的。

　　于此我们可知,荀子的学说中所有的真理,实比宋明以来一般人所知者为多。荀子以为人生来本没有为善的倾向,这是错误的。但其特别注重人为(即所谓伪),注重文,注重学,则是不错的。照上文所说,我们可知世界中颇有许多质美而未学的人。这种人譬如精金美玉,其本身固然亦有其价值,但若不加以人工的琢磨铸造,它终是自然的产物,而不是精神的创造。我们不能列它于我们的文化范围之内。所谓人工的琢磨创造,正是荀子所谓学。所谓文化,正是荀子所谓文,所谓礼。

　　我们于以上所说的意思,亦是道学家所已有的。程子说:"君实之能忠孝诚实,只是天资,学则元不知学。尧夫之坦夷,无思虑纷扰之患,亦只是天资自美尔,非学之功也。"(《遗书》卷二上)司马光邵康节是否只有天资,我们不论。不过程子此所说注重学力,则与我们于以上所说的意思相同。

人生的意义及人生中的境界（甲）

人生有意义吗？对于这个问题，我的回答是"人生是有意义的"，但人生的意义常因个人的见解不同，而各有差异。一件事物的意义，各人所说可以不同，其所说的不同，乃因各人对此事的了解不同，人对于宇宙人生的了解程度可有不同，因此宇宙人生对于人的意义亦有不同。宇宙人生对于人所有的某种不同的意义，即构成人所有的某种境界。

人生中的境界可分为四种：（一）自然境界，（二）功利境界，（三）道德境界，（四）天地境界。现叙述于下。

（一）自然境界：其特征是在此境界中的人，其行为是顺着他的才能或顺着他的习惯与社会风俗去做。既无明了的目的，也不明了所做的各种意义，小孩吃奶和原始人类的"日出而作，日入而息"都是属于自然境界，普通人的境界也是如此。

（二）功利境界：其特征是在此境界中的人，其行为是以追求个人的利益为目的，其与自然境界不同之处是自然境界的人其行为无目的也不明白意义，功利境界的人他的行为确定的目的且能明白它的意义。这两种境界,都是普通一般人所有的。

(三)道德境界:其特征是在此境界中的人,其行为是行义的。所谓义与利,并非各不相关,二者表面相反,实则相需相成。二者的真正分别,应该是求个人之利者为利,求社会之利者为义,亦即程伊川所说:"义与利之别,即公与私之别。"道德境界中的人,其所作为皆能为社会谋利益,古今贤人及英雄便是已达到道德境界的。

(四)天地境界:其特征是在此境界中的人其行为是事天的。换言之,我的身躯虽不过七尺,但其精神充塞于天地之间,其事业不仅贡献于社会,更能贡献于宇宙,而"与天地比寿,与日月同光"。唯大圣大贤乃能达到这个境界。

以上四种境界,各有高低不同。某种境界所需的知识程度高,则境界亦高;所需知识低,则境界亦低。故自然境界为最低,功利境界较高,道德境界更高,天地境界最高。因境界有高低,所以人所实际享受的一部分世界也有大小,一个人所能享受的世界的大小,以其所能感觉的和所能认识的范围的大小为限。就感觉而论,各人所能享受的世界很少差别,食前方丈与蔬食箪饮,并无多大的不同。若以认识了解而论,各人所享受的世界差别很大:如自然境界的人和天地境界的人认识不同,了解不同,因而这两种人所享受的世界,亦有很大的悬殊。四种境界,不仅有高低之分,还有久暂之别。因为人的心理复杂,有的人已达到某种境界,但因心理变化,不能常住于此境界中。作恶的人属于功利境界,有时因良心发现,做一点好事,在良心发现这一刹那间,他就入了道德境界,因未经过特别修养功夫，不能常住于道德境界中，过了一会以后，又回复到功利境界。若有人能常住在道德境界中，便是贤人，能常住在天地境界中，便是圣人。

四种境界就其高低的层次看，由低而高，表示一种发展。前二者是自然的礼物，不需要特别功夫，一般人都可以达到。后二者是精神的创造，必须经过特别修养的功夫，才能达到。道德境界中的人是贤人，天地境界中的人是圣人，两种境界可算是圣关贤域。圣贤虽和众人不同，但他达到道德和天地境界，不必做一些标新立异的特别事。他所做的事其实还是普通人能做的事，不过他的认识比一般人高而深，故任何事对他都能发生特殊意义，此即所谓"极高明而道中庸"。

（记录者案：本文为冯先生在云南省训练团学术演讲会之讲词，经该会记录。）

人生的意义及人生中的境界（乙）

何谓"意义"？意义发生于自觉及了解。任何事物，如果我们对它能够了解，便有意义；否则便无意义。了解越多，越有意义，了解得少，便没有多大的意义。何谓"自觉"？我们知道自己在做一种事情，便是自觉。人类与禽兽所不同的地方，就是人类能够了解，能够自觉，而禽兽则否。譬如喝水吧，我们晓得自己在喝水，并且知道喝水是怎么一回事；可是兽类喝水的时候，它却不晓得它在喝水，而且不明白喝水是什么一回事，兽类的喝水，常常是出于一种本能。

对于任何事物，每个人了解的程度不一定相同，然而兽类对于事物，却谈不到什么了解。例如我们在礼堂演讲，忽然跑进了一条狗，狗只看见一堆东西，坐在那里，它不了解这就是演讲，因为它不了解演讲，所以我们的演讲，对于它便毫无意义。又如逃警报的时候，街上的狗每每跟着人们乱跑，它们对于逃警报，根本就不懂得是一回什么事，不过跟着人们跑跑而已。可是逃警报的人却各有各的了解，有的懂得为什么会有警

报,有的懂得为什么敌人会打我们,有的却不能完全了解这些道理。

同样的,假如我们能够了解人生,人生便有意义,倘使我们不能了解人生,人生便无意义。各个人对于人生的了解多不相同,因此,人生的境界,便有分别。境界的不同,是由于认识的互异。

这,有如旅行游山一样,地质学家与诗人虽同往游山,可是地质学家的观感和诗人的观感,却大不相同。

人生的境界,大体上可分为四类:

(一)自然境界——最低级的,了解的程度最少,这一类人,大半是"顺才"或"顺习"。

(二)功利境界——较高级的,需要进一层的了解。

(三)道德境界——更高级的,需要更高深的理解。

(四)天地境界——最高的境界,需要最彻底的了解。

在自然境界中的人,不论干什么事情,不是依照社会习惯,便是依照其本性去做。他们从来未曾了解做某种事情的意义,往好处说,这就是"天真烂漫",往差处说便是"糊里糊涂"。他们既不懂得为什么要这样做,又不明白做某种事情有什么意义,所以他们可说没有自觉。有时他们纵然是整天笑嘻嘻,可是却不自觉快乐。这,有如天真的婴孩,他虽然笑逐颜开,可是却一点都不觉得自己快乐,两种情况,完全相同。这一类人,对于"生"、"死"皆不了解,而且亦没有"我"的观念。功利境界中的人,对于人生的了解,比较进了一步,他们有"我"的观念;不论做什么事,都是为着功利,为着自己的利益打算。

这一批人，大抵贪生怕死。有时他们亦会为社会服务，为国家做点事，可是他们做事的动机，是想换取更高的代价，表面上，他们虽在服务，但其最后的目的还是为着小我。在道德境界中的人，不论所做何事，皆以服务社会为目的。这一类人既不贪生，又不怕死。他们晓得除"我"以外，上面还有一个社会，一个全体。他们了解个人是社会的一部分，个人与社会是部分与全体的关系。就普通常识来说，部分的存在似乎先于全体，可是从哲学来说，应该先有全体，然后始有个体。例如房子中的支"柱"，是有了房子以后，始有所谓"柱"，假使没有房子，则柱不成为柱，它只是一件大木料而已。同样，人类在有了人伦的关系以后，始有所谓"人"，如没有人伦关系，则人便不成为人，只是一团血肉。不错，在没有社会组织以前，每个人确已先具有一团肉，可是我们之成为人，却因为是有了社会组织的缘故。道德境界的人，很清楚地了解这一点。天地境界中的人，一切皆以服务宇宙为目的。他们对于生死的见解：既无所谓生，复无所谓死；他们认为在社会之上，尚有一个更高的全体——宇宙。科学家的所谓宇宙，系指天体、太阳系及天河等，哲学家的所谓宇宙，系指一切，所以宇宙之外，不会有其它的东西，我人绝对不能离开宇宙而存在。天地境界的人能够彻底了解这些道理，所以他们所做的事，便是为宇宙服务。

中国的所谓"圣贤"，应该有一个分别。"贤"是指道德境界的人，"圣"是指天地境界的人。至于一般的芸芸众生，不是属于自然境界，便属于功利境界。要达到自然境界或功利境界非常容易，要想进入道德境界或天地境界却需要努力，只有

努力，才能了解。究竟要怎样做，才算是为宇宙服务呢？为宇宙服务所做的事，绝对不是什么离奇特别的事，与为社会服务而做的事，并无二致。不过所做的事虽然一样，了解的程度不同，其境界就不同了。我曾经看见一个文字学的教授，在指责一个粗识文字的老百姓，说他写了一个别字。那一个别字，本来可以当做古字的假借，所以当时我便代那写字的人辩护，结果，那位文字学教授这样回答我："这一个字如果是我写的，就是假借，出自一个粗识文字的人的手笔，便是别字。"这一段话很值得寻味，这就是说，做同样的事情，因为了解程度互异，可以有不同的境界。再举一例：同样是大学教授，因为了解不同，亦有几种不同的境界：属于自然境界的，他们留学回来以后，有人请他教课，他便莫名其妙的当起教授来，什么叫做教育，他毫不理会。有些教授则属于功利境界，他们所以跑去当教授，是为着提高声望，以便将来做官，可以铨叙较高的职位。另外有些教授则属于道德境界，因为他们具有"得天下英才而教育之"的怀抱。有些教授则系天地境界，他们执教的目的，是为欲"得宇宙天才而教育之"。在客观上，这四种教授所做的事情是一样的，可是因为了解的程度不同，其境界自有差别。

《中庸》有两句话，说圣人可以"赞天地之化育"，可以"与天地参"。所谓"赞天地之化育"并不是帮助天地刮风或下雨，"化育"是什么？能够在天地间生长的都是化育，能够了解这一点，则我们的生活行动，都可以说是"赞天地之化育"，如果不明白这一点，那么我们的生活行动，只能说是为"天地所化育"。所谓圣人，他能够了解天地的化育，所以始能顶天立地,与天地参。草木无知(不懂化育的原理),所以草木只能为天地所化育。

由此看来,做圣人可以说很容易,亦可以说很难,圣人固然可以干出特别的事来,但并不是干出特别的事,始能成为圣人。所谓"迷则为凡,悟则为圣",就是指做圣人的容易,人人可为圣贤,其原因亦在于此。

总而言之,所谓人生的意义,全凭我们对于人生的了解。

人生之真相及人生之目的

人生之真相是什么？我个人遇见许多人向我问这个问题。这个"像煞有介事"的大问题，我以为是不成问题。凡我们见一事物而问其真相，必因我们是局外人，不知其中的内幕。报馆访员，常打听政局之真相，一般公众，也常欲知政局之真相。这是当然的，因为他们非政局之当局者。至于实际上的总统总理，却不然了。政局之真相，就是他们的举措设施；他们从来即知之甚悉，更不必打听，也更无从打听。这是一个极明显的比喻。说到人生，亦复如是。人生之当局者，即是我们人。人生即是我们人之举措设施。"吃饭"是人生，"生小孩"是人生，"招呼朋友"也是人生。艺术家"清风明月的嗜好"是人生，制造家"神工鬼斧的创作"是人生，宗教家"覆天载地的仁爱"也是人生（这几个名词，见吴稚晖先生《一个新信仰的宇宙观及人生观》）。问人生是人生，讲人生还是人生，这即是人生之真相。除此之外，更不必找人生之真相，也更无从找人生之真相。若于此具体的人生之外，必要再找一个人生真相，那真是宋儒所说"骑驴觅驴"了。我说:"人生之真相,即是具体的人生。"

不过如一般人一定不满意于这个答案。他们必说:"姑假定人生之真相,即是具体的人生,但我们还要知道为什么有这个人生。"实际上一般人问"人生之真相,果何如乎"之时,他们心里所欲知者,实即是"为什么有这个人生",他们非是不知人生之真相,他们是要解释人生之真相。哲学上之大问题,并不是人生之真相之"如何"——是什么,而乃是人生之真相之"为何"——为什么。

不过这个"为"字又有两种意思:一是"因为",二是"所为",前者指原因,后者指目的。若问:"因为什么有这个人生?"对于这个问题,我们也只能说:"人是天然界之一物,人生是天然界之一事。"若要说明其所以,非先把天然界之全体说明不可。现在我们的知识,既然不够这种程度;我这篇小文,尤其没有那个篇幅。所以这个问题,只可存而不论。现在一般人所急欲知者,也并不是此问题,而乃是人生之所为——人生之目的。很有许多人以为:我们若找不出人生之目的,人生即没有价值,就不值得生。我现在的意思以为:人生虽是人之举措设施——人为——所构成的,而人生之全体,却是天然界之一件事物。犹之演戏,虽其中所演者都是假的,而演戏之全体,却是真的——真是人生之一件事。人生之全体,既是天然界之一件事物,我们即不能说他有什么目的;犹之乎我们不能说山有什么目的,雨有什么目的一样。目的和手段,乃是我们人为的世界之用语,不能用之于天然的世界——另一个世界。天然的世界以及其中的事物，我们只能说他是什么，不能说他为——所为——什么。有许多持目的论的哲学家，说天然事物都有目的。亚力（里）士多德说："天地生草，乃为畜牲预备食物；生畜牲，乃为人预备食物或器具。"（见所著《政治学》）不过我们于此，实在有点怀疑。有人嘲笑目的论的哲学家说："如果什么事都有目的，人所以生鼻，岂不也可以说是为架眼镜么？"目的论的说法，我觉得还有待于证明。

况且即令我们采用目的论的说法，我们也不能得他的帮助，即令我们随着费希特（Fichte）说"自我实现"，随着柏格森（Bergson）说"创化"，但我们究竟还不知那"大意志"为——所为——什么要实现，要创化。我们要一定再往下问，也只可说："实现之目的，就是实现；创化之目的，就是创化。"那么，我们何必多绕那个弯呢？我们简直说人生之目的就是生，不就完了么？惟其人生之目的就是生，所以平常能遂其生的人，都不问为——所为——什么要生。庄子说："夔谓蚿曰：'吾以一足趻踔而行，予无如矣。今子之使万足，独奈何？'蚿曰：'不然，子不见夫唾者乎？喷则大者如珠，小者如雾，杂而下者，不可胜数也。今予动吾天机，而不知其所以然。'眩谓蛇曰：'吾以万足行，而不及子之无足，何也？'蛇曰：'夫天机之所动，何可易耶？吾安用足哉？'"（《秋水》）"动吾天机，而不知其所以然"，正是一般人之生活方法。他们不问人生之目的是什么，而自然而然地去生；其所以如此者，正因他们的生之目的已达故耳。若于生之外，另要再找一个人生之目的，那就是庄子所说："泉涸；鱼相与处于陆，相呴以湿，相濡以沫，不若相

忘于江湖。"(《天运》)

不过若有人一定觉得若找不出人生之所为，人生就是空虚，就是无意义，就不值得生，我以为单从理论上不能说他不对。佛教之无生的人生方法，单从理论上，我们也不能证明他是错误。若有些对于人生有所失望的人，如情场失意的痴情人之类，遁入空门，藉以作个人生之下场地步；或有清高孤洁之士，真以人生为虚妄污秽，而在佛教中另寻安身立命之处；我对于他们，也只有表示同情与敬意。即使将来世界之人，果如梁漱溟先生所逆料，皆要皈依印度文化，我以为我们也不能说他们不对。不过依我现在的意见，这种无生的人生方法，不是多数人之所能行。所以世上尽有许多人终日说人生无意义，而终是照旧去生。有许多学佛的和尚居士，都是"无酒学佛，有酒学仙"。印度文化发源地之印度，仍是人口众多，至今不绝。所以我以为这种无生的人生方法，未尝不是人生方法之一种，但一般多数人自是不能行，也就无可如何了。

人死

人死为人生之反面，而亦人生之一大事。"大哉死乎"，古来大哲学家多论及死。柏拉图且谓学哲学即是学死。人都是求生，所以都怕死。究竟人死后是否断灭？对此问题，现在吾人只可抱一怀疑态度。有所谓长生久视之说，以为人之身体，苟加以修炼，可以长生不老，此说恐不能成立。不过人虽不能长生，而确切可以不死；盖其所生之子孙，即其身之一部继续生活者，故人若有后，即为不死。非仅人为然，凡生物皆系如此，更无须特别证明。柏拉图谓人不能长生，而却得长生之形似，男女之爱，即所以得长生之形似者。故爱之功用，在令生死无常者长生，而使人为神。后来叔本华论爱，更引申此义。儒教之注重"有后"，及重视婚礼，其根本之义，似亦在此。孔子曰："天地不合，万物不生。大昏，万世之嗣也，君何谓已重焉？"（《礼记·哀公问》）孟子曰："不孝有三，无后为大。"这些话所说，若除去道学先生之腐解释，干脆就是吴稚晖先生所说之"神工鬼斧的生小孩人生观"了。

又有所谓不朽者，与不死略有不同。不死是指人之生活继续；不朽是指人之曾经存在，不能磨灭者。若以此义解释不朽，则世上凡人皆不朽。盖某人曾经于某时生活于某地，乃宇宙间之一件固定的事情，无论如何，不能磨灭。唐虞时代之平常人，与尧舜同一不磨灭，其差异只在受人知与不受人知；亦犹现世之人，同样生存，而因受知之范围之小大，而有小大人物之分。然即至小之人物，我们也不能说他不存在。中国人所谓有三不朽：太上有立德，其次有立功，其次有立言。能够立德、立功、立言之人，在当时因受知而为大人物，在死后亦因受知而为大不朽。大不朽是难能的。若仅仅只一个不朽，则是人人都能有而且不能不有的。又所谓"流芳百世，遗臭万年"，其大不朽之程度，实在都是一样。岳飞与秦桧一样的得到大不朽，不过一个大不朽是香的，一个是臭的就是了。

灵魂与肉体

大宇宙（macrocosm）既有此二分之区别，依柏拉图说，小宇宙（microcosm）亦有二分，即灵魂与肉体。

灵魂是神之确切的像，是不死的、明智的、齐一的、不可毁的、不变的；肉体是人之确切的像，是有死的、无知的、非齐一的、可毁的、可变的。(《非都》八〇节)

依此节所说，则灵魂与肉体之关系，正恰如理智的世界与感觉的世界之关系。灵魂是神圣的、纯洁的，常欲"飞"回理智的世界。此《非都》篇所说之大意也。不过如以此篇所说，与他篇比较，则见他篇所说灵魂之性质，与此又不相同。在《非都》篇中，柏拉图以"欲"归于肉体，在《飞理巴斯》篇（Philebus）中，则以之归于灵魂。在（非都）中，灵魂是纯一的，在《飞逐拉斯》(Phaedrus)篇，《理想国》，及《泰米阿斯》（Timaeus）篇中，则灵魂乃系三分所合成。阿起海恩德（Archer-Hind）云：《非都》中所说与《飞理巴斯》中所说，似不合而实相合。在《非都》中，所以以"欲"归于肉体者，以其起于肉体灵魂之相合也。在《飞理巴斯》中，所以以"欲"归于灵魂者,以"欲"是肉体所与灵魂之变动也。至于灵魂是纯一之说,与灵魂有三分之说,亦不相违。盖凡灵魂皆是齐一的,不可毁的;但因其联合于肉体,所以其某方面是时间的,只与肉体关联,方有存在。以此之故,虽欲,因其倚肉体而存,所以非不死的;但其中之生活原理,虽因与肉体联合而有欲,而其自身则仍是不死的(见《语言学杂志》十卷一三〇页)。灵魂既与肉体联合,必依肉体之条件而活动,此联合之活动,即所谓意欲也。

此解答似满人意而实不然。若灵魂之自身,果属纯一,而欲果只为灵魂与肉体联合之活动,则人死之后,灵魂当自然返其纯洁,因"死则灵魂自然与肉体分离而为其所解放"(《非都》六七节)也。但柏拉图之意,则又不然。依他所说,只有曾受哲学洗礼之灵魂(同上,八四节),可以至"不可分的,神的,不死的,理性的"地域(同上,八一节)。至于不清洁的灵魂,为肉体所连累者,则不然。此等灵魂,为肉体之"重的,土的原质"所累,必将"仍降于感觉世界"。此等灵魂,因游转以求满其欲,必将仍为别的肉体所拘执(同上)。以此之故,死虽可使灵魂与肉体分离,而不能自欲中救出灵魂。可使灵魂自由与清洁者,只有哲学;然此所谓哲学,非指有系统的知识,乃指近于绝欲之修养也。由此可见,灵魂,即在其与肉体结合之前,本自有欲;且若其无欲,则亦不必与肉体结合矣。依《飞逐拉斯》中所说,正因"黑马"之不服驾驭,故灵魂乃落于地上,与肉体结合而成为有生有死的动物《飞逐拉斯》二四六节)。由此而言,柏拉图说灵魂是单一的者,盖灵魂之全体本是单一的,如某物只是某物。他说灵魂有三分者,盖灵魂本有三部分,如某物，就其全体而言，虽只是一个某物，而就其部分而言，则可谓其有许多部分也。吾人应知，柏拉图之理想世界，在各方面，皆与此实际的世界类似；其差异只是在彼世界，一切皆是理想的，在此世界，一切皆不甚合于理想。居于此世的人也。依希腊人之普通意见，理想的人之所以为理想的，非因其绝对无欲，乃因其能以理性制欲使不失于过。所以依《飞逐拉斯》中所说，神及纯洁的灵魂，除御者（理性）之外，实皆有二马（一喻意志，一喻欲；喻欲者即上所说之黑马也）。不过他们的马，较好于我们的马而已（《飞逐拉斯》二四六节）。有些灵魂，能保其"平衡"（balance）（同上，二四七节）者，即可随从诸神，以观绝对的美及绝对的好；其余灵魂，不能驾御"黑马"以保平衡，因之即倾斜而降于地上，此灵魂最痛苦之时（同上），此即人类之"堕落"也。由此而言，则灵魂有欲明矣。不过《非都》篇以灵魂与肉体对峙，亦不为失，因肉体即"黑马"之实现及客观化也。灵魂如常为"黑马"所制，则即永慕肉体，喜好肉体的快乐，以至只以肉体为真实，而忘其他矣（《非都》八一节）。在此情形之下，欲及快乐，谓为属于肉体，或谓属于灵魂，俱无差别；所以《非都》中所说与《飞里巴斯》中所说，并无相反之处。在此情形之下，灵魂必须生死轮回于"必要之座下"（见《理想国》六二一节）。残凶之人，必生为狼鹰之属（见《非都》八二节）。如此轮回，竟无终止，直至灵魂为哲学所洗刷而能复归其故居，仍与神为侣。此似即《非都》及《理想国》中所述神话之义。此神话虽未必尽真，而"类于此者是真"（《非都》一一四节）。"类于此者"，能非如以上所说乎？

死及不死

人死为人生之反面，而亦人生之一大事。《列子》云："子贡倦于学，告仲尼曰：'愿有所息。'仲尼曰：'生无所息。'子贡曰：'然则赐息无所乎？'仲尼曰：'有焉耳。望其圹，睾如也，宰如也，坟如也，鬲如也，则知所息矣。'子贡曰：'大哉死乎！君子息焉，小人伏焉。'仲尼曰：'赐，汝知之矣。人胥知生之乐，未知生之苦，知老之惫，未知老之佚，知死之恶，未知死之息也。'"（《天瑞》）古来大哲学家多论及死。柏拉图且谓学哲学即是学死（《非都》六四节）。人皆求生，所以皆怕死。有所谓长生久视之说，以为人之身体，苟加以修炼，即可长生不老。此说恐不能成立。不过人虽不能长生，而确切可以不死；盖其所生之子孙，即其身体之一部之继续生活者；故人若有后，即为不死。非仅人为然，凡生物皆如此，更无须特别证明。柏拉图谓世界不能有"永久"（eternity），而却得"永久"之动的影像，时间是也（Timaeus。三七节）。又谓人不能不死，而却亦得不死之形似，生殖是也。凡有死者皆尽其力之所能，以求不死。此目的只可以新陈代谢之法达之；生殖即所以造"新吾"以代"故吾"也。男女之爱，即是求生殖之欲，即所以使吾人于有死中得不死者。故爱之功用，在使有死者不死，使人为神（以上见《一夕话》(Symposium)：二〇七，二〇八节）。后来叔本华论爱，更引申此义（见《世界如意志与观念》英译本第三册三三六页）。儒家注重"有后"，及重视婚礼，其根本之义，似亦在此。孔子曰："天地不合，万物不生；大昏，万世之嗣也；君何谓已重焉？"（《礼记·哀公问》）孟子曰："不孝有三，无后为大。"盖人若无后，则自古以来之祖先所传下之"万世之嗣"，即自此而斩，或少一支；谓此为不孝之大，亦不为无理。此等注意"神工鬼斧的生小孩"（吴稚晖先生语）之人生观，诚亦有生物学上的根据也。

宗教又多以别的方法求不死与"永久"。凡有上所谓宗教经验者，皆自觉已得"永久"。盖一切事物，皆有始有终，而宇宙无始终。故觉个体已与宇宙为一者，即自觉可以不死而"永久"。盖个体虽有终，而宇宙固无终；以个体合宇宙，藏宇宙于宇宙，即庄子所谓藏天下于天下，自无地可以失之也。"指穷于为薪，火传也，不知其尽也"（《庄子·养生主》）。然此等不死，与上所说不死不同。上所说不死，乃以"我"之生活继续为主；此所谓不死，则不以"我"之生活继续为主；此种不死，且往往必先取消"我"，及"我"之生活继续，方可得到（如佛教所说）。上所说不死，可名为生物学的不死；此所说不死，可名为宗教的不死。

又有所谓不朽者，与上所说生物学的不死，又有不同。生物学的不死是指人之生活继续；不朽是指人之所作为，继续存在，或曾经存在，为人所知，不可磨灭者。柏拉图谓：吾人身体中充有不死之原理，故受异性之吸引，以生子孙，以继续吾人之生活。吾人之灵魂中，亦有不死之原理，亦求生子孙。创造的诗人、艺术家、制作家等之作品，皆灵魂之子孙也。荷马之诗，撒伦（Solon）之法律，及他希腊英雄之事功，皆为灵魂之子孙，永留后人之记忆，长享神圣的大名。此等灵魂之子孙，盖较肉体之子孙为更可尊贵（《一夕话》二〇九节）。中国古亦常谓人有三不朽：太上有立德，其次有立功，其次有立言。人能有所立，其所立即其精神之所寄，所谓其灵魂之子孙；其所立存，其人即亦可谓为不死。不过此等不死，与上所谓不死，性质不同，故可另以不朽名之。

不过人之所立，其能存在之程度，及后人对之记忆之久暂，皆不一定。如某人之所立，垣赫在人耳目，但过数十年，数百年，或数千年，其所立已不存在，后人已不知其曾有所立，则此人仍可谓为不朽否耶？就一方面说，此人所立已朽，其人亦即非不朽。但就别一方面说，此人亦可谓不朽。盖其曾经有所立，乃宇宙间一固定事实，后人之知之与否，与其曾经存在与否固无关系也。就此方面说，则凡人皆不朽。盖某人曾经于某时生活于某地，乃宇宙间之一固定的事实，无论如何，不能磨灭；盖已有之事，无论何人，不能再使之无有。就此方面说，唐虞时代之平常人，与尧舜同一不磨灭，其差异只在受人知与不受人知；亦犹现在之人，同样生存，而因其受知之范围之小大而有小大人物之分。然即至小的人物，吾人亦不能谓其不存在。能立德、立言、立功之人，在当时因其受知之范围之大而为大人物，在死后亦因其受知之范围之大而为大不朽，即上段所说之不朽。大不朽非尽人所能有；若仅只一不朽，即此段所说之不朽，则人人所能有而且不能不有者也。

死生

在道德境界及天地境界中的人,不受才与命的限制。在在道德境界及天地境界中的人,不受死的威胁。

死是生的反面,所以能了解生,即能了解死。《论语》说:子路问死,孔子曰:"未知生,焉知死。"孔子此答,似乎答非所问。孔子似乎想避免子路所提出的问题,但其实或不是如此。死是一种否定,专就其是否定说,死又有什么可说?欲说死必就其所否定者说起。欲了解死,必先了解生,能了解生则亦可以了解死。

从另一方面说,死虽是人生的否定,而有死却又是人生中的一件大事。因为一个人的死是他的一生中的最后一件事,比如一出戏的最后一幕。最后一幕虽是最后的,但总是一出戏的一部分,并且可以是其中的最重要的一部分。从此方面看,我们可以说,"大哉死乎"!从此方面说,我们亦可说,欲了解死必先了解生,能了解生则亦能了解死。所以程子亦说:"知生之道则知死之道。"朱子亦说:"非原始而知所以生,则必不能反终而知所以死。"

　　对于生的了解到某种程度，则生对于有此等了解的人，有某种意义。生对于有此等了解的人有某种意义，则死对于有此等了解的人，也有某种与之相应的意义。就诸种境界说，对于在自然境界中的人，生没有很清楚的意义，死也没有很清楚的意义。对于在功利境界中的人，生是"我"的存在继续，死是"我"的存在的断灭。对于在道德境界中的人，生是尽伦尽职的所以（所以使人能尽伦尽职者），死是尽伦尽职的结束。对于在天地境界中的人，生是顺化，死亦是顺化。

　　在死的某种意义下，死是可怕的。人对于死的怕，对于死的忧虑，即是人所受的，死对于人的威胁。人怕死则受死的威胁，不怕死则不受死的威胁。

　　怕死者，都是对于生死有相当的觉解者。对于生死完全无觉解，或无相当的觉解者，不知怕死。对于生死有较深的觉解者，不怕死。对于生死有彻底的觉解者，无所谓怕死不怕死。不怕死及无所谓怕死不怕死者，均不受死的威胁。不怕死者不受死的威胁，因为他能拒绝死的威胁。无所谓怕死不怕死者，不受死的威胁，因为他能超过死的威胁。不知怕死者，亦可说是不受死的威胁。不过他不受死的威胁是因为他不及受死的威胁。就人的境界说，在自然境界中的人，不知怕死。在功利境界中的人，怕死。在道德境界中的人，不怕死。在天地境界中的人，无所谓怕死不怕死。

　　一般动物，对于生死，都是全无觉解的。它们都是有死的，虽都是有死的，但自然都已为它们预备好了一种方法以继续它们的生命。凡生物都可以有子，它们的子即是它们生命的继续。生物不能不死，而却有此一种方法，以继续它们的生命。所以柏拉图说，这是"不死的动的影像"。一般动物，除人而外，都在不知不觉中，用这一种方法，以继续它们的生命。就它们自己的个体的生存说，它们虽有生而不自觉其有生，虽将来有死，而不知其将来有死。不知其将来有死，所以亦不知怕死。

人对于生死有相当的觉解。对于生死有相当的觉解者，知自然为一般动物所预备的方法，以继续其生命者，实只能得一不死的动的影像。不死的动的影像，并不即是不死。人有子虽能继续他的生命，但不能继续他的意识。从个体的观点看，一个人是一个个体，他的子又是一个个体。他的子虽是他的子，但并不就是他。他可以以他自己为"我"，但只能以他的子为"我的"。他是个体，他自觉他是个体。他有他的个体的意识。他的个体的意识，是任何别人所不能知，而只有他自己能知者，可以说是他的"独"。就此方面看，生是一个人"我"的存在的继续，他的"独"的存在的继续。死是一个人"我"的存在的断灭，他的"独"的存在的断灭。由此方面看，死是可怕的。

人对于生死的觉解，到此种程度者最是怕死。在自然境界中的人，对于生死虽有觉解，但尚未到此种程度。对于在自然境界中的人，生没有很清楚的意义，死也没有很清楚的意义。这并不是说，他于生时，不能有什么活动。他亦可以有活动，并且可有很多的活动，不过他的活动都是顺才或顺习而行。所以他虽有活动，而对于许多活动，他并无觉解。他虽亦知他将来有死，但对于死，他并不预先注意，至少也是不预先忧虑。

对于死所能有的后果，他了解甚少，他可以说有"赤子之心"。小孩子见人死，以为人死似不过是睡着不醒而已，或以为人死似不过是永远不能吃饭而已。在自然境界中的人，对于死的了解，虽不必即如此地天真，然亦是天真的。对于死的了解，既如此地少，所以他亦不知怕死。他不知怕死与一般动物不知怕死不同。一般动物不知怕死，是因为它不知有死。在自然境界中的人，不知怕死，是因为不知死之可怕，如所谓"初生牛犊不怕虎"者。

不知怕死者，虽亦可不受死的威胁，但不能有不受死的威胁之乐。因为他不受死的威胁，乃是由于他的觉解的不及。他本不知死之可怕，所以他虽不受死的威胁，而不能有不受死的威胁之乐。他不受死的威胁，可以说是"为他的"，而不是"为自的"。《庄子·大宗师》说："真人不知说生，不知恶死。其出不诉，其人不距。翛然而往，翛然而来，而已矣。"道家常将自然境界与天地境界相混。此所说"真人"，但就其不知说，此所说的境界是一种自然境界。

在自然境界中的人，不知怕死。所以他亦不有目的地、有计划地，设法对付死。在功利境界中的人，一切行为，都是"为我"，死是"我"的存在的断灭，所以在功利境界中的人，最是怕死。他们有目的地、有计划地，设法对付死。他们对付死的办法约有四种。

第一种办法是求避免死。例如秦皇汉武都是盖世英雄，做了些惊天动地的大事。但他们的境界，都是功利境界。他们的事业愈大，他们愈不愿他们的"我"失其存在，他们愈不愿死。

《晏子春秋》及《韩诗外传》说:"齐景公游于牛山,北临其国城而流涕曰:'奈何去此堂堂之国而死乎。'"秦皇汉武的晚年,大概都有这种情感。所以他们都用方士,求长生药。所谓"尚采不死药,茫然使心哀"。他们费很大的力,以求避免死,不过结果还是"但见三泉下,金棺葬寒灰"(李白《古风》)。

秦汉时代的方士,是后来道士的前身。道士所主持的宗教是道教。宋明道学家,常将道家与道教相混。实则二者中间,分别甚大,道家一物我,齐死生,其至人的境界是天地境界。道教讲修炼的方法,以求长生为目的,欲使修炼的人维持其自己的"形",使之不老,或维持自己的"神",使之不散。道教所注意者,是"我"的继续存在。其人的境界是功利境界。

道教承认,有生者有死,生死是一种自然的程序。但以为,他们有一种"逆天"的方法,可以阻止或改变这种程序。他们可以说是有一种"战胜自然"的精神。但无论是从理论,或从经验方面说,自然在此点,似乎是不可战胜的。不过在功利境界中的人,亦不感觉,在此点,有战胜自然的必要。道学家常说:人不可"在躯壳上起念"。道教中的人,正是常"在躯壳上起念"。

人的身体,本如一机器。一机器,善用之,则可以经用较久,不善用之,则不能经久用,或至于立时损坏。这是一般人都知道的。道教中的人,常住山林,使其身体,得营养多而受损害少,长生不老虽不可能,而因此可以不速老,享大寿,是可能的。不过这一种的生活,往好处说,固可以说是清静无为。往坏处说,亦未尝不可说是空虚无味。李白诗:"太白何苍苍,星辰上森列。去天三百里,邈尔与世绝。中有绿发翁,披发卧冰雪。不笑亦不语,冥栖在岩穴。"有这种生活的人,如只以求长生为目的,即令能得长生,其长生亦可说是半死。

在功利境界中的人,对付死的第二种办法是求立名。有些在功利境界中的人以为死固不可避免,但若有名留于身后,则亦可以虽死而不死。因此他们极力求名。《离骚》说:"老冉冉其将至兮,恐修名之不立。"老之将至是无可奈何的事。人所能努力者,是于老之未至之前,先立了名,庶几身虽死而名不灭,则他的"我"仍于相当程度内,有一种的继续。古诗说:"人生非金石,岂能长寿考?奄忽随物化,荣名以为宝。"桓温说:"大丈夫不能流芳百世,亦当遗臭万年。"小说上的英雄常说:"人过留名,雁过留声。"此诸所说,其用意均同。

侠义一流的人,是这一类的人。他们视他们的名誉,比他们的身体,更为重要,因为身体总是"奄忽随物化",而名誉则似乎是可以"常留天地间"。所以他们常牺牲他们的身体,以求名誉。《汉书·游侠传》序说:游侠"杀身成名"。贾谊《鵩鸟赋》说:"烈士殉名。"现在有些人说:"名誉是军人的第二生命。"侠义一流的人,简直是以名誉为其第一生命。这一类的人,所希望的是"身死名垂"。能够身死名垂,亦是战胜死的一种办法。死能死人的身体,但不能死人的名。这一类的人,在表面上似乎是轻生,但其轻生实由于贵生。老子说:"民之轻死,以其生生之厚。"正可引以说此。

在功利境界中的人,对付死的第三种办法,是急求眼前的快乐。有些人以为,人即令有名,但他如已死,他即无知,既已无知,即令有名,于他又有什么好处?所以古诗说:"良无磐石固,虚名复何益?"从此方面看,则不如于未死之前,急求眼前的快乐,得些实受。古诗说:"浩浩阴阳移,年命若朝露,""万岁更相送,贤圣莫能度。服食求神仙,多为药所误。不如饮美酒,被服纨与素。"《列子·杨朱篇》即将此意,作有系统的发挥。这亦是对付死的一种办法怕死的人,忧虑死将要来,但现在死尚未来。在现在死尚未来,应尽力享受。死若果来,则人即死。既死无知觉,则亦不知觉其威胁矣。

但现在的快乐,如其有之,亦是人于过去所努力以求而始得到者。人欲求快乐,亦须先努力,于其努力时,死亦可于其未得快乐时而先来临。求快乐的人,可以有此等忧虑。此等忧虑,亦即是他所受的死的威胁。

在功利境界中的人对付死的第四种办法,是相信灵魂不死。此可以说是以信仰抵制死的威胁。有些宗教,也可以说大多数的宗教,以为人死以后,此身体虽不存在,但此身体的主人,即所谓灵魂者,仍继续存在,且永远继续存在。此所谓形死而神不灭。死虽能与人一种损失,但人所损失者是其糟粕,其精华是不受损失的。人皆有此不死者存。此不死者,于身体死后,或升入天堂,或入地狱,或仍托生为人。无论碧落黄泉,此不死者总是不死。这种说法,与道教不同。道教是近乎自然主义的。它是近乎普通所谓科学,而不近乎普通所谓宗教。道教中的人,以为若随顺自然变化的程序,则形死神亦灭。但他们可用一种"逆天"的方法,使形不死,或形虽死而神不灭。大多数的宗教,则以为形死神不灭,本来是如此的。有些人以为人若有此种信仰,则死对于他的威胁,即可免去太半。不过信仰只是信仰,信仰是不可以理论证明的。

以上所说,是在功利境界中的人应付死的办法。其办法果能减少死的威胁与否,及其果能减少至如何程度,似乎是因人而异。无论如何,在道德境界及天地境界中的人,并不需要此诸种办法。

在道德境界中的人知性。他知性,所以在社会中尽伦尽职以尽性。尽伦尽职必于事中尽之。所以在道德境界中的人,必不做"自了汉",必于社会中做事。他所做的事,都是为在社会中尽伦尽职而做的,亦可说,都是为社会而做的。所以他所做的事,在他的了解中,都是社会的事,这就是说,他所做的事,对于他,都是有社会的意义。人的才有小大,命运有好坏。在道德境界中的人,就其才之所能,命运之所许,尽力以做其所能做及所应做的事。无论他所做的事,是大是小,他都尽其力之所能,以使其成功。他于做他所做的事时,无论其是大是小,他都自觉,他是在"承先启后","继往开来"。他所做的事,无论其是大是小,对于他的意义,都是"为往圣继绝学,为万世开太平"。于此等的意义中,他自觉他在精神上,上与古代相感通,下与后世相呼应。孔子说:"文王既没,文不在兹乎!"这是孔子自觉他在精神上,上接先王。孟子说:"圣人复起,不易吾言。"这是孟子自觉他在精神上,下接后圣。陈子昂诗云:"前不见古人,后不见来者,念天地之悠悠,独怆然而涕下。"在道德境界中的人,则前亦见古人,后亦见来者,往古来今,打成一片。在这一片中,他觉解他的个体的死亡,并不是十分重要的。如此,他不必设法对付死,而自可不受死的威胁。

在道德境界中的人,做事所以尽伦尽职。他竭其力之所能以做其所应做的事。他一日未死,则一日有他所应做的事。这是他的任务。他一日既死,则他的任务,即时终了。就尽伦尽职说,在道德境界中的人,可能于死后尚有经手未完之事,但不可能于死后尚有未尽之伦,未尽之职。他可先其父母而死,尚有孝养之事未了。但他如于生前已尽为子之道,则他虽有孝养之事未了,但不能说他尚未尽伦,未尽职。尽伦尽职的人,都是"鞠躬尽瘁,死而后已"。死而后已,亦即是死了即已。

所以对于在道德境界中的人,死是尽伦尽职的结束。《礼记·檀弓》记子张将死之言,说:"君子曰终,小人曰死。"宋儒说:"终者所以成其始之辞,而死则澌尽无余之义。"对于小人,死是其个人的身体的不存在,所以死对于他是死。对于君子,死是其在社会中的任务的终了,所以死对于他是终。在道德境界中的人,是此所谓君子。死对于他是尽伦尽职的结束。所以死对于他也是终。终即是结束之义。

在道德境界中的人,不注意死后,只注意生前。只注意于,使其一生行事,皆充分表现道德价值,使其一生,如一完全的艺术品,自始至终,全幅无一败笔。所以《论语》记曾子将死,曰:"启予足,启予手。诗云:'战战兢兢,如临深渊,如履薄冰。'而今而后,吾知免夫,小子。"《礼记·檀弓》记曾子将死,侍疾的童子,忽发现曾子所用的席是大夫所用的。曾子听说,命曾元快换。曾元说:"夫子之病革矣,不可以变。幸而至于旦,请敬易之。"曾子说:"尔之爱我也不如彼。君子之爱人也以德,细人之爱人也以姑息。吾何求哉?吾得正而毙焉斯已矣。"曾元等于是"举扶而易之,反席未安而没"。这些行为初看似迂阔,但一个人的一生,如想在道德方面,始终完全,他是一刻不可疏忽的。在一个人未死之前,他随时都可能有有过的可能。所以曾子将死才可以说:"而今而后,吾知免夫。"然幸而还有一个童子,指出他的最后的一个过错。于是他的一生,才能如一完全的艺术品,不致于最后来了一个败笔。可见一个人想成为完人,是极不容易的。

所以在道德境界中的人,于必要时,宁可牺牲其身体的存在,而不肯使其行为有在道德方面的不完全。孔子说:"有杀身以成仁,无求生以害仁。"孟子说:"生,吾所欲也;义,亦吾所欲也。二者不可得兼,舍生而取义者也。"杀身成仁,舍生取义,与上所说杀身成名,是不同的。杀身成仁的人所做的事,可以即是杀身成名的人所做的事。但杀身成仁的人做此事,其行为是道德的行为,其境界是道德境界。杀身成名的人做此事,其行为是合乎道德的行为,其境界是功利境界。

杀身成仁,在事实上,亦可得名,但在道德境界中的人,并不要"成名"。所以他虽努力使其一生如一完全的艺术品,但此艺术品是否有人欣赏,如有人欣赏,他自己是否知之,这是他所不问的。在道德境界中的人,有某种行为,并不求为人所知。其行为是"为己的",不是"为人的"。如其为求为人所知而有某种行为,则其行为虽合乎道德,而只是合乎道德的行为,不是道德的行为。其人的境界,亦只是功利境界,而不是道德境界。

人生与命运

照在道德境界中人的看法,一个人于未死之前,总有他所应做的事。这些事,他如不用心注意去做,都有做错的可能。所以在未死之前,无论于何时何地,他都应该兢兢业业,去做他所应该做的事。直到死,方可休息。龚定庵诗说:"绝业名山幸早成,更何方法遣今生。"又说:"设想英雄垂暮日,温柔不住住何乡。"这都是才人英雄的设想。照这种想法,一个人的一生中,似乎有一部分,可以称为"余生",如同普通以为,一星期中,有一部分,称为周末。于其时,人可以随意消遣。圣贤的想法,不是如此,圣贤的有生之日,都是尽伦尽职之日。才人需要遣生的方法,以遣其余生,圣贤则无余生可遣。英雄有垂暮,圣贤则无垂暮。圣贤尽其力之所能,以尽伦尽职,"鞠躬尽瘁,死而后已"。此所谓"存,吾顺事;没,吾宁也"。

对于在天地境界中的人,生是顺化,死亦是顺化。知生死都是顺化者,其身体虽顺化而生死,但他在精神上是超过死的。

我们说道体的观念。实际的事物,无时不在生灭中。实际的世界,无时不在变化中。实际的世界及其间事物的生灭变化的洪流,旧说谓之大化流行,亦谓之大用流行。人亦是实际的事物,亦随大化流行而生灭。无人不随大化流行而生灭。不过一般人虽随大化洪流而生灭,而不觉解其是如此。他们只知他们的个体有生灭,而不觉解其生灭是随顺大化。觉解个体的生灭是随顺大化,则亦觉解个体的生灭,是大化的一部分,是道体的一部分。有此等觉解,则可"与造化为一"。郭象说:"与造化为一,则无往而非我矣。将何得何失,孰死孰生哉?"与造化为一,则能自大化的观点以看生灭。自大化的观点以看生灭，则生灭只是变化，不是死生。郭象说："死生者，无穷之变耳，非始终也。"大化是无始无终的。自同于大化者，自觉其自己亦是无始无终的。

自同于大化者，亦自同于大全。大全永远是存在的。我们这个地球可以不存在，但宇宙则是不能不永远存在的。《庄子·大宗师》说："藏小大有宜，犹有所遁。若夫藏天下于天下，而不得所遁，是恒物之大情也。……故圣人将游于物之所不得遁而皆存。"郭象注说："无所藏而都任之，则与物无不冥，与化无不一。故无内无外，无死无生，体天地而合变化，索所遁而不得矣。"物之所不得遁，是庄子所谓天地，我们所谓宇宙，所谓大全。凡事物皆是大全的一部分，不过他们不觉解其是如此。在天地境界中的人，觉解其是如此。他们有此种觉解，所以能自同于大全。自同于大全，则大全永远存在，他亦自觉他自己是永远存在。

宇宙是一个无尽藏，不仅包括现在所有的一切事物，并且包括过去所有的一切事物，以及将来所有的一切事物。任何事物的存在，都是无常的。但其曾经存在的事实，则不是无常的。宇宙间已有的事实，既已有之，则即永远有之，不可变动，不可磨灭。可能有的事物，虽于过去现在尚未有者，将来如其有之，亦必在宇宙中。所以在天地境界中的人，自同于大化，自同于大全者，亦感觉到他自己是上包万古，下揽方来。在无限的空间时间中，"万象森然"，他均在精神上与相感通。佛家说："三世一切劫，了之即一念。"在同天境界中的人，亦可如此说。上文说，在道德境界中的人，使其一生，如一完全的艺术品，而并不希望有人欣赏之。在天地境界中的人,又可见,如果有一完全的艺术品,则曾有此完全的艺术品的事实,真正是长留天地间,其对于人生,正如柏拉图所谓其理想国,"有目者必见之,见之则必奉以为法"。上文又说,在道德境界中的人,上见古人,下见来者。他所见者是古人及将来的人。在天地境界中,亦是上包万古,下揽方来。他所见者,又不只是人,而是一切万有。

在天地境界中的人,能同天者,亦可自同于理世界。理是永恒的,在天地境界中的人觉解一切事物,都不只是事物,而是永恒的理的例证。这些例证,是有生灭的,是无常的。但其所为例证的理,则是永恒的,是超时间的。对于理无所谓过去,亦无所谓现在。在天地境界中的人,觉解理不但不是无常的,而且是无所谓有常或无常的,不但不是有生灭的,而且是无所谓有生灭或无生灭的。他有此等觉解,所以自同于理世界者,自觉其自己亦是超生灭,超死生的。《庄子·大宗师》说:"见独则无古今。"理世界是无古今的,自同于理世界者,自觉其自己亦是无古今的。

在此种境界中的人,其身体随顺大化,以为存亡,但在精神上他可以说是超死生的。《庄子·大宗师》说:"无古今则入于不死不生。"郭象《〈逍遥游〉注》说:"齐死生者,无死无生者也。苟有乎死生,则虽大椿之与蟪蛄,彭祖之与朝菌,均于短折耳。"所谓不死不生及无死无生,亦是超死生之义。

我们说:在天地境界中的人,在精神上可以说是超死生的。我们并不说:人的精神可以超死生。人的精神不能离开身体而存在。身体既不能超死生,则精神亦不能超死生。所以我们不能说,人的精神,可以超死生,而只能说,人在精神上可以超死生。所谓人在精神上可以超死生者,是就一个人在天地境界中所有的自觉说。他在天地境界中自觉他是超死生的。若其身体不存,他固亦无此自觉。但此自觉使其自觉,不但身体的存亡,对于他没有重要,即有此自觉与否,对于他亦没有重要。

人的精神不能离开身体而存在,所以一个人于今生之后,并无来生。以为于今生之后有来生者,大概有两种说法。照一种说法,以为来生之有,虽不可证明,但信来生之有,则为理性所需要。康德持此种说法。他以为道德与幸福的联合,有道德的人,必有幸福,是理性所认为最合理的事。最合理的事,不能于人的今生得到,则必有来生以得到之。不过,道德不必与幸福联合。有些道德价值,且涵蕴逆境,必于人的不幸中,始能实现。康德所说,理性需要信来生之有的论证,不能成立。中国哲学,向以为无来生。康德所谓的理性的需要者,不过是受耶教影响的人的心理习惯而已。

照另外一种说法,有来生是一种无需证明的事实。多数宗教,皆持此种看法。佛教于此有一特点,即承认人有来生,而又以为人应该设法取消其来生。佛教以生死轮回为苦,故教人修行以出离死生。佛家的形上学与我们不同。但其所说出离死生的人的境界,与我们以上所说在精神上超死生的人的境界,则似异而实无大异。

佛家所说出离生死的人的境界,是他们所谓证真如的境界。我们上文所说在精神上超生死的人的境界,是我们所谓同天的境界。就其似异说，佛家是一种唯心论，以为心可以离身体而存在。所以照一般人的想法，佛家修行的人，得佛果，证真如者，可以永远有证真如的自觉。我们于上文说，精神不能离开身体而存在，所以在同天地境界中的人，只于其有身体时，有同天的自觉。

  但一般人的这种想法，是错误的。唯心论者固以为心可离开身体而存在。但离开身体而存在的心，是不能有所谓"觉"的。佛家所谓真如，即是所谓常住真心，又即是所谓法界。就其是常住真心说，常住真心是我们所谓宇宙的心。宇宙的心，是不能有所谓觉的，所谓觉，如感觉、知觉、自觉等，都是依人的身体而始有的。海格尔亦说，宗教中的人，自觉其与宇宙的精神为一者，其自觉即是宇宙的精神的自觉。宇宙的精神，不能离开人而有自觉。就真如即是法界说，法界即我们所谓宇宙，宇宙亦是不能有所谓觉的。常住真心或法界既不能有所谓觉，则所谓证真如者所有的自觉，亦只是于其能有自觉时有之。所谓涅槃四德：常，乐，我，净，亦是证真如者，于其有自觉时所自觉者。有自觉必依身体。所以照我们的看法，证真如者所有的自觉，及同天者所有的自觉，都只于其有身体时有之。

  或可说，如果如此，则此等自觉的有，岂不太暂？但既已证真如，既在同天境界中的人，自同于大全，自同于永恒，则其对于此等境界的自觉的久暂，对于他亦已不成问题，而他亦已不知有此等问题矣。斤斤于此等自觉的久暂者，仍有"我"有"私"。有"我"有"私"者，不能证真如，亦不能有同天的境界。

如果真有如佛家所说出离生死,则我们所说在精神上超死生者,自然亦是出离死生的。佛家所说得出离生死的方法是"破执",在同天境界中的人,"体天地而合变化",亦是彻底地无执的。

或可说:佛家所破,有我法二执。在天地境界中的人,诚无我执,但本书以上所说所根据的形上学,不以为"万法唯心",以为离心实有所谓外界。照佛家的看法,执实有外界,即是法执。上所说在精神上超生死者,是否仍执实有外界?如仍执实有外界,则照佛家的看法,他仍有法执。仍有法执,则他即不能出离生死。

于此我们说,本书以上所说所根据的形上学,诚以为离心有所谓外界。但在同天地境界中的人,"与物冥","浑然与物同体",所以对于他,所谓内外之分,所谓主观客观的对立,亦已冥除。我们说:大全是不可思议的;同天的境界,亦是不可思议的。大全"至大无外",在同天境界中的人,自同于大全,所以对于他亦无所谓外界。对于他无所谓外界,故他亦无所谓法执。

于此我们又须声明,哲学讲至此,已讲到所谓"言语路绝,心行道断"的地步。哲学讲至此等地步,所谓唯心论与实在论的分别,亦已不存在矣。

所以在天地境界中的人,无所谓怕死不怕死。有意于不怕死者,仍是对于死生有芥蒂。伊川云:"邵尧夫临终时,只是谐谑,须臾而去。以圣人观之,则犹未是,盖犹有意也。比之常人,甚悬绝矣。他疾革,颐往视之,因警之曰:'尧夫平日所学,今日无事否?'他气微不能答。次日见之,却有声如丝发来,大答云:'你道生姜树上生,我亦只得依你说。'"伊川疾革,门人进曰:"先生平日所学,正今日要用。"伊川曰:"道著用便不是。""道著用"亦是有意。所谓有意,亦谓对于死生尚有芥蒂。

　　在天地境界中的人,不有意地不怕死,亦不有意地玩视生。道家中有些人对于人生中的事,多玩视,如所谓"以生为附赘悬疣,以死为决疣溃痈"者,是只了解死为顺化,而未了解生亦为顺化。了解生亦为顺化,则于人生中做人所应做的事,亦为顺化。所以在天地境界中的人所做的事,亦正是在道德境界中的人所做的事。对于做这些事,他亦是"存,吾顺事;没,吾宁也"。

大人物之分析

我此所谓大人物乃指一切大人物；不专指政治上的大人物，更当然不专指某大人物。

一人之成为大人物，至少要有两个资格：（一）要有特别的才能；（二）要别人相信他是大人物。第一资格之必须有，是大家所都承认的，不过其必须有之程度，却因机会而异。因为往往有人，只要头几件事做得好，如程咬金所砍之头三斧，便可得别人之相信，此别人之相信，便可为其以后成功之大帮助。以后此人竟可专靠第二条件以维持其大人物之声价。以后砍的不济者，固然也常有露马脚，但也有不露的。至于砍罢三斧即死的人，别人更不能发现他的斧是否只头三斧厉害，三斧以后，统通不济。"周公恐惧流言日，王莽谦恭下士时，若使当日身便死，一生真伪有谁知？"若使熊克武亦与黄花岗诸人同死，他的名字，岂不与七十二烈士，同为革命之"烟士波里纯"？何至受反革命之名，而被捕于广州？若使蔡锷不死，安知他不如今日之唐继尧？闲话少说，总之一人之成大人物必要特别的才能,但此才能,是否只能砍头三斧之才能,则不一定。有些人或只能砍头三斧,而亦能成大人物。此我所以说此第一资格之必须有之程度,因机会而异也。但程咬金之头三斧亦系经神人传授,能砍头三斧亦自胜于《晨报副刊》所谓"其砍岂其砍乎"者,故第一资格终不可少也。

现在我们说大人物第二资格。上文说一人之成为大人物,须如别人相信其为大人物,此相信即能为其将来成功之大帮助。因为在人事中,往往"信仰能使其自己成真"belief makes itself true。如两军交战,兵力不相上下,而一方之兵,自信必胜,一方之兵,自信必败,其结果必自信胜者胜,自信败者败。人对于一人,既有信仰,则其信仰即能助此人成功。此人既成功,则其信徒之信仰愈坚,其信徒之信仰愈坚,于是其成功更易,于是其人物愈大。所谓之 prestige 及 influence,即是一人所得别人之信仰。

我们皆知群众心理与个人心理不同。群众易于激动,易于使相信某事。此其原因,在于群众之互相刺激,互相影响(此杜威先生说)。在社会中,人之互相影响者甚多。前年冬的开封,当吴佩孚初退,胡景翼未来之时,人心惊慌异常。忽有一人因事在某街行甚速,别人即疑有乱而大跑,其人见别人大跑而亦大跑,于是满街之人皆跑。跑者愈多,其跑更甚。究竟何为而跑,皆不知也。一大人物之得人信仰,亦是如此。有人见其有特别才能而信之,别人见其信而亦信之,此人见别人之信而更信,信者愈多,其信更甚,于是此大人物之第二资格成矣。所谓一犬吠影,百犬吠声,社会中事,如此者甚多。我这话并不是"幽默",也不是"射他耳",更不是"国骂"。人实是动物之一种;人与别种动物特别不同之见,现在已经公认为不对了。我们因此说人性之低固可。若嫌此话不好听,我们也可说,这不是由于人性之低,这是由于兽性之高。

大人物到了最大的时候,一般人把许多与他本无直接关系的事,也归附于他。于是此大人物即成一个神秘,成为一串事物的象征。如大禹之于治水,耶稣之于耶教,释迦之于佛教等皆是。有人疑释迦之果否有其人;顾颉刚先生疑大禹之果否有其人。我以为此等人诚已变为一串事物的象征,但未可因此即谓其人之不存在。近来中山亦渐成中国革命之象征,但中山之人之存在,固吾人之所知也。

大人物之成大人物,犹如拉车夫。车初走时,车夫要大费气力,至于走开以后,车有自己向前之势,于时车夫用力反小,只随其势而自走。车走愈快,其向前之势愈大。此犹大人物愈大,其做事更容易。不过这当然必先假定车夫之继续随车势而跑。若车夫自己不走,专靠车之向前之势之推之使走,则犹之程咬金的斧,虽能哄人,终危险也。

1926年3月13日,北京

(原载《现代评论》第三卷第六十七期,1926年3月20日)